LES ANNÉES PERDUES

D'abord secrétaire puis hôtesse de l'air, ce n'est qu'au décès de son mari que Mary Higgins Clark se lance dans la rédaction de scripts pour la radio. Son premier ouvrage est une biographie de George Washington. Elle décide ensuite d'écrire un roman à suspense, *La Maison du guet*, son premier best-seller. Encouragée par ce succès, elle continue à écrire tout en s'occupant de ses enfants. En 1980, elle reçoit le Grand prix de littérature policière pour *La Nuit du renard*. Mary Higgins Clark publie alors un titre par an, toujours accueilli avec le même succès par le public. Elle est traduite dans le monde entier et plusieurs de ses romans ont été adaptés pour la télévision.

MARY HIGGINS CLARK

Les Années perdues

ROMAN TRADUIT DE L'ANGLAIS (ÉTATS-UNIS) PAR ANNE DAMOUR

ALBIN MICHEL

Titre original :

THE LOST YEARS

Publié en accord avec Simon and Schuster, Inc, New York.

À la mémoire de mon cher beau-frère et ami
Kenneth John Clark
Mari, père, grand-père et arrière-grand-père aimé
Et « The Unc »
pour ses neveux et nièces dévoués
Nous t'aimions profondément.
Repose en paix

Prologue

An 1474

Dans le silence feutré du soir, alors que les ombres s'étendaient sur la ville éternelle de Rome, un moine courbé par l'âge pénétra discrètement dans la *biblioteca secreta*, une des quatre chambres de la Bibliothèque vaticane. La bibliothèque contenait un total de vingt-cinq mille cinq cent vingt-sept manuscrits, écrits en latin, en grec et en hébreu. Certains étaient mis à la disposition de lecteurs extérieurs sous un strict contrôle. D'autres non.

Le manuscrit le plus controversé était connu sous la double appellation de « parchemin de Joseph d'Arimathie », ou « lettre du Vatican ». Apporté à Rome par l'apôtre Pierre, il était considéré par beaucoup comme l'unique lettre jamais écrite par le Christ.

C'était une simple lettre remerciant Joseph pour la bienveillance qu'il avait manifestée depuis l'époque où il avait entendu Jésus prêcher au Temple de Jérusalem à l'âge de douze ans. Joseph avait vu en lui le Messie attendu depuis longtemps.

Quand le fils du roi Hérode avait découvert que cet enfant d'une grande sagesse doublée d'une étonnante érudition était né à Bethléem, il avait ordonné son assassinat. À cette nouvelle, Joseph s'était précipité à Nazareth et avait obtenu l'autorisation des parents du jeune garçon de l'emmener en Égypte pour le mettre à l'abri et lui permettre d'étudier au temple de Leontopolis – dans le delta du Nil.

On a perdu la trace des dix-huit années de la vie du Christ qui suivirent. Mais, vers la fin de Son ministère, prévoyant que la dernière preuve de bonté de Joseph à son égard serait de lui offrir le repos de sa propre tombe, le Christ avait écrit cette lettre exprimant sa reconnaissance à son ami fidèle.

Au cours des siècles, certains papes avaient estimé ce document authentique. Pour d'autres, il ne l'était pas. Sous Sixte IV, le bibliothécaire du Vatican avait appris que le pape envisageait de le détruire.

L'assistant du bibliothécaire avait attendu l'arrivée du moine dans la *biblioteca secreta*. Le regard empreint d'un trouble profond, il lui tendit le parchemin. « J'agis selon les instructions de Son Éminence le cardinal del Portego, dit-il. Le parchemin sacré ne doit pas être détruit. Cachez-le dans le monastère, car personne ne doit connaître son contenu. »

Le moine prit le parchemin, y déposa un baiser empli de révérence et le dissimula dans les manches de sa robe flottante.

La lettre du Christ à Joseph d'Arimathie ne devait réapparaître que plus de cinq cents ans après, lorsque commence cette histoire.

1

Aujourd'hui on enterre mon père. Il a été assassiné.

Ce fut la première pensée de Mariah Lyons en se réveillant d'un sommeil agité dans la maison où elle avait grandi à Mahwah, une ville du nord du New Jersey proche des Ramapo Mountains. Refoulant ses larmes, elle se redressa lentement, s'assit au bord de son lit et contempla sa chambre.

Elle avait vingt-huit ans et se rappela qu'elle en avait seize lorsque, en guise de cadeau d'anniversaire, elle avait reçu l'autorisation de la décorer à son goût et décidé de faire peindre les murs en rouge. Pour la courtepointe, les coussins et le tour de lit elle avait choisi un tissu fleuri blanc et rouge cerise. Le gros fauteuil rembourré dans un angle était celui où elle s'installait pour faire ses devoirs, au lieu de s'asseoir à son bureau. Ses yeux se portèrent sur les rayonnages que son père avait aménagés pour y placer les trophées gagnés par les équipes de football et de basket dont elle faisait partie au lycée. Il était si fier de moi, pensa-t-elle tristement. Il voulait refaire toute la décoration lorsque je suis sortie de l'université mais j'ai refusé. Peu m'importait que la pièce ait encore l'aspect d'une chambre de collégienne.

Elle songea qu'elle avait eu la chance de n'avoir été confrontée à la mort dans sa famille qu'à l'âge de quinze ans, quand sa grand-mère s'était éteinte dans son sommeil. J'adorais Grand-ma, mais j'ai béni le Ciel qu'elle ait échappé à toutes les misères de la vieillesse. À quatre-vingt-six ans, ses forces déclinaient et elle ne voulait dépendre de personne.

Mariah se leva, saisit sa robe de chambre au pied du lit et l'enfila, nouant la ceinture autour de sa taille mince. Les circonstances étaient différentes aujourd'hui. Son père n'était pas décédé de mort naturelle. Il avait été assassiné pendant qu'il lisait, assis devant son bureau, au rez-de-chaussée. La bouche sèche, elle se posa pour la énième fois la même question. Maman se trouvait-elle dans la pièce à ce moment-là ? Ou y est-elle entrée après avoir entendu la détonation ? Et serait-il possible que ce soit elle qui ait commis cet acte ? Mon Dieu, faites qu'il n'en soit pas ainsi.

Elle se dirigea vers la coiffeuse et se regarda dans le miroir. Elle était si pâle. Elle ramena en arrière ses cheveux bruns mi-longs. Ses yeux étaient gonflés de toutes les larmes versées ces derniers jours. Une pensée saugrenue lui traversa l'esprit : je suis heureuse d'avoir les yeux bleu foncé de papa et d'être grande et mince comme lui. Cela m'a servi pour jouer au basket.

« Je ne peux pas croire qu'il ne soit plus là », murmura-t-elle, se souvenant de son soixante-dixième anniversaire, trois semaines auparavant. Elle se remémora l'un après l'autre les événements des quatre jours qui venaient de s'écouler. Le lundi soir, elle était restée tard à son bureau afin de finaliser un plan d'investissement pour un client. À huit heures, en arrivant chez elle dans son appartement de Greenwich

Village, elle avait téléphoné à son père comme elle le faisait toujours. Il paraissait très déprimé, se souvint-elle. Il m'a dit que maman avait passé une très mauvaise journée, que, manifestement, sa maladie d'Alzheimer empirait. Un pressentiment m'a poussée à le rappeler à dix heures et demie. Je m'inquiétais pour lui et pour elle. N'obtenant pas de réponse, j'ai compris qu'il s'était passé quelque chose.

Mariah se souvint de ce trajet interminable depuis Greenwich Village, tandis qu'elle fonçait vers le New Jersey. En chemin, elle avait tenté de rappeler à plusieurs reprises. Il était onze heures vingt quand elle s'était engagée dans l'allée et avait couru dans le noir vers la maison en cherchant fébrilement dans sa poche la clé de l'entrée. Toutes les lumières du rez-de-chaussée étaient encore allumées et elle s'était immédiatement dirigée vers le bureau.

Le spectacle d'horreur qu'elle y avait découvert lui revint aussitôt en mémoire : son père affalé sur son bureau, la tête et les épaules en sang, sa mère, le visage et le corps éclaboussés de sang, recroquevillée dans le dressing voisin, serrant dans sa main le pistolet de son mari.

Maman m'a vue et s'est mise à gémir : « Tout ce bruit… tout ce sang. »

J'étais affolée, se remémora Mariah. Quand j'ai appelé le 911, j'ai seulement pu crier : « Mon père est mort ! On a assassiné mon père ! »

Les policiers sont arrivés quelques minutes plus tard. Je n'oublierai jamais la façon dont ils nous ont regardées, ma mère et moi. J'avais pris papa dans mes bras et j'étais moi aussi couverte de sang. J'ai entendu

13

l'un d'eux dire qu'en touchant papa j'avais altéré la scène de crime.

Mariah se rendit compte qu'elle fixait le miroir, le regard perdu dans le vague. Elle jeta un coup d'œil sur le réveil posé sur la coiffeuse, il était déjà sept heures et demie. Il faut que je m'habille, se dit-elle. Nous devons être au funérarium à neuf heures. J'espère que Rory a fini d'aider maman à se préparer. Rory Steiger, une robuste femme de soixante-deux ans, était l'aide-soignante de sa mère depuis deux ans.

Vingt minutes plus tard, après être passée sous la douche et avoir séché ses cheveux, Mariah regagna sa chambre, ouvrit la porte de la penderie et en sortit la veste blanc et noir et la jupe noire qu'elle avait choisi de porter à l'enterrement. Les gens se vêtent en général de noir de la tête aux pieds quand il y a un mort dans la famille, pensa-t-elle. Je me souviens de Jackie Kennedy en long voile de deuil sur les photos. Oh, mon Dieu, pourquoi tout cela doit-il arriver ?

Quand elle eut fini de s'habiller, elle alla à la fenêtre. Elle l'avait laissée ouverte en se couchant et le vent faisait onduler les rideaux. Elle s'attarda à regarder le jardin, à l'arrière de la maison, ombragé par les érables japonais que son père avait plantés des années plus tôt. Les bordures de bégonias et d'impatiens qu'il avait aménagées au printemps entouraient le patio. Le soleil illuminait au loin les verts et les ors des montagnes de Ramapo. C'était une parfaite journée de fin d'automne.

Je ne veux pas que ce soit une belle journée, comme s'il n'était rien arrivé, murmura Mariah. *C'est* arrivé. Papa a été assassiné. Je veux qu'il pleuve, qu'il fasse

14

froid et qu'il vente. Je veux que la pluie pleure sur son cercueil. Je veux que le ciel pleure sur lui.

Il est parti pour toujours.

La culpabilité et la tristesse l'enveloppèrent. Cet affable professeur d'université qui avait été si heureux de prendre sa retraite trois ans plus tôt et passait le plus clair de son temps à étudier d'anciens manuscrits avait été sauvagement assassiné. Je l'aimais de tout mon cœur, soupira Mariah, et je regrette tant que nos relations se soient tendues, ces dix-huit derniers mois, à cause de sa liaison avec Lillian Stewart, cette universitaire qu'il avait connue à l'université de New York quand il y enseignait encore.

Mariah se souvenait de sa consternation quand, en rentrant à la maison l'année précédente, elle avait trouvé sa mère tenant dans sa main une photo de Lillian et de son père dans les bras l'un de l'autre. J'ai été courroucée lorsque j'ai compris que leur liaison avait commencé cinq ans auparavant, se rappela-t-elle, alors que Lily l'accompagnait dans ses fouilles en Égypte, en Grèce, en Israël ou Dieu sait où. Et encore plus furieuse qu'il l'ait souvent invitée à la maison les fois où il y recevait à dîner ses amis, comme Richard, Charles, Albert et Greg.

Je n'ai que mépris pour cette femme.

Que mon père ait eu vingt ans de plus qu'elle ne lui posait apparemment aucun problème. J'ai essayé d'être impartiale et de comprendre.

Maman déclinait à vue d'œil au cours des années, et je sais qu'il était horriblement pénible pour papa de la voir sombrer ainsi. Mais elle avait encore de bons moments. Elle parle très souvent de ces photos. Elle a été tellement blessée de savoir que papa avait quelqu'un d'autre dans sa vie.

Je ne veux pas penser à tout ça, maintenant. Je voudrais que mon père soit toujours en vie. Je voudrais lui dire combien je regrette de lui avoir demandé encore la semaine dernière si « Lily de la vallée du Nil » avait été une agréable compagne de voyage pendant leur dernière escapade en Grèce.

Tournant le dos à la fenêtre, elle se dirigea vers le bureau et examina une photo de sa mère et de son père prise dix ans auparavant. Ils semblaient éprouver tant d'affection l'un pour l'autre. Ils s'étaient mariés quand ils étaient encore étudiants.

Je n'ai fait mon apparition que quinze ans plus tard, songea Mariah.

Elle croyait encore entendre sa mère lui dire qu'ils avaient dû attendre longtemps mais que Dieu leur avait donné une enfant parfaite. Maman était trop indulgente, pensa-t-elle avec un triste sourire. Tous les deux étaient si beaux. D'une suprême élégance. Charmants. Adolescente, je n'étais pas une beauté à faire tourner les têtes. Une grande perche, maigre comme un clou, avec une crinière de longs cheveux noirs et des dents trop grandes pour mon jeune visage. Par chance, j'ai tout de même fini par devenir un mélange acceptable de mes deux parents.

Papa, je voudrais tant que tu sois en vie. À la table du petit-déjeuner avec moi. Avec ta tasse à la main, en train de lire le *Times* ou le *Wall Street Journal*. Je prendrais le *Post* et l'ouvrirais à la « Page Six », et tu regarderais par-dessus tes lunettes avec cet air qui signifie qu'on ne doit pas gaspiller son temps à lire n'importe quoi.

En sortant de la chambre, Mariah décida qu'elle n'avait pas faim et qu'elle se contenterait d'un café. Elle parcourut le couloir jusqu'à l'escalier, s'immobilisa en haut des marches mais n'entendit aucun bruit en provenance des deux chambres communicantes où sa mère et Rory dormaient. Elle en conclut qu'elles étaient sans doute déjà descendues.

Ne les voyant pas dans la salle du petit-déjeuner, elle se rendit dans la cuisine où elle trouva Betty Pierce, la femme de chambre. « Mariah, votre mère a refusé de manger, dit-elle. Elle a voulu aller dans le bureau. Je crains que la tenue qu'elle a choisi de porter ne vous plaise pas, mais elle a insisté. C'est le taillleur vert et bleu en lin que vous lui avez offert pour la fête des Mères. »

Mariah faillit protester, mais se ravisa. Quelle importance ? Elle prit le café que Betty lui avait servi et l'emporta dans le bureau. Rory s'y trouvait, l'air navré. Devant le regard interrogateur de Mariah, elle eut un signe de tête en direction du dressing. « Elle ne veut pas que je laisse la porte ouverte, dit-elle. Elle ne veut pas que je reste avec elle. »

Mariah frappa et ouvrit lentement le battant tout en murmurant le nom de sa mère. Étrangement, il arrivait que celle-ci réponde plus facilement que lorsqu'elle l'appelait maman. « Kathleen, dit-elle doucement. Kathleen, il est temps de boire une tasse de thé et de manger ton petit pain à la cannelle. »

Le dressing était vaste, garni de part et d'autre d'une rangée de rayonnages. Kathleen Lyons était assise tout au fond, à même le sol. Elle serrait ses bras autour de sa poitrine et courbait la tête, comme si elle voulait se protéger d'un coup. Ses yeux étaient hermétiquement clos et ses cheveux argentés tombaient sur son front, masquant presque entièrement ses traits. Mariah s'agenouilla et la prit dans ses bras, la berçant doucement telle une enfant.

« Tout ce bruit… tout ce sang… », chuchota sa mère – les mêmes mots qu'elle répétait depuis le meurtre. Mais elle laissa Mariah l'aider à se relever et écarter doucement ses courts cheveux ondulés de son joli visage. Mariah songea à nouveau que sa mère n'avait que quelques mois de moins que son père et n'aurait pas paru son âge sans sa manière craintive de marcher, comme si elle redoutait à tout moment de tomber dans un précipice.

Alors qu'elle l'entraînait hors du bureau, elle ne vit pas l'expression menaçante de Rory Steiger, ni le sourire narquois qui apparut sur ses lèvres.

Je vais bientôt être débarrassée d'elle, pensait Rory.

2

L'inspecteur Simon Benet, de la brigade du procureur du comté de Bergen, avait l'apparence d'un homme habitué à vivre au grand air. Quarante-cinq ans, des cheveux blonds qui commençaient à s'éclaircir, un teint coloré, il arborait une veste toujours froissée qu'il jetait négligemment sur une chaise ou lançait sur la banquette arrière de sa voiture.

Sa partenaire, l'inspectrice Rita Rodriguez, d'origine hispanique, approchait de la quarantaine. Svelte, les cheveux bruns coupés court, élégante et toujours soignée, elle formait avec Benet un tandem insolite. En réalité, ils constituaient une formidable équipe d'enquêteurs et avaient été chargés de l'affaire Jonathan Lyons.

Le vendredi matin, ils furent les premiers à arriver au funérarium. Adeptes de la théorie selon laquelle le coupable d'un meurtre obéit souvent à la tentation de revoir sa victime, ils surveillaient l'assistance, à l'affût d'un suspect potentiel. Ils avaient étudié les photos des prisonniers libérés sur parole qui avaient participé à des cambriolages dans des localités voisines.

Quiconque a assisté une fois à ce genre de cérémonie en connaît le déroulement, se dit Rita Rodriguez. Il y avait une profusion de fleurs, bien qu'il eût été demandé sur le faire-part qu'elles soient remplacées par des dons à l'hôpital local.

La salle commença à se remplir bien avant neuf heures. Les inspecteurs savaient que certains dans l'assistance étaient venus poussés par une curiosité morbide – Rita Rodriguez en repéra aussitôt quelques-uns. Ils s'attardaient inutilement près du cercueil, scrutant le visage du défunt à la recherche de traumatismes. Mais l'expression de Jonathan Lyons était paisible et le talent du préparateur du funérarium était parvenu à dissimuler d'éventuelles meurtrissures.

Durant les trois jours précédents, les inspecteurs avaient sonné chez les voisins dans l'espoir que l'un d'eux aurait entendu le coup de feu ou aperçu quelqu'un s'enfuyant de la maison après avoir tiré. L'enquête n'avait rien donné. Les voisins les plus proches étaient partis en vacances et, parmi les autres, personne n'avait vu ou entendu quoi que ce soit d'inhabituel.

Mariah leur avait communiqué les noms des personnes proches de son père auxquelles il aurait pu se confier s'il avait eu un problème quelconque.

« Richard Callahan, Charles Michaelson, Albert West et Greg Pearson ont tous participé aux expéditions archéologiques annuelles organisées par mon père durant au moins six ans, leur avait-elle dit. Ils se retrouvaient pour dîner ensemble une fois par mois. Richard est professeur d'études bibliques à l'université de Fordham. Charles et Albert sont également professeurs. Greg est un brillant homme d'affaires. Sa société est spécialisée dans le développement de logiciels. » Et, sans pouvoir dissimuler sa colère, Mariah leur avait aussi révélé l'existence de Lillian Stewart, la maîtresse de son père.

C'étaient les personnes que les inspecteurs désiraient rencontrer et interroger. Benet avait demandé à l'aide-soignante, Rory Steiger, de les identifier au fur et à mesure de leur arrivée.

À neuf heures moins vingt, Mariah, sa mère et Rory pénétrèrent dans le funérarium. Bien que les inspecteurs se fussent rendus chez elle à deux reprises au cours des jours précédents, Kathleen Lyons les regarda d'un air absent. Mariah leur fit un signe de tête et s'approcha du cercueil pour accueillir les visiteurs qui commençaient à défiler.

Les inspecteurs se placèrent à proximité, à un endroit d'où ils pouvaient voir distinctement leurs visages et observer leur comportement avec Mariah.

Rory installa Kathleen sur un banc au premier rang, puis vint les rejoindre. Discrète dans sa robe imprimée noir et blanc, ses cheveux gris noués en un strict chignon, elle se plaça derrière les inspecteurs, s'efforçant de cacher sa nervosité à l'idée de collaborer avec eux. Elle n'oubliait pas qu'elle avait accepté cette place d'aide-soignante deux ans auparavant à cause de Joe Peck, le veuf sexagénaire qui habitait le même immeuble qu'elle dans l'Upper West Side à Manhattan.

Elle dînait régulièrement avec Joe, un pompier à la retraite propriétaire d'une maison en Floride. Joe avait confié à Rory à quel point il se sentait seul depuis la mort de sa femme et elle entretenait l'espoir de l'épouser. Or, un soir, il lui avait dit qu'il appréciait leurs rencontres occasionnelles mais avait rencontré une femme qui allait partager sa vie.

Ce même soir, déçue et furieuse, Rory avait annoncé à sa meilleure amie, Rose, sa décision d'accepter la place qu'on venait de lui proposer dans le New Jersey. « C'est bien payé. Je serai occupée du lundi au vendredi, sans aucune raison de me presser pour rentrer chez moi tous les soirs en espérant un coup de fil de Joe », avait-elle ajouté amèrement.

Je n'aurais jamais imaginé qu'accepter ce job aboutirait à ça, pensa-t-elle. Puis elle repéra deux hommes d'un certain âge. « Pour votre information, murmura-t-elle aux inspecteurs, ces deux-là travaillent dans le domaine du Pr Lyons. Ils venaient dîner chez lui une fois par mois, et je sais qu'ils avaient de nombreuses conversations téléphoniques avec le professeur. Le plus grand est le Pr Charles Michaelson. L'autre le Pr Albert West. »

Un minute plus tard, elle tira Benet par la manche. « Voici Callahan et Pearson, dit-elle. La petite amie du Pr Lyons les accompagne. »

Les yeux de Mariah s'agrandirent en voyant qui arrivait. Je ne pensais pas que Lily de la vallée du Nil oserait se montrer, se dit-elle, admettant malgré elle que Lillian Stewart était une femme très séduisante, avec ses cheveux châtains et ses yeux bruns écartés. Elle portait un tailleur de lin gris clair à col blanc. Je serais curieuse de savoir combien de magasins elle a fait avant de le trouver, songea Mariah. C'est la tenue de deuil parfaite pour une maîtresse.

Exactement le genre de remarque ironique que j'ai sortie à papa à son sujet, se rappela-t-elle avec regret. Je lui ai demandé si elle portait ses habituels talons hauts dans les champs de fouilles. Ignorant Lily Stewart, Mariah tendit la main pour saluer Greg Pearson et Richard Callahan. « C'est un jour bien triste, n'est-ce pas ? » leur dit-elle.

Le chagrin qu'elle vit dans leurs regards la réconforta. Elle savait quel prix ces deux hommes avaient attaché à l'amitié de son père. Âgés de trente-cinq ans environ, archéologues amateurs passionnés, ils n'auraient pu être plus différents. Richard, un grand échalas d'un mètre quatre-vingt-dix, couronné d'une masse de cheveux noirs déjà grisonnants, possédait un sens aigu de l'humour. Elle savait qu'il avait passé une année dans un séminaire et n'avait pas encore tout à fait écarté l'idée d'y retourner. Il vivait près de l'université de Fordham où il enseignait.

Greg était de la taille de Mariah quand elle portait des talons. Ses yeux, d'un gris-vert pâle, attiraient l'attention. Il arborait toujours une attitude silencieuse et déférente, et Mariah le soupçonnait d'être, en dépit de sa réussite en affaires, d'une timidité maladive. C'était peut-être une des raisons pour lesquelles il appréciait tellement la compagnie de mon père, pensa-t-elle. Papa était un conteur-né.

Elle avait accepté de sortir deux ou trois fois avec Greg. Mais, consciente qu'elle n'éprouverait jamais aucune attirance pour lui et craignant de le voir s'engager dans une impasse, elle avait laissé entendre qu'elle voyait quelqu'un d'autre et il ne l'avait plus jamais invitée.

Les deux hommes s'agenouillèrent un instant près du cercueil. « Il n'y aura plus de longues soirées avec le conteur, dit Mariah quand ils se relevèrent.

— C'est absolument effroyable », murmura Lily.

Puis Albert West et Charles Michaelson s'avancèrent vers Mariah. « Mariah, j'ai tellement de peine, dit

Albert. Je n'arrive pas à y croire. C'est arrivé si soudainement.

— Je sais, je sais », dit Mariah en regardant les quatre hommes qui avaient été si chers à son père. « La police a-t-elle déjà rencontré l'un de vous ? J'ai dû lui communiquer une liste d'amis proches dans laquelle vous figurez tous, naturellement. » Puis elle se tourna vers Lily. « J'y ai inclus votre nom, bien entendu. »

Avait-elle perçu un changement chez l'un d'entre eux à cet instant ? Elle n'eut pas le temps de s'en assurer car le directeur du funérarium s'avançait pour demander aux personnes présentes de défiler devant le cercueil une dernière fois avant de remonter en voiture ; il était temps de se diriger vers l'église.

Elle attendit avec sa mère que tout le monde soit parti. Dieu soit loué, Lily avait eu la décence de ne pas toucher le corps de son père. Je crois que je lui aurais fait un croche-pied si elle s'était penchée pour l'embrasser.`

Sa mère semblait n'avoir aucune conscience de ce qui se passait. Quand Mariah l'avait guidée jusqu'au cercueil, elle avait regardé, l'air absent, son mari et dit : « Je suis contente de lui avoir lavé le visage. Tout ce bruit… Tout ce sang… »

Mariah confia sa mère à Rory, puis alla se placer près du cercueil. Papa, tu aurais dû vivre vingt ans de plus, pensa-t-elle. Quelqu'un devra payer pour ça.

Elle se pencha et posa sa joue contre la sienne, puis regretta son geste. Cette chair dure et glacée appartenait à un objet inanimé, pas à son père.

En se redressant, elle murmura : « Je prendrai soin de maman, je te le promets. »

3

Lillian Stewart s'était retirée au fond de l'église lorsque la messe de funérailles de Jonathan avait commencé. Elle s'éclipsa avant les prières finales pour ne pas risquer de tomber sur Mariah ou sa mère après la réception glaciale qui lui avait été faite au funérarium. Puis elle partit en voiture pour le cimetière, se gara à une certaine distance de l'entrée et attendit que le cortège funèbre soit arrivé et reparti. Alors seulement elle s'engagea dans l'allée qui menait à la sépulture de Jonathan, sortit de la voiture et s'approcha de la tombe fraîchement creusée, une douzaine de roses à la main.

Les fossoyeurs étaient sur le point de descendre le cercueil. Ils se reculèrent respectueusement tandis qu'elle s'agenouillait, déposait les roses et murmurait : « Je t'aime, Jon. » Puis, pâle mais maîtresse d'elle-même, elle longea les rangées de pierres tombales et regagna sa voiture. Ce ne fut qu'une fois à l'intérieur qu'elle se laissa aller, enfouissant son visage dans ses mains. Les larmes qu'elle avait retenues se mirent à couler le long de ses joues et les sanglots lui secouèrent les épaules.

Un moment plus tard, elle entendit s'ouvrir la portière côté passager. Surprise, elle leva les yeux, tentant en vain d'essuyer les larmes de son visage. Des bras réconfortants l'étreignirent jusqu'à ce que ses pleurs se calment. « J'ai deviné que vous étiez ici, dit Richard Callahan. Je vous ai brièvement aperçue au fond de l'église. »

Lily s'écarta de lui. « Mon Dieu, croyez-vous que Mariah ou sa mère aient pu me voir ? demanda-t-elle, d'une voix rauque et mal assurée.

— Je ne le pense pas. Je vous cherchais. Je ne savais pas quelle direction vous aviez prise en sortant du funérarium. L'église était bondée.

— Richard, c'est très gentil de vous préoccuper de moi, mais n'êtes-vous pas attendu au déjeuner ?

— Si, mais je voulais d'abord voir comment vous alliez. Je sais ce que Jonathan représentait pour vous. »

Lillian avait rencontré Richard Callahan au cours de la première expédition archéologique à laquelle elle avait participé cinq ans plus tôt. Il lui avait alors raconté qu'il était professeur d'histoire biblique à l'université de Fordham, mais qu'il avait fait des études pour entrer dans l'ordre des Jésuites, puis il avait reculé au moment de prononcer ses vœux définitifs. Aujourd'hui, avec sa haute silhouette élancée et sa gentillesse naturelle, il était devenu un ami proche, ce qui parfois la surprenait. Elle savait qu'il eût été normal de sa part de porter un jugement sur sa relation avec Jonathan, mais il n'en avait jamais rien fait. C'était au cours de cette première expédition que Jonathan et elle étaient tombés follement amoureux.

Lily parvint à lui adresser un faible sourire. « Je vous suis vraiment reconnaissante, Richard, mais vous feriez mieux d'aller sans tarder à ce déjeuner. Jonathan m'a souvent dit que la mère de Mariah vous aimait beaucoup. Je suis sûre que votre présence à côté d'elle en ce moment lui sera d'un grand secours.

— J'y vais, dit Richard. Mais je dois d'abord vous poser une question, Lily : Jonathan vous a-t-il dit qu'il croyait avoir découvert un manuscrit d'une valeur inestimable parmi ceux qui ont été trouvés dans une vieille église et qu'il était en train de traduire ? »

Lillian Stewart le regarda droit dans les yeux. « Un manuscrit ancien d'une grande valeur ? Absolument pas, mentit-elle. Il ne m'a jamais rien dit de ce genre. »

4

Le reste de la journée se déroula suivant le rituel
habituel dans l'atmosphère chargée de compassion
des funérailles. Calme et posée, ayant dépassé le stade
des larmes, Mariah écouta avec attention l'ami de
longue date de sa famille, le frère Aiden O'Brien, un
moine de la confrérie de Saint-François-d'Assise, célébrer la messe et faire l'éloge de son père, avant de
prononcer les prières sur sa tombe au cimetière
de Maryrest. Ils se rendirent ensuite au country club de
Ridgewood, où un déjeuner attendait ceux qui avaient
assisté aux funérailles.

Il y avait plus de deux cents personnes. La tristesse
régnait, mais un ou deux bloody mary réconfortèrent
l'assistance et l'atmosphère finit par se réchauffer.
Mariah écouta avec reconnaissance les uns et les
autres parler avec admiration de son père. Brillant.
Plein d'humour. Beau. Charmant. C'est ça, pensait-
elle. C'est tout à fait ça.

Quand le déjeuner prit fin et que Rory fut repartie
avec sa mère, le frère Aiden l'entraîna à l'écart. À
voix basse, bien qu'il n'y eût personne autour d'eux
pour les entendre, il demanda : « Mariah, votre père
vous a-t-il confié qu'il avait eu la prémonition qu'il
allait mourir ? »

L'expression du visage de Mariah suffit à lui répondre. « Votre père est venu me voir mercredi dernier. Il m'a dit avoir eu ce pressentiment. Je l'ai invité à venir prendre une tasse de café dans la cuisine de la Fraternité. Il m'a alors confié un secret. Comme vous le savez, il travaillait à la traduction de certains parchemins anciens qui avaient été découverts dans un coffre au fond d'une église désaffectée depuis des années et sur le point d'être démolie.

— Oui, j'étais au courant. Il avait mentionné leur étonnant état de conservation.

— L'un d'eux aurait une valeur exceptionnelle, si votre père ne se trompait pas. Pas seulement en termes financiers », ajouta-t-il.

Stupéfaite, Mariah observa le religieux de soixante-dix-huit ans qui lui faisait face. Pendant la messe, il ne lui avait pas échappé que son arthrite le faisait souffrir et qu'il boitait bas. À présent, son épaisse chevelure blanche accentuait les rides profondes de son front. Et on ne pouvait manquer de remarquer l'inquiétude que trahissait sa voix.

« Vous a-t-il dit ce que contenait ce manuscrit ? » demanda-t-elle.

Frère Aiden regarda autour de lui. Les gens allaient partir, prenaient congé les uns des autres. Il était évident qu'ils se préparaient à venir présenter leurs condoléances à Mariah, accompagnées d'une chaleureuse poignée de main et de la formule habituelle : « N'hésitez pas à nous appeler si vous avez besoin de quoi que ce soit. »

« Mariah, demanda le frère Aiden d'un ton pressant, votre père vous a-t-il jamais parlé d'une lettre qui aurait été écrite par le Christ à Joseph d'Arimathie ?

— Si, il m'en a parlé plusieurs fois. Il m'a dit qu'elle se trouvait autrefois dans la bibliothèque du Vatican, mais qu'on n'en savait pas grand-chose car plusieurs papes, notamment Sixte IV, doutaient de son authenticité. Elle a d'ailleurs été volée au quinzième siècle pendant son pontificat. Probablement par quelqu'un qui pensait que le pape s'apprêtait à la brûler. » Elle s'interrompit, l'air interrogateur. « Êtes-vous en train de me dire que mon père pensait avoir découvert cette lettre ?

— Oui, c'est ce que je crois.

— Dans ce cas, il a certainement fait vérifier sa découverte par au moins un autre expert dont l'avis était indiscutable.

— C'est ce qu'il m'a dit avoir fait.

— A-t-il mentionné le nom de cette personne ?

— Non. Mais il a dû en consulter plusieurs, car il m'a avoué avoir regretté l'un de ses choix. Il avait l'intention de restituer le parchemin à la bibliothèque du Vatican, naturellement, mais cette personne lui a suggéré qu'ils pourraient en tirer une énorme somme en la proposant à un collectionneur privé. »

À l'époque où Lily n'existait pas dans sa vie, j'aurais été la première à qui papa aurait parlé de sa trouvaille, pensa Mariah, et il m'aurait dit à qui d'autre il comptait se confier. Une nouvelle vague d'amertume l'envahit, tandis qu'elle parcourait du regard les invités sur le point de partir. La plupart étaient des collègues de son père. Papa a pu en consulter un ou deux, réfléchit-elle, Charles et Albert, par exemple, au sujet d'un tel parchemin. Si, Dieu le veuille, maman n'est pas responsable de sa mort, serait-il possible qu'il s'agisse d'autre chose que d'un cambriolage qui a mal tourné ? Y a-t-il dans cette salle l'individu qui a tué papa ?

Avant d'avoir pu exprimer cette pensée devant le frère Aiden, elle vit sa mère entrer précipitamment dans la pièce, Rory à sa suite. Sa mère se dirigea sans hésiter vers l'endroit où Mariah et le frère Aiden étaient assis. « Elle refuse de partir sans vous ! » expliqua Rory d'un ton impatient.

Kathleen Lyons eut un sourire vague à l'adresse de frère Aiden. « Avez-vous entendu tout ce bruit ? demanda-t-elle. Vu tout ce sang ? »

Puis elle ajouta : « La femme qui est sur la photo avec Jonathan se tenait près de lui aujourd'hui. Elle s'appelle Lily. Pourquoi est-elle venue ? Aller à Venise avec lui ne lui suffisait pas ? »

5

Alvirah et Willy Meehan faisaient leur croisière annuelle à bord du *Queen Mary 2* quand leur ami le Pr Jonathan Lyons avait été assassiné. Bouleversée, incapable d'exprimer l'horreur qui la saisissait, Alvirah apprit la nouvelle à Willy d'une voix tremblante. Consternée, elle se rendit compte qu'ils ne pouvaient rien faire pour l'instant, à part laisser un message de condoléances sur un répondeur. Ils ne seraient pas de retour pour les funérailles.

Le bateau venait de sortir du port de Southampton et l'unique moyen de le quitter était l'hélicoptère médical. En outre, auteur célèbre, Alvirah avait été invitée à titre de conférencière pour parler des gagnants à la loterie qui avaient perdu jusqu'au dernier sou dans des projets farfelus. Elle citait aussi le cas de personnes qui avaient exercé de vagues petits jobs dans leur vie, avaient soudain gagné des millions, puis s'étaient fait escroquer en achetant des hôtels qui étaient des gouffres financiers ou des chaînes de boutiques et n'arrivaient même pas à payer leur loyer en vendant des colifichets, des babioles pour la maison, des porte-clés lumineux et des coussins brodés.

Elle expliquait qu'elle était femme de ménage et Willy plombier quand ils avaient gagné quarante millions à la loterie. Ils avaient choisi d'encaisser leurs gains sous forme de versements annuels pendant quarante ans. Chaque année, ils payaient d'abord leurs impôts et vivaient avec la moitié de ce qui restait. Ils investissaient avec discernement le surplus.

Les passagers raffolaient des histoires d'Alvirah et se précipitaient sur son best-seller, *Du balai aux arnaques*. Bien qu'horriblement peinée par la mort de Jonathan, Alvirah s'obligea à ne rien manifester. Même lorsque les gens se mirent à spéculer avec entrain sur les raisons pouvant expliquer l'assassinat d'un chercheur éminent, ni elle ni Willy ne mentionnèrent qu'ils avaient bien connu le Pr Lyons.

En réalité, ils l'avaient rencontré deux ans auparavant, lors d'une croisière entre Venise et Istanbul pendant laquelle Alvirah donnait des conférences. De son côté, elle avait assisté à celles du professeur et avait été tellement captivée par ses récits sur l'ancienne Égypte, la Grèce et Israël qu'avec son habituelle spontanéité elle l'avait invité à dîner à sa table. Il avait accepté sans se faire prier, ajoutant cependant qu'il voyageait avec sa compagne et qu'ils seraient donc quatre.

C'est alors que nous avons fait la connaissance de Lily, se rappelait Alvirah. Cette pensée l'obnubila pendant les six jours de la croisière. Elle l'avait trouvée sympathique. Intelligente, attirante comme elle avait toujours dû l'être. Je suis sûre qu'à l'âge de six ans elle savait déjà quoi se mettre sur le dos, songeat-elle. Elle était aussi passionnée d'archéologie que Jonathan Lyons, et non moins diplômée. Elle ne se donnait pas de grands airs et ne cachait pas qu'elle était follement amoureuse de lui, bien qu'étant beaucoup plus jeune.

Alvirah, naturellement, avait fait des recherches sur Google concernant le professeur et appris qu'il était marié et avait une fille prénommée Mariah. « Mais j'imagine que sa femme et lui sont séparés, avait-elle dit à Willy. Ce sont des choses qui arrivent, tu sais. Mais il arrive aussi que les couples durent. »

Willy manifestait toujours son accord de la même façon quand elle formulait une de ses conclusions définitives. « Tu dis vrai, chérie, comme d'habitude », fit-il. Il n'aurait même pas songé à regarder une autre femme que sa chère Alvirah.

Au terme de la traversée, lorsqu'ils avaient débarqué à Istanbul, régnait l'habituelle agitation de ceux qui ont passé de bons moments ensemble et échangent hâtivement des adresses, invitant leurs nouveaux amis à venir leur rendre visite à Hot Spring, Hong Kong ou dans leur chère petite île à une heure de bateau de St. John. « Tu imagines leur tête, Willy, si nous débarquions avec nos valises ? commenta Alvirah. Tu sais bien que c'est seulement une façon aimable de dire qu'ils se sont plu en notre compagnie. »

C'est pourquoi, six mois après avoir retrouvé leur appartement de Central Park South, ils s'étonnèrent de recevoir un appel du Pr Lyons. Même s'il ne s'était pas présenté, on ne pouvait se tromper en entendant cette voix chaleureuse et vibrante. « J'ai tellement parlé de vous à ma femme et à ma fille qu'elles veulent vous rencontrer. Si mardi vous convient, ma fille Mariah, qui habite à Manhattan, passera vous prendre en voiture et vous amènera chez nous dans le New Jersey. Elle vous raccompagnera à la fin de la soirée. »

Alvirah accepta l'invitation avec enthousiasme. Mais elle raccrocha en disant : « Willy, je me demande si sa femme connaît l'existence de Lily. Je t'en prie, fais attention à ce que tu dis. »

À six heures et demie précises le mardi soir suivant, le portier les appela à l'interphone pour annoncer que Mlle Lyons était arrivée et les attendait en bas.

Si Alvirah avait été séduite par Jonathan Lyons, son impression face à sa fille fut tout aussi favorable. Mariah était amicale et chaleureuse. Non seulement elle s'était donné la peine de lire le livre d'Alvirah, mais elle partageait son désir d'aider les gens à investir raisonnablement et avec un minimum de risques. Lorsqu'ils arrivèrent à Mahwah, dans le New Jersey, Alvirah avait déjà décidé que Mariah était la personne qu'elle recommanderait à certains des gagnants à la loterie qu'elle conseillait, en particulier ceux qui avaient déjà perdu une grande partie de leurs gains faute d'une bonne gestion.

Ce ne fut qu'en s'engageant dans l'allée que Mariah leur demanda d'une voix hésitante : « Mon père vous a-t-il dit que ma mère était atteinte de la maladie d'Alzheimer ? Elle en est consciente et s'efforce de le dissimuler, mais si elle vous pose la même question deux ou trois fois de suite, vous comprendrez. »

Ils prirent l'apéritif dans le bureau de Jonathan, qui pensait qu'Alvirah aimerait voir certains des objets qu'il avait réunis au fil des ans. Betty, la fidèle domestique de la famille, avait préparé un repas délicieux et, à eux deux, Mariah et son père parvinrent à combler les trous de la conversation de Kathleen Lyons, qui était restée d'une beauté délicate en dépit de son âge. Ce fut une soirée agréable et animée dont Alvirah savait qu'elle serait suivie de beaucoup d'autres.

Au moment où ils prenaient congé, Kathleen demanda soudain comment Willy et Alvirah avaient fait la connaissance de Jonathan. Quand ils lui dirent que c'était au cours d'une récente croisière entre Venise et Istanbul, elle parut troublée. « J'avais tellement envie de faire ce voyage, dit-elle. Nous avons passé notre voyage de noces à Venise, Jonathan vous l'a-t-il dit ?

— Chérie, je t'ai raconté comment j'avais rencontré les Meehan et souviens-toi, le docteur a dit qu'il n'était pas souhaitable que tu fasses ce voyage », dit doucement Jonathan Lyons.

Pendant le trajet en voiture, Mariah s'enquit tout à trac : « Lillian Stewart faisait-elle partie du voyage quand vous avez rencontré mon père ? »

Alvirah hésita, cherchant quoi répondre. Elle n'avait pas l'intention de mentir, et Mariah avait sans doute déjà deviné que Lily était présente. « Mariah, n'est-ce pas une question que vous devriez poser à votre père ? suggéra-t-elle.

— Je l'ai déjà fait. Il a refusé de répondre, mais vous me l'avez pratiquement confirmé en éludant ainsi. »

Alvirah était assise à l'avant, à côté de Mariah. Willy confortablement installé à l'arrière, et Alvirah savait qu'il entendait sans doute ce qu'elles disaient mais se félicitait de ne pas participer à la conversation. Au tremblement de sa voix, elle comprit que Mariah était au bord des larmes. « Votre père est très affectueux avec votre mère, plein d'attentions envers elle,

Mariah, dit-elle. Il y a des choses qu'il est préférable de ne pas évoquer, surtout maintenant que l'esprit de votre mère commence à s'affaiblir.

— Il ne s'affaiblit pas au point de lui faire oublier combien elle désirait faire cette croisière, dit Mariah. Elle vous a parlé de son voyage de noces à Venise. Maman sait qu'elle est malade. Elle voulait y retourner tant qu'elle en était encore capable. Mais je pense qu'avec Lillian dans les parages, papa a trouvé un spécialiste pour convaincre ma mère que la traversée serait trop éprouvante pour elle. Elle est encore bouleversée quand elle en parle.

— Est-elle au courant de l'existence de Lily ? demanda abruptement Alvirah.

— Croyez-le ou non, mais papa l'invitait à dîner à la maison avec ceux qui participaient aux fouilles annuelles ! Je n'ai jamais deviné qu'ils avaient une liaison, mais un jour maman a trouvé des photos d'eux dans le bureau de mon père. Elle me les a montrées, et j'ai demandé à papa de ne pas amener cette femme à la maison, mais ma mère pose parfois des questions à son sujet et elle se met chaque fois dans tous ses états. »

Au cours de l'année précédente, Alvirah et Willy étaient allés régulièrement rendre visite à Jonathan et à Kathleen, et Mariah avait raison. Malgré la perte progressive de ses facultés mentales, Kathleen abordait souvent le sujet du voyage à Venise.

Alvirah remuait toutes ces pensées lorsque le *Queen Mary 2* fit son entrée dans la baie de New York. Aujourd'hui, Jonathan est dans la tombe, pensa-t-elle. Qu'il repose en paix.

Puis, avec son don infaillible pour prévoir les ennuis à venir, elle poursuivit : Je vous en prie, mon Dieu, venez en aide à Kathleen et à Mariah. Et faites que l'on découvre que Jonathan a été tué par un intrus, ajouta-t-elle avec ferveur.

6

Greg Pearson s'était retenu pendant toute la journée de manifester sa compassion à Mariah ; il aurait voulu lui dire qu'il comprenait sa peine et désirait la partager avec elle. Lui dire qu'il regretterait toujours Jonathan, qu'il lui serait à jamais reconnaissant de lui avoir tant appris, pas uniquement sur l'archéologie, mais sur la vie.

Quand ses amis et collègues parlaient de lui, évoquaient l'aide qu'il leur avait apportée à chacun personnellement, il avait envie de leur raconter sa propre histoire telle qu'il l'avait confiée à Jonathan, celle d'un gosse mal dans sa peau. « Je lui ai dit que j'étais le nullard de service qui s'était arrêté de grandir à un mètre soixante-sept au lycée, alors que tous les autres grimpaient jusqu'à un mètre quatre-vingt-cinq ou quatre-vingt-dix. J'étais une mauviette efflanquée, le souffre-douleur de la classe. Pas une seule équipe sportive ne voulait de moi. J'ai quand même fini par mesurer un mètre quatre-vingt-deux en arrivant à l'université, mais c'était trop tard.

« Je crois que j'essayais d'attirer la sympathie, sans jamais la gagner. Alors Jonathan s'est moqué de moi.

« Il m'a dit : "Vous avez passé votre temps à étudier au lieu de lancer des ballons de basket dans le panier.

Vous avez monté une société qui a été une réussite. Prenez l'annuaire de votre école et regardez ce que sont devenus les prétendus cracks de votre époque. Vous allez découvrir que la plupart ont du mal à joindre les deux bouts."

« J'ai dit à Jonathan que je m'étais renseigné sur quelques-uns d'entre eux, en particulier ceux qui m'avaient pourri la vie, et qu'il avait raison. Certains se débrouillent bien, certes, mais ceux qui jouaient les durs n'ont pas un sou devant eux aujourd'hui.

« Il m'a redonné confiance en moi. Outre qu'il m'a fait partager sa remarquable connaissance des temps anciens et de l'archéologie, il m'a permis de ne plus douter de moi. »

Greg n'en n'aurait pas dit davantage. Pas la peine d'ajouter qu'il avait avoué à Jonathan qu'en dépit de son succès, il était toujours d'une timidité maladive, qu'il restait à l'écart dans les réunions, manquait du plus élémentaire talent pour entretenir une conversation, et encore moins que Jonathan lui avait conseillé de chercher une femme prolixe et pleine d'entrain. « Elle ne remarquera pas que vous êtes silencieux, et c'est elle qui se chargera de parler dans les dîners. Je connais au moins trois hommes qui ont des femmes de ce genre, et ils forment des couples épatants. »

Telles étaient les pensées que remuait Greg en sortant du country club à la suite de Mariah. Il attendit que le voiturier aille chercher le véhicule de frère O'Brien et que l'aide-soignante fasse monter Kathleen dans la limousine noire fournie par le directeur du funérarium.

Puis il s'avança vers Mariah. « Ce fut une journée éprouvante pour vous, Mariah. J'espère que vous savez à quel point Jonathan va nous manquer, à nous aussi. »

Mariah hocha la tête. « Je le sais, Greg. Merci. »

Il voulut ajouter : « Nous pourrions dîner ensemble un soir prochain », mais les mots ne franchirent pas ses lèvres. Ils étaient sortis ensemble quelques années plus tôt, mais, devant son insistance, elle lui avait laissé entendre qu'elle avait quelqu'un d'autre dans sa vie. Il s'était rendu compte qu'elle voulait simplement lui faire comprendre de ne plus l'importuner.

Aujourd'hui, à la vue de ses grands yeux bleus remplis de chagrin, des reflets du soleil de l'après-midi sur ses cheveux mi-longs, Greg se retint de lui avouer qu'il était toujours amoureux et prêt à aller en enfer pour elle. Il dit simplement : « Je vous téléphonerai la semaine prochaine pour avoir des nouvelles de votre mère.

— C'est gentil à vous. »

Il tint la portière ouverte tandis qu'elle montait dans la limousine, puis la referma à regret derrière elle. Il regarda la voiture parcourir lentement l'allée circulaire, sans se douter qu'il était lui aussi observé.

Richard Callahan se trouvait dans la file des gens qui attendaient leur voiture à la sortie du club. Il avait toujours vu le visage de Greg s'illuminer quand Mariah prenait part aux dîners donnés par Jonathan, mais aussi deviné qu'il lui était indifférent. Naturellement, les choses pouvaient changer à présent que son père n'était plus là. Se montrerait-elle plus sensible aux attentions d'un homme désireux et capable de tout faire pour elle ?

Je me demande, réfléchit Richard au moment où le voiturier avançait sa Volkswagen vieille de huit ans, si ces rumeurs que j'ai entendues à table sont exactes. D'après ce qu'il avait compris, l'aide-soignante en avait trop dit aux voisins sur les colères de Kathleen dès qu'elle abordait le sujet de la relation de Jonathan avec Lillian. Rory n'avait pas besoin de leur parler de Lillian. Ça ne les regardait pas – pas plus que ça ne regardait Rory elle-même.

Kathleen était seule avec Jonathan le soir où il avait été assassiné. Il faut que Mariah sache que sa mère pourrait être suspectée, songea-t-il. Les inspecteurs vont nous convoquer, Lily, Greg, Albert, Charles et moi et nous interroger séparément. Que sommes-nous censés leur dire ? Ils savent certainement à présent que Lillian et Jonathan avaient une liaison, et que Kathleen en était complètement bouleversée.

Richard glissa un pourboire au voiturier et monta dans son véhicule. Pendant un instant, il fut tenté d'aller s'enquérir de Kathleen et de Mariah. Mais il y renonça. Mieux valait les laisser tranquilles pour le moment. Sur le trajet qui le ramenait chez lui, il revit l'expression de stupéfaction qui s'était peinte sur le visage de Mariah quand le frère Aiden s'était entretenu avec elle à la fin du déjeuner.

Que lui avait-il dit ? Et maintenant que les funérailles étaient terminées, les inspecteurs allaient-ils conclure qu'il n'y avait qu'une explication à la mort de Jonathan : que Kathleen avait appuyé sur la détente ce maudit lundi soir ?

Charles Michaelson et Albert West étaient venus ensemble en voiture de Manhattan pour rendre un dernier hommage à leur vieil ami et collègue Jonathan Lyons. Les deux hommes étaient spécialistes de l'étude des parchemins anciens. Mais leur ressemblance s'arrêtait là. Michaelson, impatient de nature, arborait en permanence un front soucieux. Outre cela, son tour de taille imposant suffisait à éveiller l'effroi des étudiants non avertis. Sarcastique jusqu'à la cruauté, il avait provoqué les pleurs de nombreux candidats au doctorat pendant leur soutenance de thèse.

Albert West était petit et mince. Ses étudiants se moquaient de lui et disaient que sa cravate lui tombait aux genoux. Mais sa voix, étonnamment forte et passionnée, captivait son auditoire lors des conférences où il l'initiait aux merveilles de l'histoire antique.

Michaelson était depuis longtemps divorcé. Au bout de vingt ans de vie commune, sa femme n'avait plus supporté son caractère irascible et l'avait quitté. Si cette rupture l'avait marqué, il ne l'avait jamais montré.

West était un célibataire invétéré. Sportif émérite, il aimait les randonnées et le ski. Dans la mesure du possible, il consacrait la plupart de ses week-ends à l'une de ces deux activités.

Les relations entre les deux hommes étaient similaires à celles qu'ils avaient entretenues avec Jonathan Lyons – elles reposaient sur leur passion commune pour les manuscrits anciens.

Albert West avait hésité à partager avec Michaelson le contenu de la conversation téléphonique qu'il avait eue avec Jonathan Lyons dix jours auparavant. Il savait que Michaelson le considérait comme un concurrent et se sentirait offensé en apprenant que Jonathan l'avait consulté en premier au sujet d'un parchemin vieux de deux mille ans.

Sur le chemin du retour, à l'issue du déjeuner, West décida de cracher le morceau. Il attendit que Michaelson eût quitté la West Side Highway et tourné dans la 56e Rue Ouest. Dans quelques minutes, il le déposerait devant son appartement près de la Huitième Avenue, avant de traverser la ville jusqu'à Sutton Place où il vivait.

Il préféra poser franchement la question : « Charles, Jonathan vous a-t-il confié qu'il avait peut-être découvert la lettre d'Arimathie ? »

Michaelson lui jeta un regard pendant une brève seconde avant de s'arrêter au moment où le feu passait du jaune au rouge. « La lettre d'Arimathie ! Mon Dieu, Jonathan a laissé un message sur mon téléphone portable disant qu'il pensait avoir trouvé quelque chose d'une importance extrême et qu'il désirait avoir mon avis. Il n'a jamais dit de quoi il s'agissait. J'ai rappelé le jour même et laissé un message sur son répondeur disant que je serais naturellement intéressé par ce qu'il avait découvert. Mais il ne m'a pas rappelé. Vous-même, avez-vous *vu* la lettre ? Vous l'a-t-il montrée ? Y a-t-il une chance quelconque pour qu'elle soit authentique ?

— J'aurais bien voulu la voir, mais la réponse est non. Jonathan m'a téléphoné à ce sujet. Il m'a dit être convaincu qu'il s'agissait de la lettre d'Arimathie. Vous savez qu'il perdait très rarement son calme, pourtant il était excité ce jour-là, et certain de ne pas se tromper. Je l'ai mis en garde, lui rappelant que ces supposées découvertes se révèlent souvent n'être que des faux. Il s'est détendu et a admis qu'il avait peut-être tiré des conclusions trop rapides. Il a dit qu'il allait montrer la lettre à quelqu'un d'autre et m'en reparlerait, mais il ne l'a jamais fait. »

Pendant les minutes qui suivirent, les deux hommes gardèrent le silence jusqu'à ce qu'ils atteignent l'immeuble d'Albert West. « Eh bien, si elle est authentique et qu'il l'a gardée chez lui, il nous reste à espérer que sa femme ne sera pas tombée dessus, dit Michaelson d'un ton amer. Sinon, avec son esprit dérangé, elle serait capable de l'avoir déchirée parce qu'elle était importante pour lui. »

Albert West ouvrit la portière de la voiture : « Je suis tout à fait de votre avis, dit-il. Je me demande si Mariah est au courant de l'existence de cette lettre. Si elle ne l'est pas, nous ferions mieux de la prévenir pour qu'elle la cherche. Elle est absolument inestimable. Merci de m'avoir ramené, Charles. »

Charles Michaelson fit un bref signe de tête. En redémarrant, il dit tout haut : « Rien, pas même une lettre écrite par le Christ à Joseph d'Arimathie, n'est inestimable si l'on trouve l'acheteur approprié. »

Les inspecteurs Benet et Rodriguez avaient regardé Lillian Stewart pénétrer discrètement dans l'église pendant le service et en partir avant tout le monde. Ils la suivirent jusqu'au cimetière et l'observèrent à travers leurs jumelles tandis qu'elle se dirigeait vers la tombe de Jonathan. Puis ils virent Richard Callahan la rejoindre dans sa voiture et la prendre dans ses bras.

« Que devons-nous en penser ? » demanda Rita Rodriguez quand ils reprirent la route pour regagner le bureau du procureur à Hackensack, s'arrêtant à peine le temps d'acheter un café. Une fois arrivés, il passèrent leurs notes en revue.

Le front de Simon Benet ruisselait de transpiration. « Ce serait quand même mieux si l'air conditionné fonctionnait dans cette baraque ! Et tu peux me dire pourquoi je n'ai pas eu de café glacé ?

— Parce que tu n'aimes pas le café glacé, répondit calmement Rita Rodriguez. Ni moi non plus. »

Ils échangèrent un rapide sourire. Simon Benet avait toujours admiré l'habileté de Rita à débusquer les incohérences dans les déclarations d'un témoin, tout en donnant l'impression de vouloir l'aider plutôt que le prendre en flagrant délit de mensonge.

À eux deux, ils formaient une bonne équipe.

Benet en vint à l'affaire : « Cette aide-soignante, Rory, c'est sûr qu'elle aime parler. Elle a été une vraie mine d'informations concernant ce qui s'est passé dans la maison lundi soir. Regardons un peu ce que nous avons. » Il commença à lire ses notes : « Rory a ses week-ends libres en général, mais sa remplaçante lui avait demandé de permuter parce qu'elle avait un mariage dans sa famille. Rory a accepté, mais ensuite, c'est la femme de chambre qui ne pouvait pas être de retour le lundi soir. Le Pr Lyons a dit à Rory de rentrer quand même chez elle, qu'il était capable de s'occuper de sa femme pour une nuit. »

Benet poursuivit : « Elle a dit que Lyons était allé à New York ce jour-là et qu'il semblait fatigué, voire déprimé quand il est rentré chez lui à cinq heures. Il a demandé comment allait sa femme, et Rory a été obligée de lui dire qu'elle avait été très agitée. Betty Pierce a servi le dîner à six heures. Rory avait l'intention d'aller dîner avec des amis tard dans la soirée à Manhattan, mais elle s'est assise à table avec le professeur et sa femme. Mme Lyons ne cessait de dire qu'elle voulait aller à Venise. Pour la calmer, le professeur a fini par lui promettre qu'ils y retourneraient bientôt et qu'elle aurait une seconde lune de miel.

— Ce qui n'était visiblement pas la chose à dire, fit remarquer Rita Rodriguez. Car, d'après Rory, Mme Lyons a paru bouleversée et a lancé quelque chose comme : "Tu veux dire que tu m'emmèneras à la place de Lily ? Je ne te crois pas." Ensuite, elle n'a plus voulu le regarder, elle a fermé les yeux et refusé de manger. Rory l'a emmenée dans sa chambre à l'étage, mise au lit, et elle s'est endormie aussitôt. »

Les inspecteurs échangèrent un regard. « Je ne me souviens plus si Rory a précisé avoir donné ou non un médicament à Mme Lyons ce soir-là », avoua Benet.

Rita Rodriguez lui fournit la réponse. « Elle a dit que Mme Lyons était tellement fatiguée que ce n'était pas nécessaire. Lorsqu'elle est redescendue, Betty Pierce était en train de quitter la maison, et le professeur avait emporté sa deuxième tasse de café dans son bureau. Rory est passée le prévenir qu'elle s'apprêtait à rentrer chez elle.

« C'est à peu près tout, conclut Rita. En partant, Rory a vérifié que la porte d'entrée était bien fermée à clé. Betty Pierce et elle sortaient toujours par la porte de la cuisine parce que leurs voitures étaient parquées à l'arrière de la maison. Elle jure que cette porte était également fermée à clé. Elle ignorait que le Pr Lyons gardait un pistolet dans le tiroir de son bureau. »

Ils refermèrent leurs carnets. « Donc, nous avons une maison où aurait dû normalement se trouver une domestique, pas de trace d'effraction, une femme atteinte de la maladie d'Alzheimer qui en voulait à son mari et qu'on a découverte cachée dans un dressing tenant à la main l'arme qui l'a tué. Mais qui n'a cessé de répéter invariablement ces mêmes mots : "Tout ce bruit… tout ce sang…" On peut donc supposer que le coup de feu l'a réveillée et qu'elle était la personne la plus facile à accuser du crime, si toutefois elle ne l'a pas commis. » Benet tambourina sur l'accoudoir de son fauteuil, une habitude quand il pensait tout haut. « Et nous n'avons pas pu lui parler chez elle ou à l'hôpital parce qu'elle était hystérique dans un premier temps, et ensuite endormie sous l'effet d'un puissant sédatif.

— On a aussi la fille que la liaison de son père a mise hors d'elle et qui aura sans doute la tutelle de sa mère, maintenant que son père est mort, dit Rita. Voyons les choses sous un autre angle. Si Jonathan Lyons avait décidé de divorcer de Kathleen et d'épouser Lillian Stewart, leurs biens auraient été partagés, et Mariah Lyons obligée d'assumer complètement la charge de sa mère. »

Simon Benet s'inclina en arrière dans son fauteuil, prit son mouchoir et s'épongea le front. « Demain matin, nous tenterons à nouveau de parler avec Mariah et avec sa mère. Comme nous le savons tous les deux, la plupart des affaires de ce genre sont des drames familiaux. » Il se tut. « Et on pourrait faire venir quelqu'un pour réparer la clim. »

9

Il était trois heures de l'après-midi quand la voiture du funérarium déposa Mariah, sa mère et Rory devant la maison des Lyons après le déjeuner au country club de Ridgewood.

Dès qu'elles furent entrées, Rory dit d'un ton apaisant : « Vous avez mal dormi la nuit dernière et vous vous êtes levée très tôt, Kathleen, maintenant vous devriez vous installer confortablement dans un fauteuil et faire un somme ou regarder la télévision. »

Mariah retint son souffle. Mon Dieu, faites que maman ne veuille pas se réfugier dans le dressing près du bureau. Mais, à son grand soulagement, Kathleen monta docilement dans sa chambre avec Rory.

Franchement, je ne sais pas si j'aurais pu supporter une scène de ce genre en ce moment, se dit Mariah. J'ai besoin d'un peu de calme. J'ai besoin de réfléchir. Elle attendit d'entendre la porte de la chambre de sa mère se refermer et se hâta de monter dans la sienne. Elle troqua sa jupe et sa veste contre un pull de coton, un pantalon et des sandales, puis redescendit à la cuisine se préparer une tasse de thé qu'elle emporta dans la salle du petit-déjeuner. Elle s'installa dans un des gros fauteuils rembourrés et se laissa aller en arrière avec un soupir.

Elle était moulue. Elle but une gorgée de thé et tenta de se concentrer sur les événements de la semaine qui venait de s'écouler. Il lui semblait que tout ce qui s'était passé depuis le lundi soir baignait dans une sorte de brouillard.

S'efforçant de refouler ses émotions, elle s'appliqua à revivre cette soirée, à commencer par l'arrivée de la police. Maman était dans un tel état qu'ils ont appelé une ambulance, se souvint-elle. À l'hôpital, je suis restée assise à son chevet pendant toute la nuit. Elle n'a cessé de pleurer et gémir. J'avais du sang sur mon chemisier parce que je m'étais penchée sur papa et l'avais pris dans mes bras. L'infirmière m'a aimablement donné une de ces chemises de coton que portent les patients.

Où est passé mon chemisier ? se demanda-t-elle soudain. En général, ils vous rendent vos vêtements dans un sac en plastique quand vous quittez l'hôpital, même s'ils sont sales. Je suis sûre que la police l'a conservé comme pièce à conviction parce qu'il était couvert de sang.

Heureusement qu'ils ont gardé maman à l'hôpital jusqu'au mardi soir. Cela lui a évité d'assister à toutes les allées et venues des enquêteurs dans la maison, considérée désormais comme scène de crime. Ils ont passé le bureau de papa au peigne fin. Betty m'a dit qu'ils avaient saupoudré tous les meubles pour relever les empreintes digitales. Ainsi que les fenêtres du rez-de-chaussée et les portes. Le dernier tiroir du bureau de papa, où il rangeait son pistolet, était ouvert quand je suis arrivée lundi. Pourtant, il le gardait toujours fermé à clé.

Mariah se rembrunit en se rappelant que sa mère était d'une habileté incroyable pour trouver des clés, quel que soit l'endroit où on les avait cachées. Le souvenir lui revint soudain de cet incident survenu l'année précédente quand sa mère s'était échappée de la maison entièrement nue au milieu de la nuit. L'aide-soignante du week-end, qui était censée s'occuper d'elle, avait oublié de brancher l'alarme dans sa chambre. Mariah se consola en songeant que la nouvelle remplaçante du week-end était une perle.

Mais maman n'aurait jamais pu entrer dans le bureau de papa et utiliser la clé pour ouvrir son tiroir en sa présence, pensa-t-elle.

Ce pistolet était peut-être rangé ailleurs depuis des mois, voire des années. Je suis quasiment sûre que papa avait cessé de fréquenter le stand de tir depuis belle lurette.

Même la chaleur de la tasse qu'elle serrait entre ses doigts n'empêcha pas une sensation de froid de la saisir tout entière. Papa emmenait souvent maman au stand de tir, se souvint-elle. Elle avait envie de savoir si elle était douée. C'était il y a une dizaine d'années. Il avait dit qu'elle était une fine gâchette.

Repoussant la terrible hypothèse qui découlait de cette réflexion, Mariah se força à réfléchir à la conversation qu'elle avait eue avec frère Aiden avant de quitter le club. Son père était allé trouver frère Aiden neuf jours plus tôt et lui avait dit qu'il croyait avoir trouvé la lettre que Jésus aurait écrite à Joseph d'Arimathie. Il prétendait avoir eu confirmation qu'il s'agissait du document volé à la bibliothèque du Vatican au quinzième siècle. À quel expert s'était-il adressé ? se demanda Mariah. Un détail lui revint à l'esprit. Le frère Aiden lui avait dit que son père était perturbé à la pensée qu'un des experts n'avait paru intéressé que par la valeur financière de l'objet. Si le frère Aiden avait bien compris, cela signifiait que papa l'avait montré à plus d'une personne, conclut-elle.

Où se trouvait le parchemin à présent ? Mon Dieu, et s'il était ici, dans les dossiers de papa ? se dit-elle tout à coup. Dans ce cas, il ne me reste qu'à le chercher, mais à quoi bon ? Je serais incapable de le reconnaître parmi tous les autres parchemins qu'il étudiait. Mais si papa était en possession de cette lettre et avait l'intention de la restituer à la bibliothèque du Vatican, a-t-elle été volée après son assassinat ?

La sonnerie du téléphone de la cuisine la fit sursauter. Elle courut répondre. C'était l'inspecteur Benet. Il demandait si l'inspectrice Rodriguez et lui-même pouvaient venir s'entretenir avec elle et sa mère demain dans la matinée, vers onze heures.

« Bien entendu », répondit-elle.

Mariah se rendit compte qu'elle était à peine parvenue à prononcer ces deux mots tant elle avait la gorge serrée.

10

Lloyd et Lisa Scott, un couple d'une cinquantaine d'années, étaient les voisins de Jonathan et de Kathleen Lyons depuis vingt-cinq ans. Lloyd était un avocat d'assises réputé, et Lisa un ancien mannequin qui avait fait de son amour des bijoux un métier. Elle réalisait ses propres créations en cristal et en pierres semi-précieuses pour une longue liste de clients privés. Certaines d'entre elles étaient le produit de son imagination, d'autres inspirées par les pierres magnifiques qu'elle avait rapportées du monde entier. Sa collection personnelle valait aujourd'hui plus de trois millions de dollars.

Avec son crâne dégarni, son ventre proéminent et ses yeux bleu clair, Lloyd semblait mal assorti à sa ravissante épouse. Après trente ans de bonheur conjugal, il se réveillait encore parfois la nuit en se demandant ce qu'elle lui trouvait. Il se plaisait à la laisser satisfaire sa passion pour ce qu'il nommait en riant ses babioles.

Désireux d'éviter la corvée des allers-retours jusqu'à la banque, ils avaient fait installer récemment un coffre prétendument à l'épreuve du vol, boulonné au plancher du dressing de Lisa, ainsi qu'un système d'alarme ultraperfectionné.

Les Scott possédaient un pied-à-terre à Manhattan pour les obligations mondaines ou professionnelles qui les amenaient à passer la nuit à New York. Pourtant, ni la réputation ni les revenus conséquents de Lloyd ne les avaient jamais incités à quitter leur belle maison de brique de style Tudor que la mère de Lloyd lui avait léguée. Ni l'un ni l'autre n'en éprouvaient l'envie ou l'intérêt. Ils appréciaient leurs voisins et l'environnement. Ils avaient vue sur les Ramapo Mountains depuis la galerie à l'arrière. Ils adoraient voyager et préféraient, comme le disait Lloyd, dépenser leur argent à découvrir le monde plutôt que de se prélasser dans un « faux manoir ou une propriété sur le front de mer dans les Hamptons ».

Ils étaient au Japon quand ils apprirent la mort de Jonathan et n'arrivèrent chez eux que le lendemain des funérailles. Connaissant l'état de santé de Kathleen, ils craignaient qu'elle n'ait joué un rôle dans la tragédie.

Dès qu'ils eurent posé leurs valises à Mahwah le samedi matin, ils allèrent sonner à la porte voisine. C'est Mariah elle-même, visiblement abattue, qui vint leur ouvrir. Elle interrompit très vite leurs paroles de condoléances. « Deux inspecteurs de la police sont ici, dit-elle. Ils interrogent maman en ce moment. Ils ont téléphoné hier soir.

— Cela ne me plaît pas, dit sèchement Lloyd.

— C'est parce qu'elle était seule avec papa cette nuit-là… » Elle s'interrompit, s'efforçant de retrouver son sang-froid, puis : « Lloyd, ça n'a pas de sens ! Maman n'a aucune idée de ce qui se passe. Elle m'a demandé ce matin pourquoi papa n'était pas présent au petit-déjeuner. »

Lisa se tourna vers son mari. Comme elle s'y attendait, son visage avait pris cette expression qu'elle appelait « Pas de quartier ». « C'est mon domaine, Mariah, dit-il, les sourcils froncés, les yeux plissés derrière ses lunettes. Je ne veux pas m'imposer mais, que votre mère comprenne ce qui se passe ou non, elle ne doit pas répondre aux questions de la police sans un conseil juridique. Laissez-moi vous accompagner et assurer sa défense. »

Lisa prit le visage de Mariah dans ses mains. « Je reviendrai vous voir tout à l'heure », promit-elle avant de s'en aller.

Il faisait une chaleur étouffante, même pour un mois d'août. Rentrée chez elle, Lisa régla la climatisation et alla dans la cuisine, non sans jeter un coup d'œil dans le séjour au passage. Tout était en ordre et elle se sentit enveloppée du sentiment de bien-être que lui procurait toujours le retour à la maison. Aussi agréable que fussent leurs voyages, quel que fût le plaisir qu'elle y prenait, c'était toujours merveilleux de se retrouver chez soi.

Elle renonça à la tentation de grignoter un biscuit avec un morceau de fromage. Elle n'avait pas touché au petit-déjeuner dans l'avion, mais elle supposa qu'ils déjeuneraient tôt, dès que Lloyd serait de retour. Il serait mort de faim et elle n'avait pas besoin de le vérifier pour savoir que le réfrigérateur avait été rempli par leur dévouée femme de ménage.

Elle retourna donc dans l'entrée, ramassa le sac qui contenait les bijoux avec lesquels elle avait voyagé et monta dans leur chambre.

Elle posa le sac sur le lit, l'ouvrit et en retira les pochettes de cuir renfermant les bijoux. Elle avait écouté Lloyd cette fois-ci et en avait pris moins qu'à l'accoutumée. Pourtant, elle aurait bien aimé avoir ses émeraudes pour le dîner du commandant.

Mais bon.

Elle retira les bagues, bracelets, colliers et boucles d'oreilles des pochettes, les étala sur le dessus-de-lit et les examina avec soin, vérifiant à nouveau que le sac contenait bien tout ce qu'elle avait emballé au moment du départ.

Puis elle les disposa sur le plateau posé sur sa coiffeuse, l'emporta dans le dressing-room et pénétra dans la penderie. Le coffre-fort d'acier s'y dressait, sombre et impressionnant. Elle composa la combinaison et ouvrit la porte.

Il contenait dix rangées de tiroirs divisés en compartiments de formes diverses garnis de velours. Lisa tira celui du haut, sursauta, puis, fébrilement, les vérifia l'un après l'autre. À la place des magnifiques et coûteux bijoux qu'elle avait l'habitude de voir scintiller sous ses yeux, elle contemplait un océan de velours noir.

Le coffre était vide.

11

Alvirah décida d'attendre le lendemain matin pour téléphoner à Mariah. « Tu sais ce que l'on ressent après un enterrement, expliqua-t-elle à Willy. C'est un tel vide. Je parie qu'en rentrant chez elle, elle n'a eu qu'une envie, retrouver un peu de calme. Quant à cette pauvre Kathleen, Dieu sait quelles images elle a dans la tête. »

Six des sœurs de Willy étaient entrées au couvent. La septième, l'aînée et la seule qui se soit mariée, était décédée quinze ans plus tôt. Willy se souvenait encore de son soulagement en regagnant leur appartement de Jackson Heights après l'enterrement dans le Nebraska et le long vol du retour. Alvirah lui avait préparé un sandwich accompagné d'une bière et l'avait laissé tranquillement penser à Madeline, qui était sa sœur préférée. Madeline, douce et modeste, si différente de la merveilleuse mais autoritaire sœur Cordelia, la plus âgée des six autres.

« Quand sommes-nous allés dîner pour la dernière fois chez Jonathan à Mahwah ? demanda-t-il à Alvirah. N'était-ce pas il y a environ deux mois, à la fin juin ? »

Alvirah avait fini de défaire les valises et de trier les vêtements à donner au nettoyage. À présent, confortablement vêtue de son pantalon stretch préféré et d'un T-shirt, elle s'installa dans le fauteuil en face de Willy dans leur appartement de South Central Park.

« Oui, répondit-elle. Jonathan nous avait invités. Mariah, Richard et Greg étaient présents. Ainsi que les deux autres qui font toujours partie de leurs expéditions. Tu sais qui je veux dire. Comment s'appellent-ils, déjà ? » Alvirah se concentra, cherchant à retrouver les trucs qu'on lui avait enseignés dans les stages Dale Carnegie qu'elle avait suivis après qu'ils avaient gagné à la loterie. « L'un d'eux est un point cardinal. North… non. South… non. West… C'est ça. Albert West. C'est le petit avec une voix grave. L'autre s'appelle Michaelson. Facile à retenir. Michael est un de mes prénoms favoris. Il suffit d'ajouter "son" et c'est bon.

— Son prénom est Charles, la corrigea Willy. Et je te parie que personne n'a jamais appelé ce type "Charlie". Tu te souviens comme il a interrompu West quand celui-ci a mal identifié une ruine sur les photos qu'ils nous montraient ? »

Alvirah hocha la tête. « Mais je me rappelle que Kathleen allait plutôt bien ce soir-là. Elle semblait contente de voir les photos, et elle n'a pas dit un mot concernant Lily.

— Je suppose que Lillian faisait aussi partie de ce voyage, bien qu'ils n'aient montré aucune photo où elle figurait.

— Bien sûr qu'elle en faisait partie, soupira Alvirah. Et s'il s'avère que c'est Kathleen qui a appuyé sur la détente, tu peux être sûr que c'est à cause d'elle. Je ne sais pas comment Mariah va pouvoir gérer cette situation.

— Ils ne vont pas jeter Kathleen en prison, protesta Willy. Il est manifeste que la pauvre femme a la maladie d'Alzheimer et n'est pas responsable de ses actes.

— C'est aux tribunaux d'en décider, dit Alvirah calmement. Mais l'hôpital psychiatrique ne serait pas beaucoup mieux. Dieu veuille que les choses ne tournent pas ainsi. »

Cette pensée l'empêcha de profiter d'une bonne nuit de sommeil, malgré la satisfaction de retrouver son lit et de se nicher confortablement contre Willy déjà endormi. Les lits sur ces bateaux sont si vastes que vous voyez à peine qui dort à côté de vous, songea-t-elle. Pauvre Kathleen. Mariah m'a raconté combien ses parents avaient été heureux avant que se manifestent les symptômes de sa démence. Mais Kathleen n'a jamais participé à aucune expédition archéologique. D'après Mariah, c'était le domaine réservé de Jonathan, et de toute façon, sa mère n'aurait pas supporté la chaleur qui règne l'été sur les champs de fouilles. C'est peut-être une des raisons qui l'ont rapproché de Lillian. Encore une fois, d'après ce que j'ai pu voir, elle partageait sa passion pour l'archéologie.

Alvirah se remémora sans plaisir la croisière de Venise à Istanbul, deux ans plus tôt, lors de laquelle ils avaient fait la connaissance de Jonathan Lyons et de sa compagne, Lillian Stewart. Il était manifeste qu'ils étaient amoureux. Fous l'un de l'autre.

Après le premier soir où Jonathan les avait invités à dîner, en compagnie de Mariah et de Kathleen, Alvirah avait déjeuné avec Mariah. « Vous êtes exactement la personne qu'il faudrait pour conseiller certains de mes gagnants à la loterie, avait-elle dit à Mariah. Le genre de gestionnaire de fortune raisonnable dont ils ont besoin pour ne pas dilapider leur argent ou le placer dans des actions à haut risque. »

Environ un mois plus tard, Jonathan avait donné une conférence au YMCA de la 92e Rue et invité Willy et Alvirah à venir l'entendre et à dîner ensemble ensuite. Ce qu'il ne leur avait pas dit, c'était que Lillian serait présente.

Lillian avait aussitôt perçu la gêne d'Alvirah et abordé directement la question : « Alvirah, j'ai dit à Jonathan que Mariah et vous étiez devenues amies et qu'elle serait très contrariée si elle apprenait que vous me rencontriez avec son père.

— En effet, je pense qu'elle serait peinée », avait répondu Alvirah avec franchise.

Jonathan avait tenté d'écarter cette possibilité : « Mariah sait que Richard et Greg, pour ne nommer qu'eux, me voient avec Lillian. Où est la différence ? »

Alvirah se souvint du triste sourire de Lily. « Jonathan, avait-elle répliqué, c'est différent pour Alvirah, et je la comprends. Elle aurait l'impression de jouer double jeu en acceptant de nous voir en dehors de chez toi. »

Lillian est une femme bien, avait pensé Alvirah. J'imagine ce qu'elle ressent en ce moment précis. Et s'il se trouve que c'est Kathleen qui a tué Jonathan, je parie qu'elle s'accusera d'en avoir été la cause. Il faut que je l'appelle pour lui dire à quel point je suis désolée.

Mais je n'irai pas la voir, décida-t-elle en acceptant avec gratitude le verre de vin que lui tendait Willy.

« C'est l'heure fatale, chérie, annonça-t-il. Cinq heures tapantes. »

Le lendemain matin, elle attendit onze heures pour appeler Mariah. « Je ne peux pas parler, Alvirah », chuchota Mariah, la voix crispée et tremblante. « Les inspecteurs sont revenus nous interroger, maman et moi. Êtes-vous chez vous ? Je vous rappellerai. »

Alvirah eut à peine le temps de dire : « Oui, je suis à la maison », avant qu'un clic lui annonce que la connexion avait été coupée.

Moins de cinq minutes plus tard, le téléphone sonna. C'était Lillian Stewart. Elle était en larmes. « Alvirah, vous n'avez probablement pas envie que je me manifeste, mais j'ai besoin de vos conseils. Je ne sais pas quoi faire. Je ne sais vraiment pas. Pouvons-nous nous rencontrer rapidement ? »

12

Mariah s'avoua que l'aide-soignante du week-end, Delia Jackson, lui plaisait davantage que Rory Steiger. C'était une belle femme noire dans la force de l'âge, toujours de bonne humeur. Le seul hic était qu'avec elle sa mère refusait parfois catégoriquement de s'habiller ou de manger.

« Maman est intimidée par Rory et elle lui obéit, en avaient conclu Mariah et son père, alors qu'elle est plus détendue avec Delia. »

Le samedi matin, quand les inspecteurs arrivèrent, malgré l'insistance de Mariah et de Delia, Kathleen était encore en chemise de nuit et en robe de chambre, assise dans le fauteuil à oreilles de la salle de séjour, les yeux mi-clos. Au petit-déjeuner, elle avait demandé à Mariah où était son père. À présent, elle ignorait les efforts des inspecteurs pour engager la conversation, et répétait que son mari allait descendre pour s'entretenir avec eux. Mais en entendant la voix de Lloyd Scott, elle se leva d'un bond et alla se jeter dans ses bras. « Lloyd, je suis si heureuse que vous soyez de retour ! s'écria-t-elle. Est-ce qu'on vous a dit que Jonathan est mort, que quelqu'un l'a assassiné ? »

Mariah sentit l'angoisse la saisir en voyant le regard qu'échangeaient les inspecteurs. Ils croient que maman joue la comédie, se dit-elle. Ils ne comprennent pas qu'elle peut en quelques secondes perdre puis retrouver sa lucidité.

Lloyd Scott guida Kathleen jusqu'au canapé et prit place à côté d'elle en lui tenant la main. Il n'y alla pas par quatre chemins : « Mme Lyons est-elle une suspecte dans cette enquête ? demanda-t-il à Simon Benet.

— Il semble que Mme Lyons se trouvait seule avec son mari quand il a été assassiné, répondit l'inspecteur. Il n'y a aucune trace d'effraction. Cependant, nous sommes conscients que, dans son état, elle a pu être victime d'une machination. Nous sommes ici pour tenter d'avoir une idée plus précise de ce qui s'est passé lundi soir, dans la mesure où elle est capable de nous le dire.

— Je comprends. Mais vous savez également que Mme Lyons souffre de la maladie d'Alzheimer, à un stade avancé, et qu'elle est incapable de comprendre et vos questions et ses réponses.

— On a trouvé l'arme du crime sur elle dans le dressing, expliqua calmement Rita Rodriguez. On y a relevé trois empreintes. Le Pr Lyons, naturellement, l'a manipulée à un moment donné. Elle lui appartenait, et le médecin légiste y a trouvé ses empreintes. Mariah Lyons a découvert sa mère dans le dressing tenant le pistolet et elle le lui a retiré. Il y a donc également les empreintes de Mariah Lyons sur le canon et celles de sa mère sur la détente. D'après ce que Kathleen a déclaré à sa fille et à l'aide-soignante, elle a ramassé l'arme et l'a cachée dans le dressing. Selon l'aide-soignante, Rory Steiger, et cela a été confirmé par la gouvernante, Betty Pierce, Mme Lyons s'était montrée très agitée pendant le dîner, le soir du meurtre, à cause de la relation de son mari avec une autre femme, Lillian Stewart. Mme Lyons et sa fille ont dit qu'elles avaient pris le corps de Jonathan Lyons dans leurs bras, ce qui explique les traces de sang sur la partie supérieure de leur corps à toutes les deux. »

Mariah était atterrée. Elle se rendait compte que les inspecteurs étaient tout à fait au courant de la maladie de sa mère mais qu'ils étaient néanmoins convaincus qu'elle avait tiré. Et, pour autant qu'elle le sache, ils ignoraient même que Kathleen avait appris à se servir d'une arme à feu. Quand Lloyd posa la question suivante, on eût dit qu'il avait lu dans ses pensées : « Y avait-il des traces de sang ou de cervelle sur les vêtements de Mme Lyons ?

— Oui. La personne qui a tiré était au moins à trois mètres du Pr Lyons, mais sa femme et sa fille se sont retrouvées couvertes de sang quand elles l'ont pris dans leurs bras. »

Mariah échangea un regard avec Lloyd Scott. Lloyd sait que maman avait l'habitude d'accompagner papa au stand de tir, pensa-t-elle. Il sait que ce point va être évoqué. Ils vont mettre le doigt dessus.

« Inspecteur Benet, commença Lloyd, je suis légalement l'avocat de Mme Kathleen Lyons. Je… »

Il fut interrompu par des coups de sonnette frénétiques à la porte d'entrée. Mariah se précipita pour ouvrir, mais Delia, qui avait quitté la salle de séjour après l'arrivée des inspecteurs, la devança. C'était Lisa Scott. Tremblante, bouleversée, elle fit irruption dans la maison. « Nous avons été cambriolés ! s'écriat-elle. Ils ont pris tous mes bijoux. »

Lloyd Scott et les inspecteurs l'entendirent depuis le séjour. Scott lâcha la main de Kathleen et se leva d'un bond. Stupéfaits, les inspecteurs le suivirent, laissant Kathleen seule sur le canapé.

En un instant, Delia fut près de sa patiente. « Venez, Kathleen, nous allons nous habiller pendant que les deux messieurs qui vous parlaient sont occupés », dit-elle doucement en la prenant sous le bras pour l'aider à se lever.

Soudain, un souvenir traversa comme un éclair le cerveau vacillant de Kathleen : « Le pistolet était-il sale ? demanda-t-elle. Est-ce qu'il y avait de la boue dans la plate-bande le long de l'allée ?

— Oh, mon chou, ne pensez pas à ce genre de chose, dit Delia d'une voix apaisante. C'est juste bon pour vous inquiéter. Je crois que vous devriez mettre votre jolie robe blanche aujourd'hui. C'est une bonne idée, non ? »

13

Lillian Stewart habitait un appartement en face du Lincoln Center, dans le West Side de Manhattan. Elle s'y était installée après son divorce à l'amiable avec Arthur Ambruster, qu'elle avait épousé alors qu'ils étaient tous les deux étudiants à l'université de Georgetown, à Washington DC. Ils avaient décidé d'attendre d'être diplômés, elle en littérature, lui en sociologie, pour fonder une famille. Puis ils avaient obtenu des postes d'enseignants à New York, à l'université de Columbia.

Les enfants qu'ils étaient alors prêts à avoir n'étaient jamais arrivés et, à l'âge de trente-cinq ans, ils étaient convenus que leurs intérêts et leurs attentes dans la vie étaient radicalement différents. Aujourd'hui, quinze ans plus tard, Arthur était père de trois fils et engagé dans la vie politique de la ville de New York. Lillian avait trouvé sa vocation : l'archéologie, et chaque été elle participait à des fouilles. Cinq ans auparavant, à quarante-cinq ans, elle avait fait partie d'une mission dirigée par le Pr Jonathan Lyons et leurs deux existences en avaient été transformées.

C'est à cause de moi que Kathleen a tué Jonathan, se répétait-elle. Cette pensée hantait les nuits de Lillian depuis la mort de son amant. Ce n'était pourtant pas nécessaire, Jonathan était sur le point de me quitter. Il est venu me voir la semaine dernière et m'a dit qu'il ne pouvait plus vivre de cette façon, que l'état de Kathleen s'aggravait et que ses relations avec Mariah étaient devenues épouvantablement tendues.

Le souvenir de cette rencontre repassait en boucle dans l'esprit de Lillian. Elle revoyait le regard douloureux de Jonathan, entendait le tremblement de sa voix. « Lily, tu sais à quel point je t'aime, j'ai cru honnêtement que lorsque Kathleen ne serait plus consciente, je pourrais la mettre dans une maison de retraite et demander le divorce. Mais je sais à présent que j'en serai incapable. Et je ne veux pas gâcher ta vie plus longtemps. Tu n'as que cinquante ans. Tu devrais rencontrer quelqu'un de ton âge. Si Kathleen vit encore dix ans et que je suis toujours là, j'aurai quatre-vingts ans. Quelle existence pourrais-je t'offrir alors ? »

Puis il avait ajouté : « Certains ont une prémonition de leur mort. Ce fut le cas pour mon père. On dit qu'Abraham Lincoln, la veille de son assassinat, rêva que son corps reposait dans un cercueil à la Maison-Blanche. Je sais que cela peut paraître stupide, mais j'ai le pressentiment que je mourrai bientôt. »

Je l'ai persuadé de me revoir encore une fois, se souvint Lillian. Cela aurait dû être mardi matin. Et Kathleen l'a tué le lundi soir.

Mon Dieu, que vais-je devenir ?

Alvirah avait accepté de la retrouver à une heure pour déjeuner. J'ai confiance en elle, pensa-t-elle. Mais je sais déjà ce qu'elle va me conseiller. Je sais déjà ce que je devrais faire.

Mais vais-je le faire ? Peut-être est-il trop tôt pour décider. Je n'arrive pas à avoir les idées claires.

Elle parcourut l'appartement d'un pas nerveux, retapa le lit, rangea la salle de bains, mit la vaisselle du petit-déjeuner dans le lave-vaisselle. Le salon, au décor reposant, avec son tapis et ses meubles couleur sable, ses murs ornés de tableaux de sites anciens, avait toujours été la pièce favorite de Jonathan. Lillian pensa aux soirées où ils y prenaient un verre après le dîner. Elle le revoyait, ses longues jambes étendues sur le repose-pieds du vaste fauteuil de cuir qu'elle lui avait acheté pour son anniversaire. « C'est ton chez-toi, ton refuge hors de ta maison », lui avait-elle dit.

« Comment peux-tu aimer autant quelqu'un et le laisser tomber aussi brusquement ? s'était-elle écriée, hors d'elle, quand Jonathan lui avait annoncé sa décision de mettre fin à leur relation.

— C'est par amour que j'agis ainsi, avait-il répondu. Par amour pour toi, pour Kathleen, pour Mariah. »

Alvirah avait proposé à Lillian de la retrouver dans un restaurant relativement nouveau, à un bloc de son appartement, plus bas dans Central Park South, puis elle avait aussitôt changé d'avis. « Allons plutôt au Russian Tea Room », avait-elle dit.

Lillian connaissait la raison de ce changement. Le restaurant de Central Park South s'appelait le Marea. Trop proche de Mariah, pensa-t-elle.

Elle alla tôt faire son jogging dans Central Park, rentra se doucher, enfila sa robe de chambre pour prendre son petit-déjeuner, puis alla dans le dressing où elle choisit un pantalon blanc d'été et une veste de lin bleu, une tenue que Jonathan aimait particulièrement.

Comme toujours, elle portait des talons hauts. Jonathan s'était moqué d'elle à ce sujet. Quelques semaines auparavant, il lui avait dit que Mariah avait demandé d'un ton sarcastique si elle portait aussi des talons sur les champs de fouilles. Je me suis emportée contre lui et il m'a demandé pardon, se rappela Lillian. Elle se mit une touche de blush sur les pommettes, tapota une dernière fois ses cheveux courts.

Mais c'est bien ce genre de remarques insidieuses de la part de Mariah qui ont fini par avoir raison de lui, pensa Lillian, envahie par l'amertume et le ressentiment.

Le téléphone sonna au moment où elle s'apprêtait à partir. « Lily, que diriez-vous si je passais vous prendre pour vous emmener déjeuner ? dit la voix. Vous devez vous sentir terriblement déprimée aujourd'hui.

— Oui. Mais je viens de parler à Alvirah Meehan. Elle est rentrée de voyage. Nous devons déjeuner ensemble. »

Lillian sentit, plutôt qu'elle n'entendit, le silence qui suivit. « J'espère que vous n'avez pas l'intention de lui dire un mot concernant certaine affaire.

— Je n'ai rien décidé, répondit-elle.

— Alors ne dites rien. Vous me le promettez ? Parce que si vous parlez, tout sera fini. Vous devez prendre le temps de réfléchir calmement et raisonnablement. Vous ne devez rien à Jonathan. En outre, si l'on apprend que vous aviez rompu et que vous détenez quelque chose qu'il voulait avoir, vous risquez de devenir la suspecte numéro deux après sa femme. Croyez-moi, son avocat pourrait prétendre que vous êtes allée chez lui en sachant que l'aide-soignante était absente. Que Jonathan avait laissé la porte ouverte à votre intention. On pourra prétendre que vous êtes entrée le visage dissimulé, que vous l'avez tué, et que vous avez mis le pistolet dans la main de sa folle de femme avant de partir. Cela pourrait faire douter de la culpabilité de Kathleen Lyons. »

Lillian avait répondu à l'appel depuis le téléphone qui se trouvait dans le salon. Elle contempla longuement le fauteuil où Jonathan s'était si souvent assis, songeant aux moments où elle s'y blottissait près de lui. Elle regarda fixement la porte, croyant encore le voir partir en disant : « Je suis désolé. Vraiment désolé, Lily. »

« C'est ridicule, dit-elle avec emportement à son interlocuteur. Kathleen a tué Jonathan parce qu'elle était jalouse de moi. C'est déjà assez pénible sans que vous enjoliviez le scénario. Mais je vais vous dire une chose. Je n'ai pas l'intention de parler à Alvirah, ni à personne d'autre pour le moment. J'ai mes propres raisons. Croyez-moi. »

14

Dans les trente secondes qui suivirent l'irruption de Lisa Scott, Simon Benet avait signalé au commissariat de police de Mahwah le vol des bijoux. Lloyd Scott leur lança un bref « Je reviens » et se précipita chez lui pour attendre avec sa femme l'arrivée d'une voiture de police.

Mariah se tourna vers les inspecteurs : « Je n'arrive pas à croire que les Scott aient été cambriolés, dit-elle. C'est invraisemblable. Avant de partir en voyage le mois dernier, Lloyd nous parlait du nouveau système de sécurité, des caméras et Dieu sait quoi qu'il avait fait installer à l'intérieur et à l'extérieur de la maison.

— Aujourd'hui, malheureusement, il existe peu de systèmes que ne puissent déjouer les cambrioleurs les plus experts, lui dit Benet. Le fait que Mme Scott conservait un grand nombre de bijoux de valeur chez elle était-il connu ?

— Je l'ignore. Elle nous en avait parlé, mais il est sûr que tout le monde savait qu'elle était elle-même créatrice de bijoux et qu'elle en portait toujours de très beaux. »

Tout en parlant, Mariah eut l'étrange impression d'être un observateur extérieur à ce qui l'entourait. Son regard se porta derrière les inspecteurs, sur le portrait de son père accroché au-dessus du piano. C'était une toile d'une merveilleuse ressemblance qui rendait à la perfection l'intelligence de son regard et l'ombre de sourire qui quittait rarement ses lèvres.

Le soleil entrait à flots par les fenêtres du mur du fond, créant des arabesques de lumière sur les motifs géométriques du tapis couleur crème. D'un œil détaché, Mariah constata que Betty avait dû s'escrimer pour remettre en ordre le vaste living-room après le passage des enquêteurs venus relever les empreintes digitales. Elle s'étonnait que la pièce ait retrouvé son apparence chaleureuse et confortable, avec son canapé recouvert de tissu fleuri, ses fauteuils à oreilles assortis devant la cheminée, et les tables d'appoint si faciles à déplacer. Lorsque les amis de son père venaient lui rendre visite, ils approchaient les fauteuils du canapé et s'installaient en demi-cercle pour prendre leur café ou un dernier verre avant de partir.

Greg, Richard, Albert, Charles.

Combien de fois s'était-elle assise parmi eux après que son père avait pris sa retraite d'enseignant ? Certains soirs, Betty préparait le repas, mais il arrivait aussi que Jonathan se charge de la cuisine. Une activité qui était devenue son violon d'Ingres et pour laquelle il avait un don naturel. Trois semaines auparavant, il avait préparé une grande salade verte, un jambon de Virginie, des macaronis au gratin et du pain à l'ail, se souvint-elle. Ça a été le dernier dîner que nous avons partagé tous ensemble…

Le dernier dîner. La Cène. Le soixante-dixième anniversaire de papa.

Il fallait qu'elle parle aux inspecteurs de la découverte du fameux parchemin.

Avec un sursaut, elle se rendit compte qu'ils étaient en train de l'observer. « Excusez-moi, dit-elle. Vous m'avez posé une question à propos des bijoux de Lisa, n'est-ce pas ?

— D'après ce que vous avez dit, nul n'ignorait qu'elle en avait beaucoup, et certaines personnes savaient peut-être qu'elle les conservait chez elle. Mais franchement, mademoiselle Lyons, ce n'est pas le sujet qui nous intéresse pour l'instant. Nous sommes venus pour parler avec votre mère. Puisque M. Scott nous a déclaré être son représentant à partir de maintenant, peut-être pourrions-nous en l'attendant nous entretenir avec vous.

— Oui, bien sûr », dit Mariah, s'efforçant de garder une voix ferme. S'ils lui posaient des questions au sujet du pistolet, que devrait-elle leur répondre exactement ? Elle essaya de gagner du temps : « Permettez-moi d'abord d'aller voir comment va ma mère. C'est l'heure où elle doit prendre ses médicaments. »

Sans leur laisser le temps de réagir, elle se rendit dans l'entrée et aperçut Kathleen qui descendait l'escalier, suivie de Delia. L'air déterminé, sa mère pénétra dans le bureau de son mari, ouvrit la porte du dressing et repoussa Delia. « Vous ne pouvez pas entrer ici ! cria-t-elle.

— Maman, je t'en prie... » Le ton suppliant de Mariah s'entendait jusque dans la salle de séjour.

Benet et Rodriguez échangèrent un regard. « Je veux voir ça », dit tranquillement Benet. Ils allèrent ensemble dans le bureau. Kathleen Lyons était assise au fond du dressing, recroquevillée contre le mur. D'une voix angoissée elle répétait : « Tout ce bruit... tout ce sang... »

« Est-ce que je dois essayer de la faire sortir ? demanda Delia à Mariah d'une voix incertaine.

— Non, c'est inutile. Restez dans la pièce. Je vais m'asseoir à côté d'elle un moment. »

Delia acquiesça et resta debout sans bouger à l'emplacement où se trouvait habituellement le fauteuil de cuir de Jonathan. La voir à cet endroit précis ramena à l'esprit de Mariah le souvenir de son père effondré dans ce fauteuil, le sang s'écoulant de sa tête. La police avait emporté le siège le soir du meurtre, le considérant comme une pièce à conviction. Ont-ils l'intention de le rapporter ? se demanda-t-elle. Mais avait-elle envie de le récupérer ?

« Mademoiselle Lyons, dit calmement Benet, il faut vraiment que nous vous parlions.

— Maintenant ? demanda-t-elle. Vous voyez dans quel état se trouve ma mère. Je dois rester auprès d'elle.

— Nous n'en aurons pas pour longtemps, lui promit-il. L'aide-soignante peut s'occuper d'elle pendant ces quelques minutes. »

Hésitante, Mariah regarda tour à tour l'inspecteur puis sa mère. « D'accord. Delia, voulez-vous aller chercher une chaise dans la salle à manger ? N'entrez pas dans le dressing, restez seulement à proximité. » Elle se tourna d'un air confus vers l'inspecteur : « J'ai toujours peur de la laisser seule. Elle risque de s'étouffer si elle a une crise de larmes. »

Le tremblement dans la voix de Mariah n'échappa guère à Rita Rodriguez. Elle comprit que la jeune femme était consciente du scepticisme de Benet. Le connaissant, elle n'ignorait pas que Simon était certain que Kathleen Lyons jouait la comédie.

Delia réapparut chargée d'une chaise, la plaça devant la porte du dressing et s'assit.

Kathleen leva les yeux. « Fermez la porte, ordonna-t-elle. Fermez la porte, je ne veux plus avoir de sang sur moi.

— Calme-toi, maman, tout va bien, dit doucement Mariah. Je laisse la porte entrebâillée pour que tu aies un peu de lumière. Je reviens tout de suite. »

Se mordant les lèvres pour les empêcher de trembler, elle conduisit les deux inspecteurs dans le séjour. Simon Benet fut direct : « Mademoiselle Lyons, ce cambriolage est bien sûr très regrettable, et nous comprenons que M. Scott en soit extrêmement perturbé. Nous savons aussi qu'il représente désormais votre mère et veut pouvoir lui parler. Cependant, l'enquête concernant cet homicide est en cours et nous devons la poursuivre sans délai. Je préfère vous prévenir : il est nécessaire que nous obtenions de votre part des réponses à certaines questions importantes. »

La sonnette de l'entrée retentit et Lloyd Scott fit irruption dans la pièce. Il avait le visage décomposé. « La police de Mahwah est chez nous. C'est incroyable, quelqu'un est entré sans déclencher l'alarme de la maison ni celle du coffre. Je pensais que nous avions un système de protection infaillible.

— Comme je l'ai dit il y a un instant, ce genre de chose n'existe plus, dit Benet. Il est évident que vous avez eu affaire à un professionnel. » Puis il changea de ton : « Monsieur Scott, nous sommes conscients que vous êtes très préoccupé par ce qui vient de vous arriver, mais, comme je le disais à Mlle Lyons, nous devons impérativement nous entretenir avec sa mère et avec elle. »

Mariah l'interrompit :

« Ma mère n'est pas en état de vous parler. Vous devriez vous en rendre compte par vous-même. » Elle s'aperçut qu'elle avait haussé le ton en entendant Kathleen gémir. « Je vous ai dit que j'étais prête à vous parler, mais ne pourrions-nous attendre que ma mère ait retrouvé son calme ? » Elle ajouta avec désespoir : « Il faut que j'aille la retrouver » et se hâta de regagner le bureau de son père.

Simon Benet planta son regard dans celui de Lloyd Scott : « Monsieur Scott, je préfère vous prévenir qu'à l'heure qu'il est nous avons probablement une raison suffisante pour arrêter Kathleen Lyons pour l'assassinat de son mari. Elle se trouvait seule dans la maison avec lui. Elle tenait le pistolet, qui porte ses empreintes. Il n'y a aucune trace d'effraction et rien n'indique qu'on ait dérobé quelque chose dans la maison. Nous avons patienté jusqu'ici parce que nous voulions nous assurer qu'elle n'était pas victime d'une machination. Mais si vous ne nous autorisez pas à lui parler dans les deux jours qui viennent, nous n'aurons pas d'autre choix que de l'arrêter.

— Il n'y a aucune trace d'effraction à mon domicile non plus, et pourtant quelqu'un est entré et reparti avec trois millions de dollars de bijoux, rétorqua Lloyd Scott.

— Mais on n'a trouvé personne chez vous un pistolet à la main », dit Benet.

Sans tenir compte de la remarque, Lloyd Scott poursuivit : « Je suis attendu chez moi maintenant. Je parlerai à Kathleen. Mais elle n'est visiblement pas en état de répondre à qui que ce soit en ce moment. Donnez-moi jusqu'à demain. Si toutefois je l'autorise à vous parler, ce sera demain après-midi. Si vous décidez ensuite de l'arrêter, prévenez-moi. Je la remettrai moi-même entre vos mains. Comme vous l'avez constaté, c'est une femme très, très malade. » Puis il ajouta : « J'ai également demandé à Mariah de s'entretenir avec moi avant de répondre à vos questions.

— Je regrette, dit sèchement Benet, il s'agit d'une enquête criminelle. Nous exigeons d'interroger Mariah dès que sa mère se sera calmée. Vous n'êtes pas son conseil.

— Monsieur Scott, vous venez d'entendre Mariah déclarer qu'elle était disposée à nous parler », ajouta fermement Rita Rodriguez.

Le visage de Lloyd Scott retrouva les couleurs qui l'avaient quitté quand il avait appris le cambriolage de sa maison. « Très bien. C'est à Mariah de décider, mais comprenez au moins que vous ne pouvez pas parler à Kathleen, que ce soit maintenant ou plus tard, sans mon consentement.

— Nous le comprenons tout à fait. Mais si vous essayez de nous empêcher de la voir demain et qu'on ne peut pas l'arrêter, votre cliente finira par recevoir une assignation à comparaître devant un grand jury, et il est certain qu'elle sera alors une cible de choix pour les jurés. Si elle invoque le cinquième amendement et refuse de témoigner, grand bien lui fasse. Mais ce serait l'équivalent d'un aveu, n'est-ce pas ? conclut Benet d'un ton sarcastique.

— Étant donné son état, je peux vous assurer qu'elle ne sait même pas ce que signifie le recours au cinquième amendement, répliqua Scott. Et au cas où elle le ferait, en tirer cette conclusion serait absurde. » Il regarda en direction du bureau. « Il faut que j'aille retrouver ma femme. Lorsque Mariah sortira, j'aimerais que vous lui disiez que je l'appellerai plus tard.

— Naturellement. » Benet et Rodriguez attendirent d'avoir entendu la porte d'entrée se refermer derrière l'avocat. « Je pense que la mère nous joue la comédie », maugréa Benet.

Rita secoua la tête. « Pas facile à dire. Mais je suis sûre d'une chose : Mariah Lyons est désespérée par la mort de son père et elle est inquiète. Je ne pense pas qu'elle soit responsable de quoi que ce soit. Je parie qu'elle redoute que sa mère soit coupable et qu'elle va essayer de nous aiguiller sur d'autres pistes. Ce sera intéressant de voir ce qu'elle va nous raconter. »

Vingt minutes s'écoulèrent avant que Mariah ne les rejoigne dans la pièce. « Ma mère s'est endormie, dit-elle d'une voix blanche. Tout ceci est... » Craignant de céder à l'émotion, elle se tut avant de reprendre : « Tout ceci est tellement accablant. »

Ils parlèrent pendant plus d'une heure. En enquêteurs expérimentés, ils l'interrogèrent sans lui laisser de répit. Elle ne nia pas qu'elle en avait voulu à Lillian et que son père l'avait déçue.

Elle répondit franchement à toutes leurs questions concernant le pistolet. Dix ans plus tôt, sa mère s'était mise à accompagner son père au stand de tir, mais elle n'y était certes pas retournée depuis les premiers symptômes de sa maladie. Elle apprit avec étonnement que le pistolet ne présentait aucune trace de rouille. Elle leur déclara que si son père s'était rendu au stand de tir depuis, il ne lui en avait jamais fait part. « Je sais qu'il avait l'habitude de le ranger dans le tiroir de son bureau, dit-elle, et je devine ce que vous pensez. Mais croyez-vous sérieusement que si mon père était assis à son bureau et que ma mère ait voulu prendre son arme dans le tiroir il l'aurait laissée faire ? Écoutez, si vous voulez mon avis, ce pistolet pouvait très bien être ailleurs que dans la maison depuis des années. »

Puis elle ajouta : « Mais j'ai appris hier que mon père avait eu le pressentiment de sa mort. Il semble qu'il ait révélé à plusieurs personnes sa découverte d'un parchemin ancien d'une valeur inestimable et ne faisait pas confiance à l'un des experts qu'il avait consultés. »

C'est avec soulagement que Mariah vit enfin partir les deux policiers. Elle regarda leur voiture descendre l'allée et sentit naître une lueur d'espoir. Les inspecteurs avaient téléphoné au frère Aiden et se dirigeaient à présent vers New York pour lui parler de la lettre peut-être écrite par le Christ à Joseph d'Arimathie.

15

Dès que sa société de service informatique avait commencé à se développer, Greg Pearson s'était formellement promis de ne jamais l'introduire en Bourse. Il n'avait nulle envie de se retrouver en première page du *Wall Street Journal* ou du *Times*, ni de spéculer comme un fou sur sa valorisation.

C'était un président-directeur général discret, bien que toujours parfaitement au courant du moindre détail. Il était respecté par ses associés, mais sa timidité maladive, que certains prenaient pour de la froideur, le retenait de nouer de véritables amitiés. Au cours des années, il était devenu membre de plusieurs clubs de golf et du Racquet & Tennis Club de New York. N'étant pas sportif de nature, il n'éprouvait pas grand plaisir à jouer au golf. Mais il s'était rendu compte qu'un handicap honorable lui permettait de participer aux compétitions et il s'efforçait de partager l'enthousiasme de ses partenaires.

Il s'était amélioré au tennis et avait acquis une réputation de bon joueur au club.

Tout ce qu'entreprenait Greg n'avait qu'un objectif, séduire Mariah. Il se demandait souvent si Jonathan avait deviné les sentiments qu'il éprouvait pour sa fille. Jonathan lui avait conseillé en riant de chercher une femme qui parlerait pour deux. Cette pensée le faisait sourire. Mariah n'était pas bavarde, mais elle était vive, drôle et d'une compagnie agréable.

Et belle.

Lors des dîners où Jonathan les réunissait tous, il ne pouvait s'empêcher de suivre chacun des mouvements de la jeune femme. Il était touché par l'affection qui régnait entre elle et son père. « Oh, que Dieu nous vienne en aide, Betty est absente et papa est en cuisine », plaisantait-elle en voyant Jonathan avec son tablier de chef. Elle se montrait toujours attentionnée envers sa mère. Lorsque, dans son égarement, Kathleen saisissait son couteau au lieu de sa fourchette, Mariah se penchait aussitôt vers elle pour lui éviter de se blesser.

Greg appréciait ces soirées où ils s'attardaient tous dans le séjour pour boire un café. Il avait alors la chance de s'asseoir à côté de Mariah sur le canapé. La sentir si proche, regarder son visage expressif, ses yeux d'un bleu saphir tellement semblables à ceux de son père l'emplissait d'une émotion intense mêlée de désespoir.

C'est navrant que Kathleen soit tombée sur ces photos de Jonathan en compagnie de Lillian, pensa Greg. Mariah s'était ensuite montrée inflexible et avait banni Lillian de leurs dîners.

Avant cela, Lily était toujours venue en voiture à Mahwah avec Charles, et Mariah croyait que Lillian et Charles sortaient ensemble. Ce qui arrangeait tout le monde. Les rapports de Jonathan et de sa fille s'étaient détériorés lorsqu'elle avait appris sa liaison avec Lillian, et ils en avaient souffert tous les deux.

Le samedi matin, Greg joua au tennis, puis regagna son appartement du Time Warner Center sur Columbus Circle. Il l'occupait depuis quatre ans mais n'était pas encore certain que le décor ultramoderne conçu par son designer lui convienne vraiment.

Peu lui importait, en fait.

Seul l'intéressait son travail, et il avait rapporté chez lui une pile de documents techniques qu'il étudia pendant un long moment avant de s'interrompre et de réaliser qu'il avait besoin de parler à Mariah.

Quand elle répondit au téléphone, sa voix était préoccupée mais chaleureuse : « Greg, c'est gentil d'appeler. Vous n'imaginez pas ce qui se passe par ici en ce moment. »

Il écouta. « Vous voulez dire que quelqu'un a cambriolé vos voisins pendant leur voyage et filé avec les bijoux ? Est-ce qu'ils savent quand c'est arrivé ?

— Non, je ne pense pas qu'on puisse le préciser, dit Mariah. Et Lloyd Scott – c'est notre voisin – est avocat d'assises. C'est lui qui assurera la défense de maman. Greg, je crois qu'ils vont l'accuser du meurtre de mon père.

— Laissez-moi vous aider, Mariah. Je vous en prie. J'ignore si votre voisin est un bon avocat, mais votre mère a besoin d'être représentée par un ténor de la profession, et vous aussi peut-être. Je crains que tout le monde sache que votre père et vous aviez de sérieux désaccords. » Puis, pendant qu'il en avait encore le courage, Greg ajouta : « Mariah, je vais venir à six heures. Vous avez dit que vous aviez toute confiance dans l'aide-soignante qui s'occupe de votre mère pendant le week-end. Nous irons dîner. Je vous en prie, ne refusez pas. Je veux vous voir et je me fais du souci pour vous. »

Après avoir raccroché, Greg resta immobile, se demandant s'il pouvait en croire ses oreilles.

Mariah avait accepté de dîner avec lui, ajoutant même qu'elle en serait très heureuse.

16

Le Pr Albert West savait qu'il avait pris un risque délibéré en révélant à son collègue et ami le Pr Charles Michaelson que Jonathan croyait avoir découvert le parchemin de Joseph d'Arimathie. Les yeux plissés derrière ses lunettes, il avait étudié avec attention le visage de Charles.

L'expression de stupéfaction de celui-ci était peut-être sincère, mais il pouvait aussi jouer la comédie. Albert n'aurait su le dire. Néanmoins entendre Charles évoquer la possibilité que Kathleen détruise le parchemin si elle le découvrait lui ouvrit la voie à d'autres hypothèses. Cette même pensée était-elle venue à l'esprit de Jonathan ? Et dans ce cas, l'aurait-il conservé ailleurs que chez lui ou confié à la garde d'une personne de confiance ?

Quelqu'un comme Charles ?

Insomniaque invétéré, Albert tourna et retourna cette pensée pendant la plus grande partie de la nuit de vendredi.

Le samedi, après un petit-déjeuner léger, il alla dans son bureau, la pièce qui aurait dû être une seconde chambre dans son modeste appartement, s'installa à sa table de travail et passa la matinée à revoir ses cours. Il était heureux que le semestre d'automne commence la semaine suivante. Il n'avait pas enseigné pendant l'été et, bien qu'il fût rarement seul, il appréciait pleinement les échanges avec ses étudiants. Il n'ignorait pas qu'ils l'avaient surnommé « Corne de brume » à cause de sa voix profonde. Un sobriquet assez bien vu et plutôt plaisant.

À midi, Albert se prépara un sandwich qu'il mangerait dans sa voiture, rassembla son matériel de camping et descendit dans le garage de son immeuble. En attendant son 4×4, il se prit à énumérer toutes les hypothèses. Supposons que Charles ait menti. Supposons que Charles ait vu le parchemin. Supposons qu'il ait dit à Jonathan qu'il pensait lui aussi qu'il s'agissait d'un document authentique.

Supposons que Charles ait conseillé à Jonathan de ne pas garder le manuscrit chez lui ? Il a pu lui rappeler que Kathleen avait trouvé les malheureuses photos qu'il croyait pourtant avoir cachées.

C'était possible.

Cela avait un sens.

Jonathan respectait Charles en tant qu'expert des questions bibliques et le considérait comme un ami. Il avait très bien pu lui confier le parchemin. En montant dans sa voiture, Albert se remémora un incident fâcheux, quinze ans plus tôt, quand Charles avait accepté un pot-de-vin pour authentifier un manuscrit qu'il savait faux.

C'était arrivé à l'époque où Charles était en train de divorcer et avait désespérément besoin d'argent. Heureusement pour lui, Desmond Rogers, le collectionneur qui avait acheté le manuscrit, était très riche et se flattait d'être expert en la matière. Lorsqu'il s'était aperçu qu'il avait été trompé, il avait téléphoné à

Charles et l'avait menacé de prévenir la police. Albert était alors allé le trouver et l'avait convaincu de ne pas avoir recours à la justice. Il l'avait persuadé que toute l'affaire finirait par le mettre lui-même dans l'embarras si elle revenait aux oreilles du public car il s'était ouvertement moqué d'autres experts qui l'avaient averti que le parchemin était un faux. « Vous ruineriez Charles qui vous a aidé à monter votre superbe collection de pièces anciennes, Desmond, avait plaidé Albert. Comprenez qu'il était plongé dans de grandes difficultés personnelles et financières et qu'il n'agissait pas de façon rationnelle. »

Desmond Rogers avait fini par décider de supporter la perte des deux millions de dollars et n'avait vraisemblablement jamais soufflé mot de l'affaire. Il avait cependant exprimé à Albert le profond mépris qu'il éprouvait pour Charles Michaelson. « Je suis un self-made-man, et je connais beaucoup de gens qui ont traversé des situations financières difficiles. Aucun d'eux n'aurait accepté un pot-de-vin pour tromper un ami. Dites à Charles de ma part que personne ne saura jamais rien de cet incident, mais dites-lui également que je ne veux plus jamais le revoir. Ce n'est qu'un escroc. »

Si Charles détient le parchemin de Jonathan, il est probable qu'il le vendra, conclut Albert. Il trouvera un acheteur anonyme.

Charles avait-il de l'aversion pour Jonathan ? Lors de leur premier voyage archéologique, six ans auparavant, son attirance pour Lillian Stewart n'avait pas échappé à Albert. Il avait cependant dû se rendre à l'évidence en voyant Lillian et Jonathan tomber dans les bras l'un de l'autre pratiquement du jour au lende-main.

Que, le soir où ils avaient tous dîné chez Jonathan, Charles ait volontairement laissé croire que Lillian et lui sortaient ensemble ne lui ressemblait pas. Il avait probablement agi ainsi à sa demande à elle.

Qu'était-il prêt à faire d'autre pour Lily ?

Je me demande ce qui va se passer désormais ? songea Albert en prenant la direction du camping qu'il fréquentait depuis peu, dans les Ramapo Mountains, à quelques minutes du lieu où Jonathan avait été assassiné.

17

Frère Aiden conduisit Simon Benet et Rita Rodriguez à son bureau dans l'immeuble qui jouxtait l'église Saint-François-d'Assise située dans la 31e Rue Ouest de Manhattan. Ils lui avaient demandé de leur accorder un rendez-vous, ce qu'il avait volontiers accepté, tout en réfléchissant aussitôt à ce qu'il pourrait leur dire et à la meilleure façon de présenter les choses.

Il craignait énormément que Kathleen ait tiré sur Jonathan. Sa personnalité avait tellement changé depuis le début de sa maladie. Les premiers symptômes indiquant qu'elle commençait à perdre l'esprit étaient apparus plusieurs années auparavant. Il avait lu que moins d'un pour cent de la population montrait des signes de démence sénile à l'âge de soixante ans.

Le frère Aiden O'Brien avait fait la connaissance de Jonathan et de Kathleen quand ils étaient jeunes mariés et lui un jeune prêtre. À vingt-six ans, Jonathan était déjà docteur en histoire biblique et enseignait à l'université de New York. Kathleen avait une maîtrise de sciences sociales et travaillait pour la municipalité. Ils vivaient dans un minuscule appartement dans la 28e Rue Ouest, et assistaient à la messe du dimanche à Saint-François-d'Assise. Ils avaient bavardé un jour avec frère Aiden à la sortie de la messe et fini par se lier avec lui et l'inviter fréquemment à dîner chez eux.

Leur amitié avait perduré après leur installation dans le New Jersey, et c'était lui qui avait baptisé Mariah quand, à quarante ans passés, Kathleen avait accouché de l'enfant qu'ils avaient presque renoncé à avoir.

Pendant quarante ans, ils avaient connu ce qu'on pouvait appeler un bonheur parfait, se souvint frère Aiden. Il comprenait les angoisses de Jonathan devant l'aggravation de l'état de Kathleen. Dieu sait que je vois tous les jours dans ma propre paroisse des hommes et des femmes, fils, filles, épouses ou maris, accablés par les soins que requiert une personne atteinte de la maladie d'Alzheimer, pensa-t-il.

« Je ne veux pas me mettre en colère contre lui, mais certains jours j'ai l'impression que si Sam continue à me poser sans cesse la même question... »

« Je l'ai laissée une minute et elle a jeté dans l'évier tout le linge que je venais de repasser... »

« Nous venions de sortir de table quand papa a déclaré qu'il mourait de faim et s'est mis à vider et jeter par terre tout le contenu du réfrigérateur. Que Dieu me pardonne, mon père, je l'ai poussé et il est tombé. J'ai pensé, mon Dieu, faites qu'il ne se soit rien cassé. Puis il a levé les yeux vers moi et a dit : "Je suis désolé de te causer tant de soucis." Il avait soudain un moment de parfaite lucidité. Nous pleurions tous les deux... »

Telles étaient les pensées qui agitaient frère Aiden O'Brien quand il prit place derrière son bureau et invita Simon Benet et Rita Rodriguez à s'asseoir sur les deux chaises réservées aux visiteurs.

Jonathan s'était montré d'une patience et d'une affection infinies avec Kathleen jusqu'à sa rencontre avec Lillian. L'esprit dément de Kathleen l'avait-il poussée à commettre un acte qu'elle n'aurait jamais accompli si elle était restée la Kathleen que j'ai connue pendant tant d'années ? se demandait encore O'Brien.

« Mon père, merci de nous recevoir dans un délai aussi bref, commença Simon. Comme je vous l'ai expliqué au téléphone, nous faisons partie de la brigade criminelle du procureur du comté de Bergen et nous sommes chargés d'enquêter sur le meurtre du Pr Jonathan Lyons.

— C'est ce que j'ai compris », dit simplement frère Aiden.

Les questions auxquelles il s'était attendu se succédèrent sans relâche. Depuis combien de temps connaissait-il les Lyons ? Les voyait-il souvent ? Était-il au courant des liens du professeur avec Lillian Stewart ?

Nous pénétrons à présent sur un terrain dangereux, se dit frère Aiden en plongeant la main dans la poche de sa soutane. Il en sortit son mouchoir, retira lentement ses lunettes et les frotta avec soin avant de commencer à répondre.

« J'ai rencontré le Pr Stewart à deux ou trois reprises, dit-il. La dernière fois, c'était il y a plus de trois ans. Je l'ai aperçue hier à la messe des funérailles que je célébrais, elle est entrée tardivement dans l'église. Je ne l'ai pas vue repartir.

— Est-elle jamais venue prendre conseil auprès de vous ? demanda Rita Rodriguez.

— Les gens qui viennent me demander assistance le font à la condition que le secret de leur vie privée soit respecté. Ne tirez pas de conclusions si je vous dis qu'il ne me semble pas approprié de répondre à cette question. »

Cette jolie et jeune inspectrice, avec son air déférent, sait déjà que je serais la dernière personne à qui Lillian Stewart serait venue demander conseil, pensa frère Aiden. Cette question est un piège.

« Mon père, on nous a rapporté que la fille de Jonathan Lyons, Mariah, avait été profondément bouleversée par la liaison de son père avec Lillian Stewart. En a-t-elle jamais discuté avec vous ?

— À nouveau... »

Simon l'interrompit : « Mon père, nous avons rencontré Mariah Lyons il y a une heure. Elle nous a dit d'elle-même, spontanément, qu'elle s'était plainte de Lillian Stewart auprès de vous et pensait que sa liaison avec son père aggravait l'état de sa mère.

— Dans ce cas vous savez de quoi nous avons discuté, Mariah et moi, dit tranquillement O'Brien.

— Mon père, vous avez dit hier à Mariah que Jonathan Lyons était venu vous voir il y a dix jours – le mercredi 15 août, pour être précis, dit Simon.

— En effet, j'ai raconté à Mariah, en prenant un café dans les locaux de la Fraternité, que Jonathan Lyons croyait avoir trouvé un document d'une valeur considérable qu'il désignait sous le nom de "parchemin de Joseph d'Arimathie", ou de "lettre du Vatican".

— Jonathan Lyons était-il venu vous voir dans l'intention de vous parler du parchemin ? demanda Rita.

— Comme vous le savez, Jonathan était un ami de longue date. Il n'était pas inhabituel de sa part, s'il se trouvait dans les environs, de passer me faire une visite à la Fraternité. Ce mercredi après-midi, il m'a dit qu'il était en train d'examiner d'anciens parchemins découverts dans une église depuis longtemps désaffectée et sur le point d'être rasée. On y avait trouvé un coffre enfoui dans un mur. À l'intérieur, se trouvaient d'anciens parchemins qu'il avait été chargé de traduire. » Frère Aiden s'enfonça dans son fauteuil. « Vous avez peut-être entendu parler du Suaire de Turin ? »

Les deux inspecteurs hochèrent la tête.

« Un grand nombre de gens estiment qu'il s'agit du linceul qui enveloppait Jésus après la crucifixion. Même le pape actuel aurait déclaré qu'il le croit authentique. Le saurons-nous jamais avec certitude ? J'en doute, bien que les preuves abondent. La "lettre du Vatican", ou "parchemin de Joseph d'Arimathie", est d'une valeur qui dépasse toute estimation. Si elle est authentique, ce serait le seul exemple d'une lettre écrite par le Christ.

— Joseph d'Arimathie n'est-il pas l'homme qui demanda à Ponce Pilate l'autorisation d'emporter le corps du Christ afin de l'ensevelir dans sa propre tombe ? s'enquit Rita Rodriguez.

— C'est exact. Joseph avait été pendant longtemps un disciple secret du Christ. Comme vos leçons de catéchisme vous l'ont peut-être appris, le Christ, à l'âge de douze ans, se rendit au temple de Jérusalem pour la Pâque juive, mais à la fin il ne rentra pas avec les autres. Il s'attarda dans le Temple et y demeura pendant trois jours, étonnant les grands prêtres et les sages par sa connaissance des Écritures.

« Joseph d'Arimathie était un des anciens du Temple à cette époque. Quand il entendit parler le Christ et apprit qu'il était né à Bethléem, il fut convaincu qu'il s'agissait du Messie tant attendu. »

Pris par son sujet, frère Aiden poursuivit : « Nous ne savons rien de ce qu'il advint du Christ entre cet épisode et les noces de Cana. Ces années de sa vie nous sont inconnues – ce sont "les années perdues". Cependant, de nombreux érudits pensent qu'il en passa une partie à étudier en Égypte grâce à l'intervention de Joseph d'Arimathie.

« Cette lettre, si elle est authentique, le Christ l'écrivit à Joseph peu avant la crucifixion. Il l'y remercie pour la bienveillance et la protection qu'il lui a prodiguées depuis l'enfance. Cette authenticité a été mise en doute dès le jour où l'apôtre Pierre l'a apportée à Rome. Certains papes l'ont tenue pour incontestable, d'autres non. Elle était dans la bibliothèque du Vatican et le bruit courut que le pape Sixte IV avait l'intention de la détruire pour mettre fin à la controverse. C'est alors qu'elle a disparu. Aujourd'hui, quelque cinq cents ans plus tard, elle se trouvait peut-être parmi les parchemins anciens qu'étudiait Jonathan.

— Une lettre écrite par le Christ, je ne peux même pas l'imaginer ! s'exclama Rita Rodriguez, sidérée.

— Que vous a dit le Pr Lyons à propos de ce parchemin ? demanda Benet.

— Qu'il le croyait authentique et qu'il craignait qu'un des experts à qui il l'avait montré ne soit intéressé que par sa valeur marchande.

— Savez-vous où se trouve le parchemin à présent ?

— Non, je l'ignore. Jonathan n'a donné aucune indication de l'endroit où il le gardait.

— Mon père, vous avez dit que vous aviez pris un café à la Fraternité. Auparavant, aviez-vous rencontré Jonathan Lyons dans l'église ? demanda Rodriguez.

— Nous nous étions retrouvés à l'intérieur de l'église. Dans le vestibule, à l'entrée de la Fraternité.

— Jonathan Lyons est-il également venu vous voir dans la salle de réconciliation ? demanda Rita d'un ton innocent.

– Si c'était le cas, je ne serais pas libre de vous le révéler, répondit O'Brien, d'une voix à présent sévère. J'imagine que vous le savez, inspecteur Rodriguez. Je vois que vous portez une petite croix. Êtes-vous catholique pratiquante ?

— Oui, même si je ne suis pas très zélée. »

Simon Benet prit le relais : « Mon père, Jonathan Lyons entretenait depuis longtemps une liaison avec une femme. Mettons qu'il soit venu dans la salle de réconciliation pour confesser ses péchés. Lui auriez-vous donné l'absolution s'il avait l'intention de poursuivre ses relations avec Lillian Stewart ? » Benet eut un sourire d'excuse. « J'ai été élevé dans la religion catholique, moi aussi.

— Je croyais avoir clairement laissé entendre qu'en dehors de ce qu'il m'a confié concernant le parchemin, tout ce qui se rapporte à Jonathan Lyons était confidentiel. Ce qui répond à votre question, inspecteur Benet. J'ajouterai cependant ceci. Je connais Kathleen Lyons depuis le jour où elle s'est mariée. Quelle que soit la triste confusion qui s'est emparée de son esprit, je ne la crois pas capable d'avoir tué le mari qu'elle aimait. »

En prononçant ces mots avec force, frère Aiden comprit qu'au plus profond de son cœur il croyait fermement à ce qu'il venait de dire. En dépit de ses premières craintes, il savait que Kathleen ne pouvait pas être coupable du meurtre de Jonathan. Puis il observa l'un après l'autre les deux inspecteurs et comprit aussi qu'il perdait son temps à défendre Kathleen devant eux.

Que penseraient-ils s'il leur avouait que Jonathan avait eu le pressentiment de sa mort prochaine ? Jonathan ne s'en était pas caché, mais il y avait un risque à le révéler. Ils pourraient croire qu'il redoutait les crises de violence de plus en plus fréquentes de Kathleen. O'Brien ne souhaitait certes pas que la situation de la malade empire.

Simon Benet ne s'occupa guère de savoir si la question suivante était appropriée ou non : « Mon père, Jonathan Lyons vous a-t-il donné les noms de l'expert ou des experts qu'il a consultés pour authentifier le manuscrit ?

— Non, mais je peux préciser qu'il a mentionné "un des experts", ce qui laisse supposer qu'il l'a montré à plusieurs personnes.

— Connaissez-vous des experts de l'histoire biblique, mon père ? demanda Rita.

— Les trois que je connais le mieux sont les amis de Jonathan, les Prs West, Michaelson et Callahan. Ce sont tous des spécialistes de la Bible.

— Et Greg Pearson ? Mariah Lyons nous a dit que son père et lui étaient bons amis et que Pearson était toujours convié à leurs dîners, continua Rita.

— Jonathan aurait pu le lui montrer ou lui en parler comme à un ami, mais je ne pense pas qu'il aurait consulté Greg en tant qu'expert.

— À votre avis, pourquoi n'en a-t-il rien dit à sa fille ?

— Je l'ignore, si ce n'est que leurs rapports avaient été éprouvés par sa relation avec Lillian Stewart.

— Considérez-vous le Pr Lillian Stewart comme une experte en matière de manuscrits anciens ?

— Je ne peux répondre sur ce point non plus. Lillian Stewart est professeur d'anglais, mais est-elle compétente pour expertiser des manuscrits anciens, je n'en sais rien. »

La discussion avec les inspecteurs dura presque une heure et frère Aiden était convaincu qu'ils reviendraient. Et lorsqu'ils reviendront, pensa-t-il, ils se concentreront sur la relation de Jonathan avec Lillian et chercheront à savoir s'il a pu lui confier le parchemin.

Après leur départ il se rassit à son bureau, épuisé et abattu. Avant d'avoir pris conscience de la liaison de Jonathan avec Lillian Stewart, il avait à l'occasion participé aux dîners donnés par Jonathan pour ses collègues. Il appréciait Lillian et s'était alors imaginé qu'elle sortait avec Charles Michaelson. Elle jouait volontiers les coquettes avec lui et faisait souvent allusion aux pièces de théâtre ou aux films qu'ils avaient vus ensemble. C'était un rideau de fumée destiné à masquer ses relations avec Jonathan.

Et Jonathan l'acceptait, songea O'Brien avec tristesse. Je ne m'étonne pas que Mariah se soit sentie trahie.

Jonathan aurait-il confié la lettre du Vatican à la garde de Lillian ? se demanda-t-il. Et dans ce cas, avouerait-elle qu'elle la détenait ? En particulier si

Jonathan lui avait annoncé qu'il avait l'intention de se séparer d'elle ?

Frère Aiden s'appuya sur les accoudoirs du fauteuil et se leva péniblement.

L'ironie de l'histoire, pensa-t-il amèrement, c'est que si Kathleen a tué Jonathan, c'est justement peu après qu'il avait décidé de consacrer le reste de sa vie à prendre soin d'elle et à renouer de bonnes relations avec Mariah.

Il soupira. Les voies de Dieu sont impénétrables.

Richard Callahan enseignait l'histoire biblique au campus de Rose Hill de l'université de Fordham, dans le Bronx. Après ses années d'études, il avait rejoint la communauté des jésuites mais n'y était resté qu'un an avant de s'apercevoir qu'il n'était pas prêt à s'engager dans une vie sacerdotale. À trente-quatre ans, il n'avait pas encore pris de décision définitive.

Il habitait un appartement près du campus. Il avait grandi dans Park Avenue, chez ses parents, deux éminents cardiologues, et appréciait aujourd'hui de pouvoir se rendre à pied à son travail, mais il y avait davantage. Le magnifique campus, avec ses bâtiments gothiques et ses allées bordées d'arbres, aurait pu se situer dans la campagne anglaise. Quand il en franchissait les grilles, il aimait marcher dans les rues animées du voisinage et appréciait l'abondance des restaurants italiens dans les environs d'Arthur Avenue.

Il avait eu l'intention de retrouver des amis pour dîner dans un de ces restaurants, mais en rentrant chez lui, après l'enterrement, il annula le rendez-vous. Le chagrin d'avoir perdu son cher ami et mentor Jonathan Lyons l'accompagnerait pendant longtemps. Mais la question qui occupait son esprit ce soir était de savoir qui l'avait tué. S'il était prouvé que Kathleen, dans son égarement, avait commis ce crime, elle serait enfermée dans un hôpital psychiatrique, probablement pour le restant de ses jours.

Mais si on découvrait qu'elle était innocente, sur qui se porteraient les soupçons de la police ?

Le premier geste de Richard en pénétrant dans son agréable trois-pièces fut de troquer sa veste, sa cravate et sa chemise à manches longues contre une chemise de sport. Puis il alla à la cuisine et se servit une bière. Vivement que le temps se rafraîchisse, pensa-t-il en étirant ses longues jambes tout en s'enfonçant confortablement dans le vieux fauteuil inclinable en similicuir qu'il avait interdit à sa mère de remplacer. « Richard, tu n'as pas encore fait vœu de pauvreté, avait-elle dit, et il est probable que tu ne le feras jamais. Tu n'as pas besoin de t'entraîner dès maintenant. » Richard eut un sourire affectueux au souvenir de ces paroles, puis se concentra à nouveau sur Jonathan Lyons.

Il savait que Jonathan était en train de traduire d'anciens parchemins découverts dans une église désaffectée.

Avait-il trouvé parmi eux celui de Joseph d'Arimathie ? Si seulement je n'avais pas été absent, songea Richard. Si seulement il m'avait dit exactement ce qu'il avait trouvé. Peut-être était-il tombé dessus par hasard. Il se souvint qu'on avait trouvé une symphonie de Beethoven sur l'étagère d'une bibliothèque de Pennsylvanie il n'y avait pas si longtemps.

Une pensée confuse le poursuivait. Elle resta tapie dans son esprit pendant qu'il se préparait un plat de pâtes et une salade, sans qu'il soit capable de la définir. Elle était toujours présente tandis qu'il regardait un film à la télévision.

Encore là quand il alla se coucher et imprégnant ses rêves durant la nuit.

Ce ne fut qu'au milieu de la matinée du samedi qu'elle se clarifia. Lillian avait menti quand elle avait dit ne pas connaître l'existence du parchemin. Richard en était convaincu. Il était évident que Jonathan aurait partagé l'objet de sa découverte avec elle. Peut-être même l'avait-il laissé chez elle.

Et dans ce cas, maintenant qu'il était mort, Lily allait-elle trouver sans mal un acquéreur et empocher ce qui serait sans doute une énorme somme d'argent ?

C'était un scénario dont il voulait discuter avec Mariah. Elle serait peut-être heureuse que je l'invite à dîner ce soir, pensa-t-il.

Mais quand il lui téléphona, ce fut pour apprendre que Greg l'avait devancé et qu'elle dînait avec lui. Richard s'avoua qu'il était profondément déçu.

La décision qu'il avait fini par prendre venait-elle trop tard ?

19

« Bon boulot, déclara le prêteur sur gages à Wally Gruber quand ce dernier lui apporta son butin du cambriolage de la maison des Scott. C'est sûr que tu sais y faire. »

Wally eut un sourire satisfait. Quarante ans, court sur pattes, chauve, avec sa silhouette corpulente et un sourire engageant qui attirait la sympathie d'un interlocuteur dénué de méfiance, il avait une longue liste de cambriolages impunis à son actif. Il s'était fait pincer une seule fois et avait écopé d'une année de prison. Aujourd'hui, il était employé comme gardien dans un garage de la 52e Rue Ouest de Manhattan.

Mon travail de jour, se disait-il avec un sourire sardonique – Wally avait trouvé un nouveau moyen, moins risqué, de reprendre une activité criminelle sans attirer l'attention de la police.

Le plan qu'il avait imaginé était de placer des traceurs GPS sous les voitures des gens qu'il envisageait de cambrioler, puis de suivre les allées et venues de ces véhicules sur son ordinateur portable.

Il ne le faisait jamais pour les habitués, seulement pour les clients occasionnels qui venaient se garer juste un soir. Le choix de ses victimes était souvent guidé par les bijoux que portait la femme. Dans les derniers jours du mois de juillet, il avait placé un traceur sur la Mercedes d'un type vêtu d'un smoking. La femme était superbe, bien qu'elle eût une cinquantaine d'années, mais c'étaient les émeraudes qu'elle arborait qui avaient attiré l'œil de Wally. Des pendants d'oreilles en émeraudes et diamants, un collier d'émeraudes, un bracelet comme il n'en avait jamais vu, une bague d'au moins sept carats. Wally en était resté baba.

Tu vas être surpris, mon bonhomme, avait-il pensé quand Lloyd Scott lui avait refilé un pourboire de cinq dollars à la fin de la soirée. Tu ne sais pas le cadeau que tu viens de me faire.

Il s'était rendu à Mahwah, dans le New Jersey, le lendemain soir et était passé devant la maison des Scott. Elle était éclairée à l'intérieur et à l'extérieur, et il avait pu lire le nom du système d'alarme. Le top du top, avait-il pensé, admiratif. Difficile à contourner pour la plupart des gens, mais pas pour lui.

La Mercedes avait fait des allers-retours en ville pendant la semaine suivante. Wally avait attendu son heure. Puis une semaine s'était écoulée et la voiture n'avait plus bougé. Wally s'était rendu à nouveau sur place pour examiner les lieux. Seules une pièce du rez-de-chaussée et une chambre du haut étaient éclairées.

Le truc habituel, avait-il pensé. Les minuteries font croire aux gens qu'il y a quelqu'un à la maison. Ainsi, dans la soirée du lundi précédent, il avait pris sa décision. Utilisant des plaques d'immatriculation volées pour sa propre voiture et un passe électronique « emprunté » à l'une des voitures du garage, il avait roulé jusqu'à Mahwah et s'était garé en bas de la rue où les voisins donnaient visiblement une réception.

Wally avait débranché sans difficulté l'alarme, pénétré dans la maison, et il avait juste fini de vider le coffre quand il entendit un coup de feu. Il se précipita à la fenêtre à temps pour apercevoir quelqu'un sortir en trombe de la maison voisine.

Il vit une main se tendre et ôter un foulard ou un mouchoir au moment où la silhouette dépassait le lampadaire de l'allée pavée qui débouchait sur le trottoir, puis tournait et disparaissait au bout de la rue.

L'espace d'une seconde, Wally distingua clairement le visage qui s'inscrivit à l'instant même dans son esprit. Ce souvenir lui serait peut-être utile un jour.

Il se demanda si quelqu'un d'autre dans la maison avait entendu le coup de feu et était au même moment en train d'appeler la police. Saisissant son butin, il se rua dehors, non sans se rappeler, malgré sa hâte, de refermer le coffre-fort et de remettre l'alarme en marche. Il monta dans sa voiture et s'éloigna, le cœur battant. Ce ne fut qu'une fois de retour à Manhattan qu'il se rendit compte qu'il avait oublié un détail important. Il avait laissé le traceur sur la Mercedes rangée dans le garage de la maison qu'il venait de cambrioler.

Est-ce qu'on le trouverait ? Et quand ? Il avait pris toutes les précautions, mais peut-être y avait-il laissé une trace ? Dans ce cas, il était cuit, ses empreintes figuraient dans le fichier de la police. Il fut saisi de panique à cette pensée. Wally ne voulait pas retourner en prison. Il avait lu avec un intérêt passionné l'histoire du meurtre du Pr Jonathan Lyons et avait conclu que les flics soupçonnaient sa femme, qui souffrait de la maladie d'Alzheimer, d'être l'auteur du crime.

Ça ne peut pas être elle, pensa Wally. C'était son seul réconfort : si les flics remontaient jusqu'à lui pour le vol des bijoux, il pourrait échanger la description du meurtrier contre une réduction de peine, voire même l'immunité.

À moins d'un coup de chance. Qu'ils se rendent à une autre réception dans le coin et viennent stationner dans mon garage, se dit-il.

De toute façon, c'était trop dangereux maintenant de retourner en douce dans leur garage et d'ôter le traceur de la Mercedes.

20

Plongés dans leurs pensées, Simon Benet et Rita Rodriguez gardèrent le silence pendant une bonne quinzaine de minutes après s'être engouffrés dans leur voiture pour regagner le New Jersey.

Lorsqu'ils atteignirent la West Side Highway, Rita regarda d'un air songeur les bateaux sur l'Hudson. Quelques semaines avant le 11-Septembre, se rappelait-elle, elle avait retrouvé son mari, Carlos, un soir à cinq heures, dans un café sur le quai, pour prendre un verre et dîner. Quelques-uns des grands navires étaient de retour et Carlos et elle avaient savouré la douceur de la fin d'après-midi, la beauté des bateaux à quai et le sentiment que New York était unique, incroyablement unique.

Carlos travaillait dans le World Trade Center, et la tragédie ultime était arrivée. C'était par un jour de fin d'été comme aujourd'hui que nous étions ici, songea-t-elle. Et, une fois encore, elle se demanda qui aurait pu prédire un tel désastre.

Je n'ai jamais imaginé que je pourrais le perdre. Jamais.

Mais il y a une semaine, qui aurait pu prédire que le Pr Jonathan Lyons serait victime d'un meurtre ? Il a été assassiné le lundi, se rappela-t-elle. Je me demande ce qu'il faisait le samedi. Une aide-soignante à plein temps s'occupait de sa femme. Est-il allé à New York voir sa petite amie, Lillian Stewart ?

Il serait intéressant de retracer les allées et venues du Pr Lyons durant le dernier week-end. Et qu'en était-il de la lettre du Vatican, ce parchemin de Joseph d'Arimathie qui avait peut-être été écrit par le Christ ? Jonathan Lyons l'avait-il réellement trouvé ? Ce devait être un document d'une valeur incalculable. Quelqu'un aurait-il pu tuer le professeur pour le lui dérober ?

C'était une piste à suivre, naturellement, mais Rita ne croyait pas qu'elle avait un rapport avec l'homicide. Le coup avait été tiré par une femme jalouse et folle, autrement dit par Kathleen Lyons.

La voix neutre de Benet interrompit soudain ses réflexions : « Rita, je suis convaincu que notre professeur est allé se confesser à frère Aiden, ou du moins qu'il lui a parlé dans la salle de réconciliation. J'ai bien vu que j'avais touché juste quand j'ai posé la question à ce bon père.

— Tu crois que Lyons aurait eu l'intention de laisser tomber sa copine ? s'étonna Rita.

— Qui sait ? Tu as vu le comportement de sa femme. Peut-être a-t-il dit simplement : "Mon père, je ne peux plus en supporter davantage. D'une façon ou d'une autre, il faut que j'en sorte." Il n'aurait pas été le premier à dire ce genre de chose.

— Et le parchemin ? Qui le détient, à ton avis ?

— Nous allons passer en revue toutes les personnes dont frère Aiden nous a communiqué le nom. Les professeurs et l'autre type qui traîne avec eux, ce Greg Pearson. Et je veux parler aussi avec Lillian Stewart.

S'il existe un parchemin d'une telle valeur et qu'elle l'a en sa possession, qui sait jusqu'où ira son honnêteté ? Certes, nous l'avons vue sur la tombe de Lyons, mais deux minutes plus tard elle était en voiture avec Richard Callahan. »

Simon Benet doubla un conducteur trop lent à son goût. « Pour l'instant, mes soupçons se portent sur Kathleen Lyons, et la prochaine étape sera d'obtenir un mandat de perquisition. Je veux passer au peigne fin chaque centimètre carré de cette maison. Mon instinct me dit que nous trouverons un autre indice, quelque chose qui relie Kathleen Lyons au meurtre.

« Mais, que nous trouvions un autre indice ou pas, je vais demander au procureur l'autorisation de procéder à son arrestation. »

21

Confortablement installé dans son fauteuil club, Willy Meehan regardait le match Yankees-Red Sox. C'était la seconde moitié de la neuvième manche. Les deux équipes étaient à égalité. Fan des Yankees, Willy retint sa respiration.

Il entendit la clé tourner dans la serrure et sut qu'Alvirah rentrait de son déjeuner avec Lillian Stewart.

« Willy, il faut que je te raconte. »

Alvirah s'assit sur le divan, forçant son mari à baisser le son de la télévision et à pivoter dans son fauteuil pour l'écouter.

« Willy, dit-elle avec véhémence. J'avais eu l'impression au téléphone que Lillian voulait me demander conseil pour quelque chose de précis, mais quand je l'ai retrouvée, elle s'est montrée carrément évasive. J'ai voulu savoir quand elle avait vu Jonathan pour la dernière fois et elle m'a répondu qu'elle ne l'avait pas revu depuis le mercredi soir. Il a été assassiné cinq jours plus tard, le lundi suivant, ça m'a paru bizarre.

— Tu as donc mis ta broche en marche. »

Willy savait que dès qu'elle flairait quelque chose de louche, Alvirah branchait l'enregistreur miniature de sa fameuse broche en forme de soleil.

« Oui, parce que Mariah a dit un jour qu'elle était certaine que Lily et son père se retrouvaient au moins deux ou trois fois durant le week-end. Jonathan restait à la maison dans la journée. L'aide-soignante remplaçante est une femme de confiance, et s'il retrouvait Lillian pour dîner, il lui arrivait de passer la nuit chez elle.

— Hum-hum.

— La question est donc : pour quelle raison Lily ne l'a-t-elle pas vu le week-end précédant son assassinat ? Il y a quelque chose qui ne colle pas. Se seraient-ils disputés ? » Alvirah continua : « Bref, Lillian m'a parlé, bien sûr, elle a dit que Jonathan lui manquait déjà et qu'elle regrettait qu'il n'ait pas mis Kathleen dans une maison de santé, ne serait-ce que pour la protéger d'elle-même, ce genre de choses.

« Ensuite les larmes lui sont montées aux yeux et elle a dit que Jonathan lui racontait combien Kathleen et lui avaient été heureux ensemble, qu'ils avaient eu une vie merveilleuse avant qu'elle soit atteinte de la maladie d'Alzheimer. Et que si Kathleen avait eu le choix, ce qu'elle n'avait pas eu, elle aurait préféré mourir que d'être dans cet état.

— Moi aussi, mon chou, dit Willy, si jamais tu me surprends en train de fourrer la clé dans le réfrigérateur, mets-moi directement dans une bonne maison de santé. »

Il s'autorisa un bref regard vers la télévision, à temps pour voir le premier Yankee se faire éliminer sur un tir en chandelle.

Alvirah, à qui rien n'échappait, s'en aperçut. « Oh, Willy, c'est bon. Continue à regarder ton match.

« — Non, chérie, continue à réfléchir tout haut. Je suis certain que tu es sur une piste.

— Écoute, Willy. » Le ton d'Alvirah se fit plus pressant : « Suppose que Jonathan et Lillian se soient disputés ?

— Tu ne supposes quand même pas que Lillian Stewart ait tué Jonathan, non ?

— Je ne sais pas ce que je suppose. Mais je sais une chose. Je vais appeler Mariah sans tarder et lui demander si nous pouvons passer la voir demain après-midi. J'ai besoin d'en savoir davantage sur tout ce qui se passe. » Sur ce, Alvirah se leva. « Je vais enfiler quelque chose de confortable. Pourquoi ne finis-tu pas de regarder ton match ? »

Willy fit pivoter son fauteuil, pressa le bouton de la télécommande pour augmenter le volume. Il regarda l'écran. Les Yankees faisaient des bonds de joie sur le terrain, s'embrassaient à qui mieux mieux.

Le présentateur s'époumonait : « Les Yankees ont gagné ! Les Yankees ont gagné ! Deux retraits à la fin de la neuvième manche, deux prises, et Derek Jeter en met un ! »

Je n'y crois pas, pensa Willy tristement. J'ai regardé ce match pendant trois heures et, à la minute où je tourne le dos, Jeter en met un.

22

Le dimanche matin, Mariah assista à la messe, puis se rendit sur la tombe de son père. Il avait acheté la concession dix ans auparavant dans une partie agréable du cimetière qui avait été jadis le terrain d'un séminaire. La pierre tombale était gravée au nom de la famille Lyons. *Je dois leur demander de graver le nom de papa*, se rappela-t-elle en regardant la terre fraîchement remuée qui recouvrait la fosse où le cercueil de son père avait été descendu.

Des fragments de la prière qu'elle avait choisie pour les cartes commémoratives dans le salon des pompes funèbres lui revinrent en mémoire : « Quand la fièvre de la vie nous quitte… Accorde à ceux qui sont partis de reposer en paix… »

J'espère que tu reposes en paix, papa, pensa Mariah en refoulant ses larmes. *Mais je reconnais que tu nous laisses avec un affreux problème. Ces inspecteurs croient que c'est maman qui est coupable. Papa, je ne sais pas quoi penser. Mais je sais que s'ils arrêtent maman, elle finira ses jours dans un hôpital psychiatrique, elle sera brisée et je vous aurai perdus tous les deux.*

Sur le point de s'en aller, elle se retourna. « Je t'aime, murmura-t-elle. J'aurais dû essayer d'être plus compréhensive à l'égard de Lillian. Je sais que tout était difficile pour toi. »

Pendant les quinze minutes de trajet jusqu'à la maison familiale, elle s'apprêta à affronter la journée. Au petit-déjeuner, sa mère avait repoussé sa chaise et déclaré : « Je vais rejoindre ton père. » Delia s'était levée d'un bond pour la retenir de monter l'escalier, mais Mariah avait secoué la tête. Elle savait que Kathleen résisterait à toute tentative de l'arrêter.

« Jonathan… Jonathan… »

Elle avait entendu la voix de sa mère appeler, passant d'une chambre à l'autre, à la recherche de son mari. Puis elle était redescendue lentement. « Il se cache, avait-elle dit d'un air étonné. Mais il était en haut il y a quelques minutes à peine. »

Je suis heureuse qu'Alvirah et Willy viennent cet après-midi, pensa Mariah. Maman les aime beaucoup. Et elle les reconnaît toujours tout de suite. Mais quand elle tourna dans la rue de ses parents, elle fut prise de panique à la vue des voitures de police stationnées dans leur allée. Certaine qu'il était arrivé quelque chose à sa mère, elle se gara aussitôt, remonta l'allée en courant, ouvrit brusquement la porte d'entrée et se dirigea vers l'endroit d'où lui parvenaient les voix.

Les inspecteurs Benet et Rodriguez se trouvaient dans la salle de séjour. Trois des tiroirs du secrétaire ancien étaient renversés par terre. Ils en fouillaient un quatrième, qu'ils avaient placé sur la table basse. Au premier étage, elle entendait le bruit des pas qui parcouraient le couloir.

« Qu'est-ce… » commença-t-elle.

Benet releva la tête. « L'inspecteur en chef est en haut si vous désirez lui parler. Nous avons un mandat

nous autorisant à perquisitionner les lieux, mademoiselle Lyons, dit-il d'un ton cassant. En voici une
copie. »

Mariah ignora le document. « Où est ma mère ?
demanda-t-elle.

— Dans le bureau de votre père avec l'aide-
soignante. »

Avec des jambes de plomb, Mariah s'élança dans le
couloir. Un homme, sans doute l'un des enquêteurs,
était assis au bureau de son père et fouillait les tiroirs.
Comme elle l'avait redouté, sa mère s'était à nouveau
réfugiée dans le dressing, recroquevillée contre le mur
du fond, Delia à ses côtés. Elle se tenait tête baissée,
mais leva les yeux en entendant Mariah l'appeler.

Elle avait une écharpe de soie nouée autour du
visage de telle façon qu'on ne voyait que ses yeux
bleus et son front.

« Elle n'a pas voulu que je le lui ôte », dit tristement
Delia.

Mariah pénétra dans le dressing. Elle sentit le
regard de l'inspecteur la suivre. « Maman… Kathleen,
il fait trop chaud pour porter ce foulard, dit-elle d'une
voix apaisante. Pourquoi l'as-tu mis ? »

Elle s'agenouilla et aida sa mère à se relever.
« Allons, enlevons cette chose. » Sa mère la laissa
dénouer l'écharpe et la conduire hors du dressing.
C'est à ce moment seulement que Mariah s'aperçut
que les inspecteurs Benet et Rodriguez l'avaient suivie
dans le bureau, et l'expression suspicieuse qu'elle
voyait inscrite sur le visage de Benet suffit à la
convaincre qu'il était toujours persuadé que Kathleen
jouait la comédie.

« Avez-vous une raison de m'empêcher d'emmener ma mère et Delia hors d'ici pendant que vous faites vos recherches ? demanda-t-elle sèchement. Nous avions l'habitude d'aller prendre un brunch à l'Esty Street, dans Park Ridge, le dimanche matin.

— Bien sûr. Juste une question : ces dessins sont-ils de la main de votre mère ? Nous les avons trouvés dans sa chambre. »

Il tendait un cahier de croquis.

« Oui, c'est l'un de ses rares plaisirs. Elle a toujours été une artiste amateur passionnée.

— Je vois. »

Lorsqu'elles arrivèrent au restaurant, le maître d'hôtel voulut ôter le quatrième couvert. Kathleen interrompit son geste : « Mon mari va arriver », dit-elle.

Le maître d'hôtel regarda Mariah, sachant qu'elle avait retenu une table pour trois.

« Laissez-le, je vous prie », dit-elle.

Pendant l'heure qui suivit, elle essaya de se consoler en voyant sa mère manger l'un des œufs pochés qu'on lui avait servis et se souvint qu'elle aimait prendre un bloody mary au brunch du dimanche. Mariah lui en commanda un, articulant à voix basse « sans vodka » à l'intention du maître d'hôtel.

L'homme, d'âge mûr, hocha la tête. « Ma mère aussi », dit-il doucement.

Mariah s'attarda délibérément à boire son café, espérant contre toute attente que les enquêteurs seraient partis avant leur retour à la maison. Une heure et demie s'était écoulée mais les voitures de police dans l'allée lui indiquèrent qu'ils étaient encore là. Cependant, en pénétrant dans la maison, elle vit qu'ils étaient sur le point de quitter les lieux. L'inspecteur Benet lui tendit une liste de ce qu'ils emportaient. Elle y jeta un coup d'œil. Des papiers saisis sur le bureau de son père. Un carton de documents comprenant une pile de parchemins. Et le carnet de croquis de Kathleen.

« Est-ce nécessaire ? demanda-t-elle en désignant le carnet. Si ma mère le cherche, elle s'inquiétera de sa disparition.

— Je regrette, mademoiselle Lyons, nous devons le prendre.

— Je vous préviens que parmi ces parchemins peut se trouver un manuscrit inestimable.

— Nous sommes au courant, pour la lettre du Christ à Joseph d'Arimathie. Je vous assure que nous trouverons un expert qui examinera ce dossier avec le plus grand soin. »

Ils partirent enfin.

« Allons faire une petite promenade, Kathleen, proposa Delia. Il fait si beau. »

Kathleen secoua la tête d'un air obstiné.

« Bien, nous irons simplement nous asseoir dans le patio, dit Delia.

— Maman, tu devrais t'installer au soleil pendant un moment, dit Mariah. Alvirah et Willy vont venir, et il faut que je mette un peu d'ordre avant de les recevoir. »

Kathleen sourit.

« Alvirah et Willy ? Je vais les attendre dehors. »

Une fois seule, Mariah commença par nettoyer la salle de séjour. Les inspecteurs avaient mal refermé les tiroirs du secrétaire et déplacé le vase et les chandeliers sur la console. Les chaises, qu'ils avaient rapprochées de la table, étaient restées à la même place. Elle alla ensuite dans la pièce où elle avait vu si souvent son père travailler. Le grand bureau ancien qu'il avait tant aimé était encombré du contenu des tiroirs. Je suppose que le peu qu'ils ont laissé ne constituait pas pour eux des pièces à conviction, pensa-t-elle, amère. Elle eut l'impression que l'essence même de son père avait été retirée de la pièce. La lumière éclatante de l'après-midi soulignait l'usure du tapis. Les livres, qu'il gardait toujours rangés selon un ordre méticuleux, étaient empilés au hasard sur les étagères. Les photos de sa mère et de son père, celles où elle-même figurait en leur compagnie, avaient été retournées, comme si elles avaient gêné les yeux fureteurs de l'enquêteur qu'elle avait vu là.

Elle remit de l'ordre dans le bureau, puis monta à l'étage où toutes les pièces avaient été passées au peigne fin. Il était cinq heures quand, ayant rendu à la maison son apparence habituelle, elle regarda par la fenêtre et vit s'arrêter dans l'allée la Buick de Willy et Alvirah.

Elle ouvrit la porte d'entrée avant qu'ils n'aient atteint les marches du perron. « Je suis si heureuse de vous voir tous les deux, dit-elle avec chaleur tandis que les bras réconfortants d'Alvirah l'entouraient.

— Je regrette tellement que nous soyons restés coincés en mer, cette semaine entre toutes les autres, dit Alvirah. J'étais désespérée de ne pouvoir être avec vous.

— Vous êtes là maintenant et c'est ce qui compte, répondit Mariah en les entraînant à l'intérieur. Ma mère et Delia sont dans le patio. Je les ai entendues bavarder il y a une minute, ce qui signifie que maman est réveillée. Elle s'était assoupie sur le divan, cela lui a fait du bien car elle n'a pas beaucoup dormi depuis que papa a été… »

Mariah se tut, incapable de prononcer le mot « assassiné ».

Willy se hâta de combler le silence : « Personne ne dort beaucoup quand un deuil survient dans une famille », dit-il vivement. Il s'avança et ouvrit la porte coulissante qui menait du séjour au patio. « Bonjour, Kathleen, bonjour Delia. Alors, mes belles, on prend le soleil ? »

Le rire ravi de Kathleen suffit à rassurer Mariah. Willy pourrait retenir l'attention de sa mère au moins pendant quelques minutes. Elle se tourna vers Alvirah. « Avant que nous sortions, il faut que je vous parle. La police s'est présentée ce matin avec un mandat de perquisition, je crois qu'ils ont examiné chaque bout de papier dans cette maison. Ils ont pris les parchemins que mon père était en train de traduire. Je les ai prévenus que l'un d'eux pouvait être un document ancien de grande valeur, une lettre que le Christ aurait écrite à Joseph d'Arimathie. Il est possible que mon père l'ait découverte parmi une pile d'autres manuscrits et qu'il ait pensé qu'elle était authentique. »

Alvirah écarquilla les yeux. « Mariah, vous parlez sérieusement ?

— Oui, frère Aiden m'a confié cela le jour de l'enterrement, vendredi. Papa était venu le voir le mercredi avant sa mort.

— Lillian Stewart est-elle au courant de l'existence de ce parchemin ? s'enquit Alvirah.

— Je l'ignore. Il est possible qu'il l'ait mise au courant. À mon avis, c'est elle qui le détient. »

Alvirah effleura le revers de sa veste, mettant en marche le micro miniature de sa broche. Je ne peux pas me permettre d'oublier ou de mal comprendre un mot, pensa-t-elle. Déjà, son esprit était en ébullition. Jonathan a vu frère Aiden le mercredi après-midi. Supposons que Jonathan lui ait confié qu'il avait décidé de mettre fin à sa liaison avec Lillian ? Cette dernière a rencontré Jonathan le mercredi soir. Est-il allé directement la voir et, dans ce cas, que lui a-t-il dit ? Selon Lillian, ils ne se sont pas revus depuis et ne se sont pas parlé pendant ces derniers cinq jours.

Est-ce qu'elle mentait ? se demanda Alvirah. Comme je l'ai dit à Willy hier, on doit pouvoir retrouver les enregistrements téléphoniques des appels de Jonathan et de Lillian entre le mercredi et le lundi soir. Sinon, cela signifie que Jonathan lui avait bien déclaré que c'était fini…

Il était trop tôt pour faire part de ces suggestions à Mariah. « Allons nous préparer un thé, dit-elle simplement, et vous tâcherez de me mettre au courant de tout ce que vous savez.

— Tout ce que je sais, c'est que les policiers croient que ma mère a tué mon père. Et que je ne serais pas surprise qu'ils l'arrêtent », dit Mariah en s'efforçant de garder un ton calme.

Elle prononçait le dernier mot quand la sonnette de l'entrée retentit. « Dieu fasse que ces inspecteurs ne soient pas de retour », murmura-t-elle en allant répondre.

C'était Lloyd Scott. Il ne mâcha pas ses mots : « Mariah, je viens de recevoir un appel de l'inspecteur Benet. Votre mère est inculpée de meurtre, à l'heure où nous parlons. Je suis autorisé à l'amener au bureau du procureur de Hackensack pour la remettre à la justice, mais nous ne devons pas tarder. Ils vont relever ses empreintes et prendre des photos, et ensuite ils la conduiront à la prison. Je suis vraiment désolé.

— Mais ils ne peuvent pas la mettre en prison maintenant ! protesta Mariah. Mon Dieu, Lloyd, n'ont-ils pas compris qu'elle était malade ?

— Je suppose qu'en plus de fixer le montant de la caution, le juge ordonnera un examen psychiatrique avant de la relâcher, afin de pouvoir établir les clauses de sa liberté conditionnelle. Cela signifie que ce soir ou demain, elle sera dans un hôpital psychiatrique. Elle ne reviendra pas à la maison, du moins pas pendant un certain temps. »

À l'arrière de la maison, Willy, Kathleen et Delia revenaient du patio. « Tout ce bruit… tout ce sang », disait Kathleen à Willy, d'une voix chantante et enjouée.

23

Son refuge secret était un entrepôt apparemment désert tout au sud-est de Manhattan. Les fenêtres de l'étage supérieur étaient barricadées. La porte d'entrée métallique cadenassée. Pour entrer et sortir, il devait faire le tour par l'arrière, passer devant un vieux quai de chargement et se diriger vers des portes de garage métalliques à deux battants d'apparence vétuste et délabrée. Mais quand les portes s'ouvraient avec la télécommande qu'il gardait dans la boîte à gants, il entrait directement sa voiture dans l'énorme espace cimenté du rez-de-chaussée.

Il était descendu du véhicule et se tenait debout dans cette vaste caverne vide et poussiéreuse. Si, par un malencontreux hasard, quelqu'un d'autre pénétrait ici, il ne trouverait rien.

Il se dirigea vers le mur du fond, le bruit de ses talons résonnant dans le silence. Il se pencha, repoussa sur le côté une prise électrique noire de crasse et pressa un bouton. Un ascenseur descendit lentement. Quand il arriva au niveau du sol, l'homme pénétra dans la cabine, pressa un autre bouton. L'appareil s'éleva lentement, tandis qu'il se préparait à retourner dans le passé. L'ascenseur s'arrêta. Il sortit, retint sa respiration et tourna la poignée d'une porte qui se dressait devant lui. Il franchit le seuil et, une fois encore, se retrouva au milieu de ses trésors, les antiquités qu'il avait volées ou achetées illégalement.

La pièce, sans fenêtres, était aussi vaste que celle du bas. Mais c'était leur seul point commun. Le centre de l'espace était recouvert d'un tapis coloré orné de motifs et de dessins raffinés. Un divan, des chaises, des lampes et des tables d'appoint y étaient rassemblés, formant un mini-salon au milieu d'un musée empli de trésors. De multiples statues, peintures, tapisseries et vitrines contenant une quantité de poteries, de bijoux et de pièces de vaisselle occupaient chaque centimètre de la pièce.

Il ressentit aussitôt le calme que lui apportait toujours la présence du passé autour de lui. Il aurait aimé s'attarder, mais ce n'était pas possible. Il n'avait même pas le temps de visiter les deux étages supérieurs.

Il s'autorisa malgré tout à s'asseoir sur le divan pendant quelques minutes. Ses yeux allaient d'un objet de sa collection à un autre, savourant l'extraordinaire beauté qui l'entourait.

Mais rien de tout cela n'avait de signification s'il n'entrait pas en possession de la lettre de Joseph d'Arimathie. Jonathan la lui avait montrée. Il avait su immédiatement qu'elle était authentique. Impossible que ce soit un faux. Une lettre écrite deux mille ans auparavant par le Christ. La Grande Charte, la Constitution et la Déclaration d'indépendance étaient sans valeur en comparaison. Rien, rien ne pourrait jamais avoir plus de prix. Il la lui fallait.

Son téléphone mobile sonna. C'était un modèle à carte prépayée qui ne permettait pas de remonter jusqu'à lui. Il ne donnait le numéro qu'à une seule personne, puis s'en débarrassait et achetait une autre carte, suivant ses besoins. « Pourquoi m'appelles-tu ? demanda-t-il.

— La nouvelle vient de tomber aux informations. Kathleen a été arrêtée et accusée du meurtre de Jonathan. Un sacré coup de chance pour toi, non ?

— Ce n'était franchement pas nécessaire de me contacter à propos d'une nouvelle que j'aurais apprise de toute façon. »

Sa voix était cassante, mais ne dissimulait pas tout à fait son inquiétude. Il ne pouvait pas faire confiance à cette femme. Pire, on voyait qu'elle connaissait son pouvoir sur lui.

Il mit fin à la conversation. Puis, pendant quelques minutes encore, il réfléchit à la meilleure façon d'affronter la situation.

Quand il eut passé toutes les données en revue, il la rappela et lui donna rendez-vous. Il devait absolument la revoir.

Bientôt.

24

Le dimanche soir Lillian Stewart se félicita d'avoir tu à la police que Jonathan Lyons lui avait confié le parchemin. Elle avait déjà été contactée séparément par deux membres du groupe. L'un et l'autre ne lui avaient pas caché que, si elle détenait le précieux manuscrit, ils pourraient facilement lui trouver un acquéreur – et pour une somme conséquente.

Sa première réaction avait été de dire à la police qu'elle était en possession du parchemin. Elle savait que cette lettre appartenait à la bibliothèque du Vatican, si Jonathan ne s'était pas trompé. Mais elle avait alors pensé aux cinq années qu'elle lui avait données sans qu'il lui en reste rien à présent, que du chagrin. Cela me donne le droit d'en obtenir quelque chose, pensa-t-elle avec amertume. Et lorsque je le vendrai, je veux de l'argent liquide. Pas de virement bancaire. Si deux millions de dollars apparaissent soudain sur mon compte, la banque est censée le déclarer à l'administration. Je planquerai l'argent dans mon coffre-fort et me servirai peu à peu. Personne n'y verra que du feu.

Quel effet ça me fera d'avoir deux millions de dollars à ma disposition ? Je préférerais avoir encore Jonathan, bien sûr, mais puisque je ne l'ai plus, je me consolerai comme ça.

Lillian regarda la pendule. Il était six heures moins cinq. Elle alla se servir un verre de vin dans la cuisine et l'apporta dans le salon. Blottie sur le canapé, elle alluma la télévision. Le bulletin d'informations de dix-huit heures allait commencer.

Si maman était en vie, je sais ce qu'elle penserait de tout ça, se dit-elle. Maman était une femme intelligente. Papa, lui, avait tout raté. Certes, il avait un beau nom, Prescott Stewart. Je présume qu'en lui donnant un nom pareil, Grand-mère s'était dit qu'il ferait quelque chose de sa vie.

Le père de Lillian avait vingt et un ans et sa mère à peine dix-huit quand ils s'étaient enfuis ensemble. Sa mère était prête à tout pour quitter sa maison – son propre père était un alcoolique invétéré qui avait physiquement et moralement maltraité sa fille et sa femme.

Les choses sont allées de mal en pis pour maman, pensa Lillian. Papa était un joueur compulsif. Ils n'ont jamais eu un sou en poche, mais elle est restée avec lui jusqu'à ce que j'atteigne dix-huit ans parce qu'elle craignait qu'il fasse tout pour obtenir ma garde. Je sais que si elle était là, elle me dirait avec fermeté que le parchemin appartient au Vatican. Le seul fait que je puisse imaginer le garder la mettrait hors d'elle. Je suppose que je tiens plus de mon père que je ne le croyais.

C'est insensé, songea-t-elle encore. Si Jonathan n'a pas voulu divorcer de Kathleen, c'est parce qu'il savait que Mariah ne lui adresserait plus la parole. Maman ne me parlerait plus si elle savait ce que je vais faire, mais malheureusement, je n'ai pas à me soucier de ses réactions. Elle me manque encore tellement.

Le chagrin qu'elle avait ressenti cet après-midi-là, quand Jonathan lui avait dit au téléphone qu'il voulait lui parler, la submergea à nouveau.

« Lily, je ne sais comment te le dire, mais je dois cesser de te voir. »

Il semblait au bord des larmes, mais sa voix était résolue, se souvint Lillian avec colère. Il m'a quittée parce qu'il m'aimait trop, et ensuite il a été tué, malgré toutes ses nobles intentions de se réconcilier avec Mariah et de se consacrer à Kathleen.

Ils avaient vécu ensemble quarante belles années avant que Kathleen tombe malade. N'était-ce pas suffisant pour elle ? À la fin, la plupart du temps, elle ne savait même plus qui il était. Pour quelle raison Jonathan était-il resté avec elle ? Elle s'insurgea : pourquoi n'a-t-il pas compris qu'il me devait quelque chose, à moi aussi ? Tout aurait fini par s'arranger avec Mariah – elle savait combien sa mère était difficile et ce que son père était obligé de supporter. Et elle était certainement assez réaliste pour se rendre compte qu'il n'avait pas à s'en occuper chaque minute, jour et nuit, comme il l'avait fait.

Le journal de dix-huit heures commençait. L'information principale concernait la mort de Jonathan. Les alentours du tribunal étaient envahis par les médias. Le correspondant de CBS disait : « Je me tiens en ce moment même sur les marches du palais de justice du comté de Bergen à Hackensack, New Jersey. Comme vous pouvez le voir sur ces images, qui ont été prises voilà à peine une heure, Kathleen Lyons, âgée de soixante-dix ans, accompagnée de son représentant, l'éminent avocat de la défense Lloyd Scott, et par sa fille, Mariah Lyons, a pénétré dans le palais de justice où elle est montée au premier étage, pour être conduite dans le bureau du procureur du comté de Bergen. Après une enquête qui a duré plusieurs jours, elle a été accusée du meurtre de son mari, le professeur à la retraite de l'université de New York, Jonathan Lyons, que l'on a retrouvé mort dans sa maison de Mahwah la semaine dernière. Kathleen Lyons, dont on dit qu'elle souffre de la maladie d'Alzheimer à un stade avancé, avait été trouvée accroupie dans un dressing, serrant contre elle le pistolet qui avait tué son mari. »

Le reportage montrait Kathleen entrant lentement dans le palais de justice, accompagnée par son avocat et par sa fille, chacun la tenant par un bras. Pour une fois, Rory, l'aide-soignante, ne fait pas partie du tableau, pensa Lillian. Je n'ai jamais aimé cette femme. Quand elle me regardait, elle avait cette expression qui signifiait : « Je connais votre secret. » Je suis sûre qu'elle est responsable de tous les problèmes. Jonathan m'a dit qu'il avait caché nos photos dans un faux livre dans son bureau. Comment Kathleen aurait-elle pu le trouver, au milieu de tous les autres qui occupaient la bibliothèque ? J'imagine très bien ce qui s'est passé. La chère vieille Rory a fureté partout et quand elle les a trouvées, elle les a montrées à Kathleen. C'est une intrigante dans l'âme.

À la fin du reportage, le journaliste, tout excité, indiqua que Lloyd Scott et Mariah Lyons étaient en train de quitter le tribunal. Mariah paraît dévastée, constata Lillian. Bon, nous sommes deux. Les micros se tendaient vers la jeune femme. Lloyd Scott les écarta pour la protéger. « J'ai seulement quelques mots à dire et ce sera tout, fit-il d'un ton cassant. Kathleen Lyons se présentera au tribunal à neuf heures demain matin devant le juge Kenneth Brown. Elle plaidera non coupable pour toutes les charges. Le juge statuera aussi sur les conditions de la caution à ce moment-là. » Passant un bras autour de Mariah, il l'entraîna en bas de l'escalier et l'aida à monter dans une voiture qui les attendait.

J'aimerais être une mouche sur la vitre de cette voiture, pensa Lillian. Que va faire Mariah maintenant ? Pleurer ? Hurler ? C'est ce que j'ai ressenti quand Jonathan a noblement décrété que j'étais bonne à jeter. Je me suis sentie misérable, j'ai pleuré et hurlé : « C'est donc fini ? Et moi ? Et moi ? »

Elle songea au parchemin. Il était caché dans son coffre-fort à la banque, à deux blocs à peine de chez elle. Certains seraient prêts à tout pour l'avoir.

Combien paieraient-ils, se demanda-t-elle, si elle lançait des sortes d'enchères sous le manteau ?

Lorsque Jonathan lui avait montré le parchemin, trois semaines auparavant, elle avait vu l'expression de révérence empreinte sur son visage. Puis il lui avait demandé si elle possédait un coffre-fort où elle pourrait le garder en attendant qu'il ait pris ses dispositions pour le remettre au Vatican.

« Lily, c'est une lettre toute simple. Le Christ savait ce qui allait arriver. Il savait que Joseph d'Arimathie réclamerait son corps après la crucifixion. Il le remercie pour toute la bonté qu'il lui a montrée tout au long de Sa vie.

« Naturellement, le Vatican souhaitera que ses propres experts authentifient la lettre. Je veux les rencontrer, la leur apporter en personne et expliquer mes raisons de croire qu'il s'agit bien du document en question. »

Lorsqu'il est venu ici pour la dernière fois, se rappela Lily, Jonathan a voulu que je le retrouve à ma banque le lendemain matin et que j'aille chercher le parchemin pour le lui remettre. J'ai tergiversé. Je voulais désespérément qu'il comprenne à quel point j'allais lui manquer. Je lui ai dit que je le lui donnerais dans une semaine s'il était toujours dans les mêmes dispositions. Et puis il est mort.

Un spot publicitaire envahissait l'écran. Lillian éteignit la télévision et contempla le cellulaire à carte prépayée que Jonathan lui avait donné. Il était sur la table basse. J'utilisais le forfait et achetais une recharge. Je l'appelais sur un téléphone identique. Tout pour prouver que je n'existais pas.

Et maintenant, j'en ai trois, pensa-t-elle avec dépit.

Le troisième appareil lui avait été donné par un des acquéreurs potentiels du parchemin. « Pas question de laisser la moindre trace, l'avait-il prévenue. Les policiers vont chercher ce parchemin. Il faut que vous sachiez qu'ils vous soupçonnent de le détenir ou de savoir où il se trouve. Trop d'appels téléphoniques entre nous attireraient l'attention. »

Elle saisit le cellulaire. Il lui parut glacé.

Richard Callahan dînait fréquemment le dimanche soir avec ses parents dans l'appartement de Park Avenue où il avait grandi. Ils partageaient le même cabinet de cardiologie et leurs noms apparaissaient régulièrement sur la liste des « Meilleurs médecins ».

Ils avaient soixante ans mais n'auraient pu être plus différents physiquement. La mère de Richard, Jessica, était petite et mince, avec des cheveux blond foncé coupés au carré qu'elle retenait souvent en arrière avec ses lunettes remontées sur le sommet de la tête.

Son père, Sean, avait une masse de cheveux bouclés poivre et sel, une barbe bien taillée, et une haute et robuste silhouette, souvenir du temps où il était défenseur dans l'équipe de football de Notre-Dame, et qu'il entretenait par des exercices de gymnastique quotidiens.

Richard était resté inhabituellement silencieux pendant que son père et lui regardaient le match des Mets contre les Phillies. Lorsque sa mère alla dans la cuisine pour s'occuper du dîner, son père se leva, servit deux verres de sherry, baissa le volume de la télévision, et dit sans détour : « Richard, je vois bien que quelque chose te tracasse. Tu es resté assis comme une souche jusqu'à la fin du match. Qu'est-ce qui t'inquiète ? »

Richard s'efforça de sourire. « Non, papa, je ne suis pas particulièrement inquiet. Je pensais simplement au fonds que Grand-père a constitué pour moi à ma naissance. Depuis quatre ans, depuis le jour de mes trente ans, j'ai été libre d'utiliser cet argent comme je l'entendais.

— C'est exact, Richard. Je regrette que tu n'aies pas connu ton grand-père. Tu n'étais qu'un bébé lorsqu'il est mort. C'était un de ces hommes partis de rien mais qui ont le sens de la finance. À ta naissance, il a acheté des actions de jeunes sociétés prometteuses pour vingt-cinq mille dollars, et que valent-elles aujourd'hui, deux millions et quelque ?

— Deux millions trois cent cinquante mille vingt-deux dollars et quatre-vingt-cinq cents exactement, selon les dernières quotations.

— Et voilà. Pas mal, pour un immigrant irlandais qui est arrivé ici avec cinq livres en poche.

— Ça devait être un sacré bonhomme. J'aurais aimé le connaître.

— Richard, j'ai l'impression que as une idée derrière la tête à propos de cet argent.

— Peut-être. Nous verrons. Je préférerais ne pas en parler maintenant, mais je t'assure qu'il n'y a rien dont vous deviez vous inquiéter, maman et toi. »

Richard jeta un regard vers la télévision, puis sursauta en voyant les titres des informations de dix heures. « Kathleen Lyons a été arrêtée pour le meurtre de son mari », disait le présentateur. Une photo apparut sur l'écran, montrant Kathleen accompagnée de Mariah et de Lloyd Scott.

Richard était tellement absorbé par ce qu'il voyait sur l'écran qu'il ne remarqua pas que son père, troublé par leur conversation, l'examinait attentivement, l'air soucieux.

26

Le dimanche soir, Alvirah et Willy attendirent
Mariah chez elle jusqu'à son retour du tribunal. Betty
avait laissé des sandwiches et des fruits sur la table
avant de quitter la maison avec Delia. Alvirah fit
remarquer : « Mariah n'aura sans doute pas très grand
appétit, mais peut-être voudra-t-elle grignoter un morceau à son retour. »

Quand elle arriva, accompagnée de Lloyd Scott,
Mariah ne cacha pas qu'elle était heureuse de les trouver là. Lloyd entra à sa suite dans la salle de séjour.
Alvirah et Willy ne l'avaient jamais rencontré mais,
quand ils l'avaient vu au journal télévisé, ils avaient
tout de suite compris que c'était l'homme qu'il fallait
pour défendre Kathleen et protéger Mariah.

Lloyd n'avait pas prévu de rester, mais Alvirah lui
dit qu'elle désirait s'entretenir avec lui au sujet de
son rendez-vous avec Lillian. « J'étais sur le point
d'en parler à Mariah ce matin quand vous êtes venu
annoncer que Kathleen devait être traduite devant
le tribunal, expliqua-t-elle, avant d'ajouter : Nous
pourrons peut-être bavarder en grignotant un morceau. »

Ils s'assirent à la table de la salle à manger. Mariah
se rendit compte que, prise dans la tourmente, elle

n'avait presque rien avalé depuis le matin et qu'elle avait faim. Elle parvint même à sourire quand Willy posa un verre de vin rouge devant elle.

« Après la semaine que vous venez de traverser, vous en avez besoin, dit-il d'un ton ferme.

— Merci Willy. Et merci à vous deux de m'avoir attendue, et merci pour tout ça. »

Elle désigna les plats sur la table.

Lloyd attrapa un sandwich et prit le verre de vin que Willy lui tendait. « Madame Meehan… », commença-t-il.

Alvirah l'interrompit : « Je vous en prie, appelez-nous Alvirah et Willy.

— Et appelez-moi Lloyd. Comme vous le savez, je suis le voisin de Kathleen et de Mariah. Je connaissais très bien Jonathan. C'était un homme de grande qualité. En souvenir de lui et aussi pour Kathleen et Mariah, je ferai tout pour aider Kathleen. Je sais que c'est ce qu'il aurait voulu. »

Alvirah marqua un instant d'hésitation avant de commencer : « Je vais parler sans détour. Nous savons tous que Kathleen peut avoir tiré sur Jonathan. D'un autre côté, elle ferait un bouc émissaire idéal. Elle est incapable de se défendre seule. Donc, regardons les choses sous un autre angle. J'ai déjeuné avec Lillian Stewart hier.

— Vous avez déjeuné avec elle ? s'étonna Mariah, choquée.

— Oui. Elle m'a téléphoné. Elle était profondément troublée. Souvenez-vous que je l'ai connue pendant la croisière où elle accompagnait votre père. Ensuite, je ne l'ai revue qu'à une occasion, lorsque votre père nous a invités à sa conférence à l'YMCA de la

92ᵉ Rue. Nous avons dîné ensemble mais, par la suite, nous avons fait votre connaissance et elle a certainement senti qu'il m'était difficile de me lier avec elle. C'est donc la dernière fois que je l'ai vue ou que j'ai eu de ses nouvelles jusqu'à hier. Elle a dit qu'elle désirait m'entretenir de quelque chose et, bien sûr, j'ai accepté.

— Que vous a-t-elle dit ? demanda Lloyd Scott.

— C'est toute la question. Rien. Entre le moment où elle a insisté pour me voir et celui, quelques heures plus tard, où nous nous sommes retrouvées pour déjeuner au restaurant, il était évident qu'elle avait renoncé à se confier à moi. En réalité, elle m'a simplement dit combien Jonathan lui manquait et qu'il aurait dû mettre votre mère dans une maison de santé depuis longtemps. » Alvirah s'appuya au dossier de sa chaise. « Mais, sans le savoir, elle m'a peut-être appris quelque chose de très important.

— Quoi, Alvirah ? De quoi s'agit-il ? questionnèrent Lloyd Scott et Mariah d'une même voix.

— J'ai demandé à Lillian quand elle avait parlé à Jonathan pour la dernière fois et elle m'a répondu que c'était le mercredi soir de la semaine qui a précédé sa mort.

— Mais c'est impossible ! s'écria Mariah. Je sais qu'il allait toujours retrouver Lillian durant le week-end. Delia – qui, comme vous le savez, vient remplacer Rory pendant le week-end – me l'a confirmé. Il passait une partie du samedi avec maman, puis s'en allait. Il ne revenait souvent que le dimanche après-midi, sauf quand j'avais prévu de passer à la maison dans la matinée.

— Réfléchissez, dit Alvirah, dont la voix laissait percer une note d'excitation. Peut-être ne se sont-ils pas parlé pendant ces cinq derniers jours. Supposons qu'ils se soient disputés. Mariah, nous n'avons pas eu le temps d'en discuter, mais j'ai lu dans le journal que votre père était probablement entré en possession d'un document biblique d'une immense valeur dont personne à l'heure actuelle ne sait où il se trouve. Ma question est donc : aurait-il pu le confier à Lillian et ont-ils fini par se quereller à ce sujet ? Ensuite, il est assassiné. Kathleen devient alors la seconde victime – peut-être d'un coup monté ?

— Si mon père n'a pas parlé avec Lillian pendant cinq jours, c'est très significatif, dit Mariah doucement. Le jour des funérailles, frère Aiden m'a dit que papa était venu le voir le mercredi après-midi. Il était sûr que le parchemin était authentique mais l'idée que l'un des experts auxquels il l'avait montré soit seulement intéressé par sa valeur financière l'inquiétait beaucoup. D'après ce que j'ai compris, cette personne voulait le vendre sur le marché parallèle. Papa était absolument décidé à le restituer à la bibliothèque du Vatican.

— Savez-vous si votre père était allé trouver frère Aiden ce jour-là pour se confesser ? demanda Alvirah.

— Frère Aiden ne m'en a pas parlé, mais je sais qu'il ne m'en aurait rien dit, de toute façon, car il aurait trahi le secret de la confession.

— Je ne suis pas catholique, dit Lloyd Scott, mais si votre père s'était confessé, ç'aurait été vraisemblablement pour demander le pardon d'un acte qu'il croyait répréhensible, n'est-ce pas ?

— Oui, dit Alvirah fermement. Et poursuivons nos hypothèses. Si Jonathan est allé voir frère Aiden, c'est qu'il avait pris la décision de rompre avec Lillian. Supposons donc que les choses se soient passées ainsi. Et supposons qu'il ait annoncé à Lillian que tout était fini entre eux dès le mercredi soir, précisément le jour où elle dit lui avoir parlé pour la dernière fois.

— Aujourd'hui la police a emporté des cartons entiers de papiers qui étaient dans son bureau, dit Mariah. Certains d'entre eux contenaient les documents qu'il était en train de traduire, mais je ne crois pas qu'il y aurait rangé quelque chose d'aussi précieux que la lettre. En réalité, je ne pense pas qu'il l'aurait gardée à la maison, sachant que ma mère fouillait dans ses affaires. Nous nous en sommes aperçus le jour où elle a trouvé les photos de Lillian et de mon père.

— À la réflexion, il eût été logique de sa part de confier le parchemin à Lillian, dit Lloyd. Nous savons tous qu'ils étaient très proches. Elle aurait pu le garder chez elle ou dans un endroit sûr. Intuitivement, je dirais que Jonathan a voulu le récupérer mercredi soir chez elle, à moins naturellement qu'elle ne l'ait gardé ailleurs et se soit trouvée dans l'impossibilité de le lui remettre. Dans ce cas, ils auraient eu une autre rencontre dans les jours qui ont suivi. Donc, peut-être le lui a-t-elle réellement remis avant sa mort, et peut-être l'avait-il vraiment dans son bureau ce soir-là.

— Je le répète. Quand Lillian m'a téléphoné, elle semblait hésiter à prendre une décision, répliqua Alvirah. Ce qu'elle se refuse à dire maintenant a un rapport avec ce parchemin, et peut-être même avec la mort de Jonathan.

— Eh bien, nous devons obtenir sans tarder les relevés du téléphone fixe de Jonathan et de ses portables, dit Lloyd. S'il a utilisé l'un ou l'autre de ces appareils pour appeler Lillian, alors nous verrons si elle dit la vérité lorsqu'elle affirme n'avoir eu aucun contact avec lui pendant les derniers jours.

— Je doute qu'il l'ait fait, dit Mariah. Une fois, je l'ai surpris en train d'utiliser un autre téléphone mobile que son portable habituel. J'ai l'impression qu'il ne voulait pas que les appels concernant Lillian apparaissent sur les factures qui arrivaient à la maison. Franchement, il devait craindre que je puisse les repérer.

— Vous savez, j'ai vu beaucoup de situations de ce genre, dit Alvirah. Quand les gens veulent garder leurs communications secrètes, ils se procurent un portable à carte puis la renouvellent au fur et à mesure de leurs besoins.

— À mon avis, dit Lloyd Scott lentement, il est tout à fait possible que la dernière visite de Jonathan à Lillian Stewart ait eu pour but de mettre un terme à leur relation. Si c'est le cas et qu'elle était en possession du parchemin, elle peut le lui avoir rendu et les enquêteurs du procureur le trouveront vraisemblablement dans un de ces cartons. Je note en passant que Lillian est la seule à nous avoir dit que Jonathan et elle ne se sont pas parlé pendant ces quelques jours. Ou, hypothèse à ne pas exclure, Lillian s'est rebiffée et a refusé de le lui rendre, et quand il l'a appelée par la suite pour essayer de le récupérer, il l'a fait sur cet autre téléphone. »

En écoutant ces propos, Mariah eut l'impression qu'on lui ôtait un poids énorme des épaules. « Jusqu'à aujourd'hui, même si je m'en défendais, je croyais au fond de moi que ma mère avait tué mon père dans un accès de démence, dit-elle doucement. Mais je commence à en douter. Maintenant je pense qu'il existe une autre explication, et nous devons découvrir laquelle. »

Lloyd Scott se leva. « Mariah, j'ai besoin d'assimiler tous ces éléments et de décider ce que nous allons communiquer au procureur. Je passerai vous prendre demain matin à sept heures et demie. Cela nous donnera tout le temps nécessaire pour être au tribunal avant neuf heures. Bonne nuit tout le monde. »

27

Ce soir-là, quand elle alla enfin se coucher, Mariah se rappela qu'elle n'avait pas prévenu Rory qu'il était inutile qu'elle vienne le lendemain. Il était trop tard pour lui téléphoner, mais elle se dit que Rory avait certainement regardé le bulletin d'information. À la vérité, elle était surprise que Rory ne l'ait pas appelée pour lui dire à quel point elle compatissait.

Le lundi, à sept heures du matin, déjà prête, Mariah buvait son café dans la cuisine quand, à son grand étonnement, elle entendit la porte de la maison s'ouvrir. Un moment plus tard Rory s'exclamait : « Mariah, je suis tellement bouleversée par tout ce qui est arrivé. Votre pauvre chère maman n'aurait jamais fait de mal à personne si elle avait eu toute sa tête ! »

Pourquoi cette manifestation de sympathie me paraît-elle si peu sincère ? se demanda Mariah. « Ma pauvre chère maman n'a jamais fait de mal à personne, Rory, qu'elle ait eu toute sa tête ou pas. »

Rory parut déconcertée. Ses cheveux grisonnants étaient comme toujours retenus en un chignon d'où s'échappaient quelques mèches rebelles. Ses yeux, agrandis par les lunettes à large monture, s'embuèrent. « Oh, Mariah, ma chère, je n'avais pas l'intention de vous faire de la peine. Je voulais dire que tout le monde pense que cette tragédie a été provoquée par sa maladie. J'ai entendu aux informations qu'elle était en prison et qu'elle doit se présenter devant le juge ce matin. J'espère qu'il va la remettre tout de suite en liberté sous caution. Je tiens à être présente pour m'occuper d'elle.

— C'est très attentionné de votre part, dit Mariah. Si, par chance, le juge relâche maman aujourd'hui, j'aurai en effet besoin de vous. Je ne suis pas allée à mon bureau de toute la semaine dernière et j'ai besoin d'y régler certaines affaires. »

À sept heures et demie précises, Lloyd Scott sonna à la porte. « Avez-vous pu prendre un peu de repos, Mariah, même si, j'imagine, vous avez peu dormi ?

— Très peu, en effet. J'étais épuisée, mais surtout tellement inquiète. Comment pouvons-nous prouver que maman est victime d'une machination ?

— Mariah, souhaitez-vous que je vous accompagne au tribunal au cas où votre mère serait libérée ? » demanda Rory.

Scott répondit pour Mariah : « Ce ne sera pas nécessaire, je suis pratiquement certain que le juge va requérir un examen psychiatrique avant sa mise en liberté sous caution. Cela prendra au moins deux ou trois jours.

— Vous pouvez rentrer chez vous, ajouta Mariah. Naturellement je vous réglerai ces journées, jusqu'à ce que maman soit de retour. Je vous tiendrai au courant.

— Mais… » Rory fit mine de protester, puis elle dit, comme à regret : « Entendu, Mariah, j'espère apprendre très bientôt que vous avez besoin de moi. »

Quand ils arrivèrent au tribunal de Hackensack, Lloyd accompagna Mariah à la salle d'audience du troisième étage où siégeait le juge Kenneth Brown. Ils attendirent en silence sur un banc dans le couloir que les portes soient ouvertes. Il était seulement huit heures et quart et ils savaient que dans la demi-heure qui allait suivre les médias envahiraient la place. « Mariah, on va conduire votre mère dans la cellule attenante au tribunal quelques minutes avant l'apparition du juge, dit Lloyd. J'irai lui parler quand elle arrivera. L'officier de police du tribunal m'avertira. Pendant ce temps, vous attendrez simplement au premier rang. Et encore une fois, Mariah, il importe que vous ne parliez pas à la presse, quelle que soit votre envie de le faire. »

Mariah avait la bouche sèche. Elle avait été tentée de mettre la veste noir et blanc qu'elle portait à l'enterrement de son père mais elle lui avait préféré un tailleur-pantalon de lin bleu clair. Elle serra très fort la bride du sac qu'elle tenait sur ses genoux.

Une pensée incongrue la traversa. C'est le tailleur que je portais il y a deux semaines quand papa est venu me chercher à New York pour aller dîner se rappela-t-elle. Il disait que le bleu était la couleur qui m'allait le mieux.

« Ne vous en faites pas, Lloyd. Je ne dirai rien, affirma-t-elle.

— Très bien. Les portes sont ouvertes. Entrons. »

La salle d'audience se remplit peu à peu de journalistes et de photographes. À neuf heures moins dix, un officier de la police du tribunal s'approcha de Lloyd et lui dit : « Monsieur Scott, votre cliente a été amenée dans la cellule. »

Lloyd hocha la tête et se leva. « Mariah, je reviendrai quelques minutes avant que votre mère n'entre dans la salle. » Il lui pressa l'épaule. « Tout ira bien. »

Mariah acquiesça et regarda résolument devant elle, consciente qu'on la photographiait. Elle vit le procureur s'avancer, un dossier sous le bras, et prendre sa place à la table du conseil à côté du banc du jury. Terrifiée, elle prit soudain conscience que le pire pouvait encore arriver. Si, à la suite d'une décision insensée, sa mère passait en jugement et que le jury la déclarait coupable ? Je ne le supporterais pas, pensa-t-elle. Je ne pourrais pas le supporter.

Lloyd entra par la porte latérale et s'assit à sa table. L'huissier annonça : « Levez-vous ! » et le juge pénétra dans la salle. Il se tourna vers l'officier de police et dit : « Veuillez faire entrer la prévenue. »

La prévenue ! pensa Mariah. Kathleen Lyons, l'accusée dont le seul « crime » a été de perdre la tête.

La porte qu'avait franchie Lloyd s'ouvrit à nouveau. Cette fois, deux policières en sortirent, encadrant Kathleen, et la conduisirent vers l'endroit où se tenait Lloyd. Elle était décoiffée, vêtue d'un survêtement orange portant dans le dos en lettres noires : BCJ – Bergen County Jail. Elle regarda autour d'elle et aperçut Mariah. Son visage, brouillé par les larmes, se décomposa. Mariah vit avec horreur qu'elle était menottée. Lloyd ne l'avait pas prévenue.

Le juge prit la parole : « Dans l'affaire État versus Kathleen Lyons, d'après la citation à comparaître 2011/000/0233, voulez-vous présenter vos compétences, je vous prie ?

« Votre Honneur, comparaissant pour le compte de l'État, Peter Jones, premier adjoint du procureur. »

« Votre Honneur, comparaissant pour le compte de Kathleen Lyons, Lloyd Scott. Je note que ma cliente, Mme Lyons, est présente dans ce tribunal. »

« Madame Lyons, dit le juge, ceci est la lecture de votre acte d'accusation et de votre première comparution devant un tribunal. Le procureur va donner lecture de la plainte, puis votre avocat plaidera pour votre défense. J'établirai ensuite les conditions et le montant de votre caution. »

Manifestement, Kathleen avait compris qu'il s'adressait à elle. Elle le regarda puis se tourna vers Mariah. « Je veux rentrer à la maison, gémit-elle, je veux rentrer à la maison. »

Le cœur brisé, Mariah écouta le procureur lire à haute voix l'inculpation de meurtre et de détention d'arme à feu à des fins illégales et la réponse sans équivoque de Lloyd : « Non coupable. »

Le juge Brown indiqua qu'il allait maintenant entendre le ministère public et la défense concernant la caution : « Monsieur le Procureur, puisque Mme Lyons a été arrêtée la nuit dernière seulement, la caution n'a pas encore été fixée. J'entendrai donc vos recommandations, ensuite M. Scott aura la parole. »

Mariah écouta le procureur soutenir que l'État avait des arguments très solides et qu'il recommandait une caution de cinq cent mille dollars. Mais avant que Mme Kathleen Lyons soit libérée, il voulait qu'il soit procédé à un examen psychiatrique en milieu hospitalier afin que le juge puisse fixer « les conditions appropriées à la protection de la communauté ».

Protéger de ma mère la communauté ? Mariah enrageait intérieurement. C'est elle qui a besoin d'être protégée, pas le contraire.

Ce fut au tour de Lloyd Scott : « Votre Honneur, ma cliente est âgée de soixante-dix ans et d'une santé extrêmement fragile. Elle souffre d'une forme avancée de la maladie d'Alzheimer. Une caution de cinq cent mille dollars est tout à fait excessive et inutile dans le cas présent. Elle réside depuis trente ans à Mahwah et ne présente aucun risque de s'échapper. Nous garantissons au tribunal qu'elle bénéficiera chez elle des soins et de la surveillance requises vingt-quatre heures sur vingt-quatre. Nous sollicitons instamment Votre Honneur de la libérer sous caution dès aujourd'hui et de prévoir une nouvelle audience dans une semaine pour déterminer les conditions de la caution après qu'un examen psychiatrique aura été pratiqué en consultation externe. Je précise que j'ai pris les dispositions requises auprès d'un garant pour le versement de la caution du montant que Votre Honneur aura fixé aujourd'hui. »

Mariah se mit malgré elle à prier. S'il Vous plaît, mon Dieu, faites que le juge comprenne. Je Vous en prie, qu'il me permette de la ramener à la maison.

Le juge se pencha en avant. « Le but de la caution est de garantir la comparution du prévenu devant le tribunal et les conditions de la caution ont pour but d'assurer la protection de la communauté. Mme Lyons est inculpée de meurtre. Elle est présumée innocente, mais je conclus que, dans les circonstances actuelles, il est impératif qu'un examen psychiatrique soit pratiqué en milieu hospitalier et que j'en reçoive le rapport détaillé, de manière à prendre une décision en connaissance de cause pour fixer les conditions de la caution. Elle sera placée en détention provisoire au Centre médical de Bergen pour examen et je tiendrai une nouvelle audience dans ce tribunal vendredi à neuf heures. La cour en a décidé ainsi. »

Anéantie, Mariah regarda les policières du tribunal reconduire Kathleen dans la cellule, Lloyd à leur suite. Elle se leva quand il se retourna et lui fit signe de l'attendre. Les photographes qui avaient été autorisés à prendre des clichés durant l'audience furent escortés hors du tribunal. Mariah se retrouva seule dans la salle.

Lorsque Lloyd revint dix minutes plus tard, elle lui demanda : « Puis-je voir maman ?

— Non, je suis désolé, Mariah. Elle est en détention. Ce n'est pas autorisé.

— Comment va-t-elle ? Dites-moi la vérité.

— Je ne vous mentirai pas. Elle est terrifiée. Elle réclame son écharpe. Pourquoi tient-elle tant à s'en couvrir le visage ? »

Mariah le regarda d'un air surpris. « C'est ce qu'elle fait depuis la mort de papa. Lloyd, écoutez-moi. Supposons qu'elle ait entendu le coup de feu et soit accourue sur le palier en haut de l'escalier. Supposons qu'elle ait vu quelqu'un dont le visage était en partie masqué. Supposons que ce soit une image qui la poursuive.

— Calmez-vous, Mariah. Je suis convaincu qu'elle sera relâchée vendredi. Peut-être pourrons-nous parvenir à communiquer avec elle d'une façon ou d'une autre.

— Vous ne comprenez donc pas, Lloyd ? Si quelqu'un est entré dans la maison le visage masqué, cela signifie que, soit il avait la clé, soit la porte d'entrée n'était pas verrouillée. Depuis le jour où elle s'est enfuie de la maison, on a posé une serrure spéciale pour que maman ne puisse pas l'ouvrir de l'intérieur. Nous savons que la police n'a relevé aucune trace d'effraction. C'est en partie pour cette raison

146

qu'ils accusent maman. Betty, notre fidèle domestique, m'a dit qu'elle était partie vers sept heures et demie ce soir-là, après avoir servi le dîner et rangé la cuisine. Elle s'occupe de la maison depuis plus de vingt ans. Je lui fais toute confiance. Rory travaille chez nous depuis deux ans. Elle était assise à côté de maman pendant le dîner et l'a ensuite emmenée se coucher. Maman avait mal dormi la nuit précédente, elle était fatiguée et agitée. Rory a rapporté qu'elle s'était endormie sur-le-champ. Elle assure avoir vérifié que la porte d'entrée était verrouillée, comme elle le fait toujours, puis elle est partie, quelques minutes après Betty.

— C'est peut-être le moment de se renseigner sur Rory Steiger, déclara Lloyd. J'emploie un excellent détective privé pour certaines de mes affaires. Je vais faire appel à lui. S'il y a quelque chose dans le passé de cette femme que nous devions connaître, il le trouvera. »

28

Le collectionneur d'antiquités fut à nouveau dérangé par un appel de Rory. « J'étais à la maison il y a un instant, dit-elle. Mariah et l'avocat partaient pour le tribunal. Je dois vous dire que je commence à m'inquiéter. Ils ont parlé d'un coup monté à propos de Mme Lyons. Jusqu'à aujourd'hui, je croyais qu'ils allaient seulement essayer de prouver qu'elle était cinglée, et Dieu sait qu'elle l'est. Vous êtes sûr de n'avoir laissé aucune trace derrière vous, vos empreintes ou quelque chose de ce genre ?

— Nous étions convenus de nous voir ce soir. Vous n'auriez pas pu attendre pour discuter de ça ?

— Écoutez, j'en ai assez que vous me parliez comme à une moins-que-rien. Nous sommes tous les deux mouillés jusqu'au cou dans cette histoire. Si, pour une raison quelconque, ils cherchent à se renseigner sur moi, ils vont tomber sur mon casier et je serai fichue. Je vous verrai ce soir. Assurez-vous d'avoir de quoi me payer en totalité. Ça devient trop dangereux pour moi par ici. Je vais me tirer avant qu'il soit trop tard. Et soyez tranquille, vous n'entendrez plus parler de moi.

— Que vous ayez un casier judiciaire ne prouve pas que vous soyez mêlée à cette affaire, répliqua-t-il sèchement. Mais si vous disparaissez, ils sauront que vous êtes impliquée et ils vous retrouveront. Donc, pas de panique. S'ils vous interrogent, jouez le rôle de l'aide-soignante attentionnée qui est impatiente de voir la chère Mme Lyons rentrer à la maison.

— C'est impossible. Ça ne marchera pas. J'ai menti quand je me suis présentée à l'agence pour avoir ce job. Vous savez très bien que j'ai pris une fausse identité et que je n'ai pas respecté les règles de ma libération conditionnelle. Il faut que je me barre d'ici.

— Comme vous voudrez. J'aurai l'argent pour vous ce soir. Comme convenu, vous prendrez le métro jusqu'à la station Chambers Street. Soyez-y à huit heures précises. Je m'arrêterai à l'angle de la rue dans une petite voiture noire, celle que vous avez déjà vue. Nous ferons le tour du bloc. Je vous donnerai l'argent, vous aurez le temps de compter. Puis je vous ramènerai au métro et vous pourrez aller vivre votre vie comme vous l'entendez. »

En raccrochant, Rory se souvint qu'à sa dernière sortie de prison elle avait décidé de ne plus jamais s'attirer d'ennuis. Si seulement Joe Peck m'avait demandée en mariage, pensa-t-elle. Je n'aurais jamais accepté ce travail dans le New Jersey. Je ne me serais pas trouvée là quand ce salaud est venu dîner dans cette maison et m'a reconnue. Et il n'aurait pas pu me faire chanter pour me mouiller dans cette affaire.

Elle s'autorisa un sourire narquois. Depuis que j'ai été libérée, j'ai toujours eu horreur de laver et nourrir tous ces pauvres cinglés, se dit-elle. Même si je me suis parfois amusée, comme le jour où j'ai trouvé les photos de Jonathan et de Lillian et les ai données à

Kathleen. Il me fallait bien un peu de distraction dans l'existence.

Maintenant, avec ce fric en poche, je vais pouvoir m'en payer des vraies, de distractions, et oublier tous ces bassins hygiéniques et le reste.

29

Depuis le dernier rang de la salle d'audience, les inspecteurs Simon Benet et Rita Rodriguez avaient assisté à la comparution de Kathleen Lyons. Puis ils regagnèrent leur bureau du premier étage où les attendait le père Joseph Kelly. Après s'être entretenus avec frère Aiden O'Brien et avoir appris que Jonathan Lyons avait eu en sa possession un ancien parchemin de grande valeur, ils avaient pris contact avec le père Joseph Kelly, spécialiste de la Bible, en le prévenant qu'ils auraient peut-être recours à ses services pendant leurs recherches.

Lors de la perquisition de la veille chez les Lyons, Mariah avait signalé le carton rempli des documents sur lesquels avait travaillé son père. Simon Benet avait appelé le père Kelly et lui avait demandé de venir au bureau du procureur à neuf heures et demie ce lundi matin.

« Mon père, commença Rita Rodriguez, nous pensons que ce carton que voici renferme les parchemins que Jonathan Lyons traduisait avant sa mort. Nous avons rapidement vérifié ce matin tout ce que nous avons saisi au domicile de Lyons et il semble que ce carton soit le seul à contenir ce type de documents. »

Le père Kelly, encore très allant malgré ses quatre-vingt-deux ans, répliqua vertement : « Je peux vous assurer qu'une lettre qui pourrait avoir été écrite par le Christ à Joseph d'Arimathie n'est pas considérée comme "un type de document". S'il m'arrivait de la découvrir et de la tenir entre mes mains, je me considérerais comme béni de Dieu.

— Je comprends, dit Benet. Je dois néanmoins vous prévenir qu'il existe une règle stricte selon laquelle un membre du bureau du procureur doit être présent chaque fois qu'un expert examine une pièce à conviction.

— Je n'y vois aucun inconvénient. Je suis prêt à commencer.

— Le bureau voisin est à votre disposition. Je vais y faire porter le carton. »

Cinq minutes plus tard, Simon et Rita, une tasse de café à la main, étaient à nouveau seuls dans leur bureau. « Si le père Kelly trouve ce parchemin, cela signifiera que l'affaire commence et s'arrête à Kathleen Lyons, dit Simon. La fille nous a dit que, lorsqu'il n'était pas à la maison ou n'était pas occupé à étudier ses documents, son père les conservait enfermés dans le classeur de son bureau. C'est là qu'ils se trouvaient quand il a été tué. Mais si ce parchemin unique ne se trouve pas parmi eux, la personne à laquelle il a pu le confier devrait en avoir averti Mariah à l'heure qu'il est. Mariah elle-même a admis que son père craignait peut-être de le laisser à portée de Kathleen après qu'elle avait découvert et découpé les photos où il figurait avec Lillian. »

Rita resta silencieuse un moment, puis planta son regard dans le sien : « Simon, je vais être franche. Après avoir étudié Kathleen Lyons au tribunal aujourd'hui, il paraît difficile d'envisager qu'elle ait pu dissimuler l'arme à tout le monde, éventuellement la charger toute seule, puis se glisser derrière son mari et le tuer – encore moins se tenir à trois ou quatre mètres, viser et lui tirer une balle en pleine tête. »

Elle s'attendait à ce que Simon la contredise. « Écoute, dit-elle, avant de t'en prendre à moi, laisse-moi terminer. Je sais qu'elle avait l'habitude d'accompagner son mari au stand de tir et qu'elle a probablement appris à manier une arme dans le passé. Mais l'as-tu observée aujourd'hui ? Ses gestes sont complètement désordonnés. Elle passait son temps à regarder autour d'elle d'un air perdu. Ce n'était pas de la comédie. Je parie que les psys vont diagnostiquer que son niveau d'attention est nul. Tu veux que je te dise ? Si nous ne trouvons pas le parchemin dans ce carton, celui qui le détient va sans doute essayer de le vendre et il pourrait bien être impliqué dans la mort de Jonathan.

— Rita, nous avons bel et bien arrêté la coupable hier. » Le ton de Simon trahissait son agacement : « Kathleen Lyons ne s'est pas comportée aujourd'hui différemment des autres fois où nous l'avons vue depuis qu'elle a tué son mari. Je pense, en effet, qu'elle est atteinte de la maladie d'Alzheimer, mais cela ne l'a pas empêchée de découper ces photos sous l'empire de la colère, et cela ne l'a pas empêchée, apparemment, de mettre une balle dans la tête de son mari parce qu'elle était furieuse contre lui. »

Une heure plus tard, on frappa à la porte et le père Kelly entra. « Ce carton contient peu de documents et j'ai pu les examiner assez rapidement. Il n'y a rien de valeur là-dedans, et certainement pas une lettre écrite par le Christ. Je peux vous le garantir. Avez-vous autre chose à me demander ? »

30

Le lundi après-midi, après la comparution de sa mère devant le juge, Mariah regagna la maison de ses parents et monta dans sa chambre, enfila un pantalon de toile et un pull en coton et noua ses cheveux en un chignon qu'elle fixa avec un peigne. Puis, pendant une longue minute, elle regarda son reflet dans le miroir de la salle de bains, fixa ses yeux d'un bleu profond si semblables à ceux de son père. « Papa, murmura-t-elle, je te promets de prouver que maman est innocente. Je te le jure. »

Elle prit son ordinateur portable, descendit au rez-de-chaussée et se dirigea vers le bureau de son père. Envahie par une étrange impression de calme après les émotions de l'audience, elle s'installa dans le fauteuil de la salle à manger qui avait remplacé celui que la police avait emporté la nuit du meurtre.

Je ne me suis pas occupée de mes clients la semaine dernière, pensa-t-elle. Il faut que je règle certaines affaires avant de jeter un coup d'œil sur la situation financière qu'a laissée papa. C'est avec un réel soulagement qu'elle se mit au travail. Elle ouvrit son ordinateur, lut ses mails et rappela certains de ses clients. Comme si la vie reprenait son cours normal. Bien qu'absolument rien dans ma vie ne soit normal, se dit-elle avec un sourire triste.

À l'étage, Betty Pierce s'activait encore à remettre de l'ordre dans les chambres après la perquisition de la police. Elle lui apporta un sandwich et une tasse de thé. « Mariah, je peux rester si vous désirez de la compagnie », proposa-t-elle d'un ton hésitant.

Mariah leva la tête et vit l'inquiétude sincère qui marquait le visage de leur fidèle femme de chambre. Tout cela a été une épreuve pour elle aussi, pensa-t-elle. « Merci mille fois Betty, mais je peux très bien rester seule. Je vais dîner ce soir chez nos voisins Lloyd et Lisa. Mais demain soir, je voudrais inviter le groupe d'amis de papa. Les quatre habitués : le Pr Callahan, le Pr Michaelson, le Pr West et M. Pearson.

— C'est une excellente idée, approuva Betty avec chaleur. Cela vous remontera le moral, et Dieu sait que vous en avez besoin. Que voulez-vous que je prépare ?

— Peut-être du saumon. Ils aiment tous ça. »

Vers quatre heures, Mariah avait rattrapé son retard. Mon Dieu, que c'est bon de reprendre la routine du travail ! pensa-t-elle. Cela lui avait permis d'échapper un peu à ses soucis. Pendant ce temps, elle s'était délibérément interdit de penser à sa mère et à la façon dont elle était traitée à l'hôpital psychiatrique à quelques kilomètres de là. Refusant de s'appesantir là-dessus pour le moment, elle lança ses invitations pour le dîner.

Elle joignit d'abord Greg ; en entendant sa voix, elle comprit pourquoi elle l'avait spontanément appelé le premier. Elle avait apprécié la soirée passée avec lui le samedi. Sa visible admiration pour son père, les anecdotes qu'il lui avait racontées à son sujet l'avaient convaincue qu'elle s'était trompée en le considérant comme un garçon terne et insensible. Elle se souvint que son père avait dit que si Greg était foncièrement timide, il pouvait aussi se montrer passionnant et drôle quand il était avec des gens avec lesquels il se sentait en confiance.

Lorsque sa secrétaire lui passa Mariah, Greg parut à la fois surpris et ravi de l'entendre : « J'ai pensé à vous toute la journée, Mariah. Je suis au courant de ce qui s'est passé. Je voulais vous appeler hier soir après avoir vu le journal télévisé, mais j'ai craint de vous déranger. Je vous l'ai déjà demandé et je vous le redis aujourd'hui, que puis-je faire pour vous aider ?

— Vous pouvez commencer par venir dîner à la maison demain soir », dit Mariah. Elle l'imaginait dans son vaste bureau, tiré à quatre épingles, avec ses cheveux bruns toujours impeccablement coiffés, ses yeux de ce gris curieux tirant sur le vert. « Je serais heureuse de vous recevoir. Richard, Charles et Albert seront aussi présents. Vous étiez tous si proches de papa. Nous en ferons une sorte de réunion en son honneur.

— Je serai des vôtres naturellement », répondit Greg sans hésiter.

Le ton de profonde affection de sa voix n'avait rien de feint.

« Vers six heures et demie, alors, dit rapidement Mariah. À demain. » Elle raccrocha. Elle n'avait pas envie de prolonger la conversation. Son père lui avait souvent dit que Greg éprouvait un faible pour elle et qu'il avait beaucoup à offrir si seulement elle lui donnait une chance...

Refusant de s'attarder sur cette pensée, elle composa le numéro d'Albert West.

« Je suis allé camper dans votre région pendant le week-end, lui dit-il. Les Ramapo Mountains sont vraiment magnifiques. J'ai marché pendant des kilomètres. » En entendant son timbre sonore, Mariah se rappela ce que son père lui avait rapporté : que sa voix, combinée à sa petite taille, avait valu à Albert le surnom de « Corne de brume ». Il accepta son invitation sans se faire prier, et ajouta : « Je dois vous demander une chose, Mariah. Votre père avait-il récemment laissé entendre qu'il avait peut-être découvert un parchemin ancien de grande valeur ?

— Non, je regrette, il ne m'en a jamais parlé, lui répondit Mariah. Mais dans le passé, il m'avait parlé de la fameuse lettre du Vatican, et à présent il semblerait qu'il l'ait peut-être trouvée parmi les manuscrits qu'il étudiait. » Puis elle ajouta tristement : « Albert, vous savez quelle était la situation. Mes relations avec papa étaient tendues depuis plus d'un an à cause de Lillian. Sinon, je sais que j'aurais été la première à qui il se serait confié.

— C'est certain, Mariah. Je serai heureux de me joindre à vous demain. Peut-être pourrons-nous en discuter davantage. »

Le bref « allô » de Charles Michaelson amena un sourire sur les lèvres de Mariah. Charles donne toujours l'impression qu'on l'ennuie, pensa-t-elle. Elle ne lui avait jamais tout à fait pardonné de feindre d'être l'ami intime de Lillian lors des dîners dans la maison familiale alors qu'il servait seulement d'alibi pour couvrir la liaison de Jonathan.

Après avoir accepté son invitation avec chaleur, il posa la même question qu'Albert à propos du parchemin.

Elle répéta ce qu'elle avait répondu à Albert. Puis elle ajouta : « Charles, il aurait été naturel que papa vous montre ce qu'il croyait être "la lettre du Vatican".

Personne n'est plus expert que vous dans cette matière. Vous ne l'avez donc jamais vue ?

— Non, répondit brusquement Michaelson, sans lui laisser le temps de l'interroger davantage. Il m'en avait parlé seulement une semaine avant sa mort en me promettant de me la montrer, malheureusement il n'a jamais pu le faire. Mariah, est-ce vous qui l'avez ? Sinon, savez-vous où elle se trouve ?

— Charles, la réponse à ces deux questions est non. »

Et pourquoi est-ce que je ne vous crois pas ? se demanda-t-elle au moment où elle raccrochait. J'aurais parié que papa se serait adressé à vous en premier. Elle fronça les sourcils, tâchant de se souvenir pourquoi son père avait mentionné quelques années auparavant qu'il avait été très déçu par Charles. À quoi faisait-il allusion ?

Son dernier appel fut pour Richard Callahan. « Mariah. J'ai beaucoup pensé à vous, bien sûr. Je n'ose imaginer ce que vous devez traverser, votre mère et vous. Avez-vous pu la voir ?

— Non, Richard, pas encore. Elle est en train de subir des examens psychiatriques. Je prie pour qu'elle soit de retour à la maison vendredi.

— Je l'espère, Mariah. Je l'espère sincèrement.

— Richard, est-ce que vous allez bien ? Vous semblez abattu, troublé.

— Vous êtes très perspicace. Mon père m'a posé la même question hier soir. J'ai beaucoup réfléchi, et je viens de prendre une décision que je reporte depuis longtemps. Je vous verrai demain soir. » Puis il ajouta calmement : « J'ai hâte de vous voir. »

Richard a décidé de reprendre sa formation religieuse, pensa Mariah, en se demandant pourquoi elle se sentait à ce point consternée. Sa présence est toujours très agréable, mais nous le verrons beaucoup moins une fois qu'il aura rejoint l'ordre des Jésuites.

À sept heures, elle se changea, enfila une jupe longue de soie bleue et une blouse de soie blanche, retoucha son maquillage et brossa ses cheveux qu'elle laissa flotter sur ses épaules avant de franchir la pelouse et d'aller sonner chez les Scott. Lisa vint lui ouvrir. Comme toujours, elle était superbe en chemisier multicolore et pantalon de grand couturier, avec une ceinture argentée autour des hanches et des mules à hauts talons.

Lloyd téléphonait. Il fit un signe de la main en direction de Mariah et elle suivit Lisa dans le salon. Des crackers et du fromage étaient disposés sur la table basse. Lisa servit deux verres de vin. « Je crois que c'est un appel de la police, confia-t-elle à Mariah. Ils nous ont interrogés à propos du cambriolage. Mon Dieu, si seulement je pouvais retrouver quelques-uns de mes bijoux ! Je regrette tant mes émeraudes. Je m'en veux toujours de ne pas les avoir emportées avec moi en voyage. »

Lloyd vint les rejoindre quelques minutes plus tard. « Voilà qui est intéressant, dit-il. La police de New York a contacté les gens qui avaient garé leur voiture au parking de la 52ᵉ Rue Ouest à côté de l'hôtel Franklin. Nos noms figurent sur la liste des invités au bal de bienfaisance auquel nous avons assisté dans cet hôtel il y a deux mois. Un employé du garage a eu des soupçons concernant un autre de ses collègues et l'a vu fixer quelque chose sur la voiture d'un client. Le client en question habitait Riversdale. La police a inspecté sa voiture, découvert qu'il s'agissait d'un traceur GPS et a demandé au propriétaire d'aller s'installer avec sa femme pendant quelques jours dans les Hamptons. Ils racontent que le mode opératoire de ce malfaiteur consistait à vérifier les déplacements de la voiture. Si elle était partie ailleurs ou si elle ne bougeait pas pendant un certain temps, il allait faire le guet autour de la maison et s'assurer qu'elle était inoccupée. La police locale a mis l'habitation de ce client sous surveillance. Il n'a fallu attendre que trois nuits avant que l'individu pénètre dans la maison. Ils me demandent d'aller vérifier s'il y a un traceur sur notre voiture, et si j'en vois un, de ne pas y toucher, au cas où ils pourraient y relever des empreintes. »

Lloyd disparut en direction du garage. Il revint en courant, tout excité : « Nous avons bien un traceur sur la Mercedes, ce qui signifie que le type qui l'a placé est sans doute celui qui nous a cambriolés !

— Mes émeraudes ! s'écria Lisa d'une voix haletante. Peut-être vais-je les récupérer ! »

Lloyd n'eut pas le cœur de dire à sa femme qu'à l'heure qu'il était, les émeraudes avaient certainement été desserties par un receleur et vendues depuis longtemps à un acheteur complaisant.

En ce lundi soir, Kathleen était couchée dans une chambre individuelle du service psychiatrique du Centre médical de Bergen Park. Elle avait tenté à plusieurs reprises de se lever, obligeant le personnel de l'hôpital à lui attacher les bras et les jambes avec des liens de sécurité légers pour l'empêcher de recommencer.

Outre ses médicaments habituels, on lui avait administré un sédatif et elle restait donc tranquillement allongée tandis que dans son esprit se mêlaient des flots de souvenirs et de pensées contradictoires.

Elle souriait. Jonathan était là. Ils étaient à Venise pendant leur voyage de noces, marchaient main dans la main sur la place Saint-Marc.

Jonathan était en haut. Pourquoi ne descendait-il pas pour lui parler ?

Tout ce bruit… Tout ce sang… Jonathan perdait son sang.

Kathleen ferma les yeux et s'agita. Elle n'entendit pas la porte de la chambre s'ouvrir et se refermer, ne s'aperçut pas de la présence de l'infirmière qui se penchait sur elle.

Kathleen était en haut de l'escalier et la porte de la maison s'ouvrait. Qui était-ce ? Une ombre passait dans l'entrée. Elle ne pouvait pas voir le visage…

Où était son foulard ?

« Tout ce bruit… tout ce sang, murmura-t-elle.

— Kathleen, vous rêvez, dit une voix douce.

— Le pistolet, murmura Kathleen. Rory l'a mis dans le massif de fleurs. Je l'ai vue. Y avait-il de la terre dessus ?

— Kathleen, je ne parviens pas à vous entendre. Qu'avez-vous dit ? demanda l'infirmière.

— Nous allons déjeuner au Cipriani », dit Kathleen.

Puis elle sourit et le sommeil la gagna. Elle était retournée à Venise avec Jonathan.

L'infirmière repartit sur la pointe des pieds. On lui avait donné pour consigne de noter tout ce que dirait sa patiente. Soigneusement, mot pour mot, elle écrivit : « Tout ce bruit… Tout ce sang… Nous allons déjeuner au Cipriani… »

32

Quand elle arriva ce même lundi soir en haut de l'escalier de la station de métro, Rory aperçut la voiture noire arrêtée à l'angle de la rue. Elle avait monté les marches à la hâte et était essoufflée. Elle avait l'impression qu'une chape de plomb s'abattait sur elle, l'engloutissait. Il fallait prendre l'argent et s'enfuir. Elle avait déjà disparu des années auparavant, elle pouvait recommencer. Dès qu'elle était sortie de prison, après avoir écopé de sept ans pour avoir volé une vieille dame, elle s'était dérobée à la justice.

Je suis devenue une autre, pensa-t-elle. Elle avait emprunté l'identité d'une cousine qui avait pris sa retraite après avoir été aide-soignante pendant des années et s'était fixée en Italie où elle était morte subitement. J'ai travaillé dur, se souvint-elle avec colère. Maintenant, même s'ils ne peuvent pas prouver que j'ai laissé le pistolet dehors et déverrouillé la porte, je retournerai en prison pour ne pas avoir respecté les modalités de ma libération conditionnelle. J'ai bien vu cette cinglée de Kathleen regarder par la fenêtre au moment où j'enfouissais le pistolet dans le massif de fleurs. Est-ce qu'elle m'a vue ? Elle a une façon de marmonner des trucs qui pourrait faire croire qu'elle n'a rien remarqué.

La portière de la voiture côté passager s'ouvrit. La rue était animée et les gens marchaient vite malgré la chaleur. Ils ont tous hâte de se retrouver chez eux avec la clim, se dit Rory, sentant des gouttes de sueur perler sur son front et dans son cou. Elle repoussa une mèche de cheveux qui lui tombait sur le menton. Je ne suis pas présentable, pensa-t-elle en montant dans la voiture. Une fois que j'aurai disparu dans la nature, j'irai dans un centre de remise en forme. Qui sait ? Avec meilleure mine et de l'argent, je trouverai peut-être un autre Joe Peck qui n'attendait que moi.

Elle referma la portière.

« Huit heures, dit l'homme d'un ton approbateur. Vous êtes ponctuelle. Je viens d'arriver.

— Où est l'argent ?

— Regardez sur le siège arrière. Vous voyez ces valises ? »

Elle tourna la tête, tendant le cou. « Elles ont l'air lourdes.

— Elles le sont. Vous vouliez un bonus. Je vous en ai donné un. Vous le méritez. »

Il posa la main sur son cou. Appuya de toutes ses forces avec son pouce sur une veine.

La tête de Rory s'affaissa en avant. Elle ne sentit pas l'aiguille qu'il plantait dans son bras, pas plus qu'elle n'entendit le bruit du moteur quand la voiture démarra et roula vers les entrepôts situés dans le bas de la ville.

« Dommage. Vous ne serez pas en vie pour admirer le sarcophage que j'ai préparé pour vous, Rory, dit-il à voix haute. Au cas où vous ne sauriez pas de quoi il s'agit, c'est un cercueil. Celui-ci est digne d'une reine. Bien qu'il n'y ait rien de royal chez vous, je regrette de le dire », ajouta-t-il avec un sourire ironique.

Les inspecteurs viendraient l'interroger mardi matin, à dix heures. Lillian ne dormit pas de la nuit. Qu'allait-elle leur dire ?

C'était stupide de sa part d'avoir affirmé à Alvirah qu'elle n'avait pas parlé à Jonathan depuis le mercredi précédant sa mort. Complètement stupide !

Pouvait-elle prétendre qu'Alvirah avait mal compris ce qu'elle lui avait dit ? Ou qu'elle était tellement désorientée quand elles avaient déjeuné ensemble, qu'elle s'était mal exprimée, qu'elle avait voulu lui dire en réalité qu'elle n'avait pas vu Jonathan depuis le mercredi parce que Kathleen était tellement agitée pendant le week-end qu'il n'avait pas voulu quitter la maison ? Mais qu'ils s'étaient parlé tous les jours ?

L'explication tenait à peu près la route.

Elle pourrait leur dire qu'ils avaient utilisé uniquement des téléphones à carte prépayée et qu'après la mort de Jonathan elle s'était débarrassée du sien.

Elle se rappela leur dernière nuit ensemble, quand Jonathan lui avait laissé son mobile à carte. « Je n'en aurai plus besoin. S'il te plaît, jette-le et jette aussi le tien », lui avait-il dit. Mais elle les avait gardés. Terrifiée, elle se demanda si la police aurait un mandat pour perquisitionner son appartement.

La gorge serrée, à peine capable d'avaler son café, elle emporta sa tasse dans la salle de bains. Il lui fallut quelques minutes à peine pour se doucher et se sécher les cheveux. Puis elle se souvint de la façon dont Jonathan les ébouriffait quand elle était assise sur ses genoux dans le grand fauteuil. « Ils sont trop bien coiffés », plaisantait-il lorsqu'elle protestait.

Jonathan, Jonathan, Jonathan. Je n'arrive toujours pas à imaginer que tu n'es plus là, pensa-t-elle en se maquillant avec soin, s'efforçant de dissimuler les cernes autour de ses yeux. J'irai mieux quand les cours reprendront. J'ai besoin d'avoir du monde autour de moi. J'ai besoin d'être occupée. J'ai besoin d'être fatiguée en rentrant chez moi le soir.

Et de ne plus attendre que le téléphone sonne.

La température avait chuté durant la nuit et il faisait les vingt-cinq degrés de saison. Elle enfila une tenue de jogging et des baskets. Elle voulait donner aux inspecteurs l'impression qu'elle avait l'intention de sortir dès qu'ils seraient partis.

À dix heures précises, la sonnette retentit. Elle reconnut les deux personnes qui se tenaient devant elle, l'homme au costume froissé et au crâne dégarni et la femme au teint mat qui s'étaient tenus près de Rory à l'entrée du funérarium.

Simon Benet et Rita Rodriguez se présentèrent. Lillian les invita à entrer et leur proposa un café, qu'ils refusèrent, avant de la suivre dans la salle de séjour. Lillian s'assit sur le canapé, se sentant seule et vulnérable, tandis qu'ils choisissaient des chaises à haut dossier.

« Mademoiselle Stewart, commença Benet, nous nous sommes parlé brièvement au téléphone la semaine dernière, mais vous étiez visiblement très bouleversée et nous avons jugé préférable d'attendre pour venir nous entretenir avec vous. Je crois que vous nous avez dit que vous étiez ici, chez vous, le soir où le Pr Lyons est mort. »

Lillian se raidit. « Oui, c'est exact.

— Aviez-vous prêté votre voiture à quelqu'un ? D'après l'employé du garage de l'immeuble, vous avez pris votre Lexus ce soir-là à sept heures et demie environ et êtes rentrée un peu après dix heures du soir. »

Lillian sentit sa gorge se serrer. L'inspecteur Benet venait de dire qu'elle était bouleversée quand ils lui avaient téléphoné. L'excuse était toute trouvée. Maudit soit le type du garage !

Puis elle se rappela que c'était Kathleen qui avait été arrêtée pour le meurtre de Jonathan. Mais son badge de péage... Ils n'auraient aucun mal à vérifier à quelle heure elle avait emprunté le pont George-Washington pour regagner New York.

Elle devait faire attention. Ne pas laisser échapper un mot de trop comme elle l'avait fait avec Alvirah. « Lorsque je vous ai parlé, j'étais sous le choc, submergée par le chagrin, incapable d'avoir les idées claires. Tout était brouillé dans ma tête. Vous m'avez téléphoné le mercredi, n'est-ce pas ?

— Oui, lui confirma Rita Rodriguez.

— Lorsque je vous ai dit que j'étais chez moi ce soir-là, je parlais du soir qui a précédé votre appel. C'est le mardi soir que je suis restée à la maison.

— Vous êtes donc sortie le lundi soir, affirma Benet d'un ton pressant.

— Oui, c'est exact. » Elle devait devancer leurs questions. « Vous comprenez, Jonathan soupçonnait fortement Rory, l'aide-soignante habituelle, de provoquer délibérément l'agitation de sa femme. Il était convaincu qu'elle avait fouillé dans son bureau, trouvé le livre factice qui contenait nos photos et qu'elle les avait montrées à Kathleen.

— D'après ce que nous savons, cet incident a eu lieu il y a plus d'an et demi. Pourquoi le Pr Lyons ne l'a-t-il pas renvoyée à ce moment-là ?

— Il ne l'a pas soupçonnée sur le moment, mais seulement quelques semaines plus tard, quand il l'a surprise dans son bureau près de Kathleen qui était en train de fouiller dans ses tiroirs. Rory a prétendu qu'elle n'arrivait pas à l'en empêcher, mais Jonathan a compris qu'elle mentait. Au moment où il entrait dans la pièce, il l'a entendue dire à Kathleen qu'il y avait peut-être encore d'autres photos de nous deux. »

Le visage de l'inspecteur Benet était impassible. « Encore une fois, pourquoi ne l'a-t-il pas renvoyée sur-le-champ ?

— Il voulait d'abord en parler avec Mariah. Ils avaient eu auparavant deux aides-soignantes peu sérieuses qui négligeaient la propreté de Kathleen et mélangeaient ses médicaments. Il redoutait de refaire la même expérience. »

Plus assurée, Lillian ajouta : « Jonathan rassemblait son courage pour annoncer à Mariah qu'il était temps de mettre sa mère dans une maison de santé afin qu'il puisse être libre de vivre avec moi. »

Elle ouvrit grands les yeux et regarda franchement, l'un après l'autre, les deux inspecteurs. Ils restèrent impassibles. Aucune marque de sympathie, pensa-t-elle.

« Où êtes-vous allée le lundi soir, mademoiselle Stewart ? demanda Benet.

— Je ne tenais pas en place. J'ai eu envie de dîner dehors. Je voulais être seule. J'ai pris ma voiture et suis allée dans un petit restaurant dans le New Jersey.

— Où précisément dans le New Jersey ?

— À Mondale. » Lillian savait qu'elle n'avait aucun moyen d'éviter de répondre. « Jonathan et moi avions l'habitude d'y dîner ensemble. Chez Aldo et Gianni.

— Quelle heure était-il ?

— Environ huit heures. Vous pouvez vérifier. Ils me connaissent.

— Je connais aussi Aldo et Gianni. C'est à peine à une vingtaine de minutes de Mahwah. Et vous y êtes allée parce que vous vous sentiez nerveuse ? Ou le Pr Lyons avait-il l'intention de vous y retrouver ?

— Non – je veux dire oui. » Lillian se reprit, sentant la panique la gagner. « Nous utilisions des téléphones à carte pour communiquer entre nous. Jonathan ne voulait pas laisser de traces de nos appels sur son téléphone fixe ou sur son mobile. Je suppose que vous avez trouvé son appareil quelque part. Il avait prévu de s'échapper et de venir me rejoindre une fois que l'aide-soignante aurait mis Kathleen au lit. Mais cette femme a dû partir et il lui a été impossible de laisser Kathleen sans surveillance. Je suis donc allée dîner seule, et je suis rentrée seule. Je peux vous montrer le reçu de ma carte de crédit si vous le désirez.

— À quelle heure le Pr Lyons vous a-t-il prévenue qu'il ne pourrait pas venir ?

— Vers cinq heures et demie, quand il est rentré chez lui et a appris que l'aide-soignante devait partir. J'ai décidé d'y aller quand même.

— Où est votre téléphone à carte, mademoiselle Stewart ? demanda Rita sans agressivité.

— Lorsque j'ai appris la mort de Jonathan, je l'ai jeté à la poubelle. Entendre le son de sa voix était trop douloureux. Voyez-vous, quand il m'appelait et que j'étais dans l'impossibilité de lui répondre immédiatement, je conservais ses messages sur mon téléphone. » Elle ajouta : « Vous avez sûrement trouvé le sien, n'est-ce pas ?

— Mademoiselle Stewart, quel était votre numéro, et quel était le sien ? »

Surprise par la question, Lillian réfléchit rapidement. « Je ne m'en souviens pas. Jonathan l'avait réglé pour que je le joigne directement sans composer son numéro. Nous utilisions ces téléphones uniquement pour nous appeler. »

Les deux inspecteurs ne manifestèrent aucune réaction. La question que posa ensuite Simon Benet la prit au dépourvu : « Mademoiselle Stewart, nous avons appris que le Pr Lyons était peut-être en possession d'un parchemin ancien de grande valeur. Or il ne se trouve pas dans ses affaires. Êtes-vous au courant de l'existence de ce document ?

— Un parchemin de grande valeur ? Il ne m'en a jamais dit un mot. Naturellement, je sais que Jonathan étudiait certains documents qui avaient été découverts dans une église abandonnée, mais il ne m'a jamais dit que l'un d'eux avait de la valeur.

— S'il avait eu entre les mains un tel manuscrit, n'est-il pas surprenant qu'il ne vous l'ait pas montré, ou du moins qu'il n'y ait jamais fait allusion ?

— Vous dites que Jonathan était peut-être en possession d'un parchemin de grande valeur. Vous n'en êtes donc pas certain. Parce que je crois sincèrement qu'il aurait partagé sa découverte avec moi.

— Bien sûr, répondit sèchement Benet. Je voudrais vous interroger sur un autre point. Le Pr Lyons était apparemment bon tireur. Lui et sa femme se rendaient volontiers dans un stand de tir, une activité commune qui s'est naturellement interrompue dès l'apparition des symptômes de la maladie de Mme Lyons. Et vous, l'avez-vous jamais accompagné dans un stand de tir ? »

Il était inutile de leur mentir, elle le savait. « Jonathan avait commencé à m'emmener dans un stand de Westchester peu après notre rencontre.

— Vous y alliez souvent ?

— À peu près une fois par mois », répondit-elle, sachant qu'ils pouvaient vérifier les registres. L'image du certificat qui avait récompensé son habileté au tir était gravée dans son esprit et elle ajouta avant qu'ils ne continuent leur interrogatoire : « Je suis ce qu'on appelle une assez bonne tireuse. » Puis elle explosa : « Je n'apprécie pas la façon dont vous me regardez tous les deux. J'aimais Jonathan. Je le pleurerai chaque jour de ma vie. Je ne répondrai plus à une seule de vos questions. Vous avez arrêté sa pauvre folle de femme pour l'avoir tué et vous avez eu raison. Il avait peur d'elle. »

Les inspecteurs se levèrent. « Peut-être pourriez-vous répondre à cette dernière question, mademoiselle Stewart. Vous n'aimiez pas l'aide-soignante, Rory, vous ne lui faisiez pas confiance, n'est-ce pas ?

— Là-dessus, je peux vous répondre, dit-elle farouchement. Cette femme était un vrai serpent. Elle a trouvé ces photos et elle a été la cause de tous nos ennuis. Sans elle, la femme et la fille de Jonathan n'auraient jamais soupçonné qu'il y avait quelque chose entre nous.

— Merci, mademoiselle Stewart. »

Ils étaient partis. Tremblante, Lillian passa en revue tout ce qu'elle leur avait dit. L'avaient-ils crue ? Peut-être pas. Il me faut un avocat, pensa-t-elle, affolée. Je n'aurais pas dû leur parler sans être assistée par un avocat.

Le téléphone sonna. Effrayée, ne sachant si elle devait répondre ou non, elle saisit l'appareil. C'était Richard, mais le ton de sa voix n'était pas celui auquel elle était habituée.

« Lillian, dit-il avec fermeté, je ne vous ai pas tout à fait dit la vérité et vous m'avez menti effrontément. J'ai vu le parchemin. Je sais qu'il est authentique. Jonathan m'a dit vous l'avoir confié pour qu'il soit en sécurité. Et c'est ce que je vais dire à la police. Je sais que vous avez eu plusieurs offres, mais voilà le prix de mon silence. Je vous en donnerai deux millions de dollars. Je veux ce manuscrit et je l'aurai. Est-ce clair ? »

Il coupa la communication sans attendre sa réponse.

34

Le mardi matin à onze heures, Wally Gruber fut traduit devant le juge Rosemary Gaughan, de New York, qui lui lut l'acte d'accusation d'effraction et de tentative de cambriolage. Son visage rond n'affichait pas son habituel sourire jovial. Son corps massif était revêtu du survêtement orange des prisonniers. Ses poignets et ses chevilles étaient menottés.

L'assistant du procureur prit la parole : « Votre Honneur, M. Gruber est accusé de tentative de vol par effraction dans la résidence indiquée dans la plainte. Il a été précédemment condamné pour cambriolage et a purgé une peine de prison. Les preuves apportées sont particulièrement accablantes. M. Gruber a été surpris par la police au moment où il s'introduisait dans la maison. Nous notons, en outre, que la police enquête sur un autre cambriolage dans le New Jersey dont il pourrait être l'auteur. Il est employé dans un garage en ville et un témoin l'a vu placer des traceurs GPS sur des voitures afin de repérer les périodes où leurs propriétaires sont absents de chez eux. Au cours du récent cambriolage dans le New Jersey, plus de trois millions de dollars de bijoux ont été dérobés pendant que la famille était en vacances. Nous avons été informés qu'un traceur GPS similaire à celui qui avait été placé sur le véhicule du propriétaire de la maison de New York avait été découvert sur le véhicule du propriétaire de la maison du New Jersey. Nous nous attendons à ce que M. Gruber fasse prochainement l'objet de poursuites dans le New Jersey. J'ajoute que l'accusé est célibataire et vit seul dans un studio dont il est locataire. Dans ces circonstances, nous jugeons qu'il présente un risque de fuite élevé et demandons une caution de deux cent mille dollars. »

Joshua Schultz, l'avocat de la défense qui se tenait à côté de Wally, prit la parole à son tour : « D'abord, Votre Honneur, M. Gruber plaide non coupable. Avec tout le respect dû au procureur, j'estime que sa demande de caution est nettement excessive. En ce moment précis, aucune plainte n'a été déposée dans le New Jersey. M. Gruber est un résident de longue date de la ville de New York, et il a la ferme intention de se rendre à toutes les convocations du tribunal. Il dispose de très peu de moyens. M. Gruber m'a fait savoir que si vous l'autorisez à utiliser un garant, il pourra verser une caution de quinze mille dollars. »

Le juge Gaughan les regarda du haut de son pupitre. « Bien que le prévenu soit présumé innocent, le procureur a présenté ce qui semble de forts éléments de preuve dans cette affaire. Étant donné que M. Gruber risque une incarcération de longue durée s'il est condamné, j'en conclus qu'il existe un risque de fuite majeur. Je n'autoriserai pas de garantie. Le montant est fixé à deux cent mille dollars, en numéraire. Naturellement, si des poursuites judiciaires étaient entamées dans le New Jersey, une caution supplémentaire serait fixée par le juge de cette juridiction. »

Trois heures plus tard, Wally, incapable de verser la caution, reprenait le chemin de Rikers Island. Alors qu'il était poussé sans ménagement dans le fourgon cellulaire, il respira les premiers effluves de l'automne apportés par la brise et les compara à l'atmosphère confinée de la cellule du tribunal. J'ai un atout dans ma manche, pensa-t-il pour se rassurer. Ils vont devoir conclure un arrangement avec moi. Quand ils apprendront ce que je sais, ils m'accorderont la mise en liberté surveillée.

Il eut un sourire goguenard. Je peux travailler avec leur dessinateur de portraits-robots et leur donner tous les détails du visage de la personne qui a liquidé le professeur. Mais s'ils ne veulent pas jouer le jeu, j'appellerai le fameux avocat de la vieille dame et lui ferai comprendre que je suis le seul à pouvoir la faire rentrer chez elle.

35

Le mardi matin, le premier geste de Mariah fut d'appeler l'hôpital. L'infirmière du bureau du service psychiatrique la rassura : « Nous avons donné à votre mère un sédatif hier soir et elle a bien dormi. Elle a pris un petit-déjeuner léger ce matin et semble très calme.

— A-t-elle réclamé mon père ?

— Les notes sur sa pancarte indiquent qu'elle a parlé à plusieurs reprises cette nuit et donné l'impression d'être en conversation avec lui. Elle croyait apparemment qu'ils étaient ensemble à Venise. Ce matin elle a répété le nom de "Rory". » L'infirmière parut hésiter, puis demanda : « Est-ce une parente ou une aide-soignante ?

— Une aide-soignante, répondit Mariah, soupçonnant l'infirmière de ne pas tout lui dire. Me cachez-vous quelque chose ? demanda-t-elle.

— Oh non ! Bien sûr que non. »

Pas sûr, pensa Mariah. Puis, sachant qu'elle essuierait un refus catégorique si elle demandait à voir sa mère avant la prochaine audience, elle poursuivit ses questions : « Ma mère paraît-elle effrayée ? Il lui arrive de vouloir se réfugier dans un dressing-room quand elle est à la maison.

— Elle est perturbée, naturellement, mais je ne dirais pas qu'elle paraît effrayée. »

Mariah dut se contenter de cette réponse.

Elle passa le reste de la matinée à travailler dans le bureau, se félicitant de pouvoir traiter un grand nombre de ses dossiers à la maison. Puis elle monta à l'étage, dans la chambre de son père, et passa plusieurs heures à retirer ses affaires des placards et des tiroirs avant de les ranger, soigneusement pliées, dans des cartons qu'elle donnerait à une association caritative.

Les yeux brûlant de larmes contenues, elle se souvint qu'après la mort de sa grand-mère, sa mère avait été incapable de vider sa penderie pendant presque un an. Cela n'a pas de sens, pensa Mariah. Tant de gens ont besoin de vêtements. Papa aurait voulu que le moindre de ses effets en bon état soit donné immédiatement.

Elle conserva malgré tout le pull irlandais à torsades qu'elle lui avait offert pour Noël sept ans plus tôt. Dès l'arrivée du froid, c'était son vêtement d'intérieur favori. Son premier geste en rentrant de l'université était de suspendre sa veste, d'ôter sa cravate et d'enfiler ce pull. Il l'appelait sa seconde peau.

Dans sa salle de bains, elle ouvrit la porte de l'armoire à pharmacie et jeta le médicament contre la tension, les vitamines et l'huile de poisson qu'il prenait religieusement tous les matins. Elle s'étonna à la vue d'un flacon à moitié vide de Tylenol contre l'arthrite. Il ne lui avait jamais dit qu'il souffrait d'arthrite. C'était un nouveau et douloureux rappel de leur éloignement.

Elle décida aussi de garder sa lotion après-rasage. Quand elle en dévissa le bouchon et en respira le parfum subtil mais familier, elle eut un instant l'impression qu'il se trouvait dans la pièce avec elle. « Papa, implora-t-elle doucement, je ne sais pas quoi faire, aide-moi. »

Il lui sembla alors qu'il y avait peut-être une solution. Ce soir elle inviterait également à dîner frère Aiden, Alvirah et Willy Meehan. C'était au frère O'Brien que son père avait confié sa certitude que le parchemin était celui qui avait été volé jadis à la bibliothèque du Vatican et que l'un des experts consultés avait manifesté un intérêt uniquement financier. C'était à Alvirah que Lillian avait déclaré ne pas avoir vu son père et ne pas lui avoir parlé pendant les cinq jours qui avaient précédé sa mort. Par un heureux hasard, Alvirah et Willy connaissaient frère Aiden bien longtemps avant d'avoir rencontré Mariah.

Elle descendit au rez-de-chaussée pour passer ses appels téléphoniques. « Je suis confuse de vous inviter à la dernière minute, Alvirah, dit-elle, mais vous avez un bon jugement sur les gens. Je n'arrive pas à croire que papa n'ait pas montré ce parchemin à au moins un ou deux de ceux qui participaient à ses dîners. Vous les avez déjà vus ici une demi-douzaine de fois. Je veux aborder le sujet ce soir et voir quelles seront leurs réactions. Et j'aimerais connaître votre point de vue. Et si frère Aiden accepte de nous répéter ce que lui a dit papa, il leur sera difficile d'insinuer qu'il a pu se tromper sur l'authenticité du parchemin. Que Dieu me pardonne, et j'espère me tromper, mais je commence à penser que Charles Michaelson pourrait être compromis. N'oubliez pas que Lillian et lui arrivaient aux dîners ensemble et paraissaient très intimes. Je me rappelle qu'un jour papa avait mentionné que Charles s'était trouvé jadis dans une situation qui avait posé de sérieux problèmes juridiques ou déontologiques.

— J'assisterai volontiers à ce dîner, répondit Alvirah. Et laissez-moi vous faciliter la tâche. Je vais téléphoner à frère Aiden et, s'il peut venir, nous passerons le prendre en voiture. Je vous rappelle dans cinq minutes. Au fait, à quelle heure nous attendez-vous ?

— Six heures et demie serait parfait. »

Quatre minutes plus tard, le téléphone sonna. « Frère Aiden est disponible. À ce soir. »

À la fin de l'après-midi, Mariah sortit faire une longue marche, s'efforçant de s'éclaircir les idées afin de se préparer à ce qui pourrait ressortir de cette soirée.

Les quatre personnes les plus susceptibles d'avoir vu le parchemin seront à la table de mon père, songeat-elle. Charles et Albert m'ont déjà demandé si je l'avais trouvé. L'autre soir, Greg m'a dit que papa lui en avait parlé, mais ne le lui avait pas montré. Richard n'y a jamais fait la moindre allusion devant moi.

Eh bien, ce soir, d'une façon ou d'une autre, nous allons en parler.

Mariah accéléra le pas, s'efforçant d'assouplir ses membres raides. Le vent léger forcissait. Elle avait attaché ses cheveux en un chignon lâche et les sentit se dénouer et glisser sur ses épaules. Elle esquissa un sourire, se rappelant que son père lui disait que ses longs cheveux noirs lui rappelaient Bess, la fille du propriétaire dans le poème d'Alfred Noyes *The Highwayman*.

À son retour, Betty lui annonça que personne n'avait téléphoné pendant son absence. Elle appela aussitôt l'hôpital où on lui fit pratiquement le même compte rendu que le matin. Sa mère était calme et ne l'avait pas réclamée.

Il était temps de s'habiller. La chute de la température orienta son choix vers une blouse de soie blanche à manches longues et un large pantalon flottant de soie noire. Instinctivement, elle laissa ses cheveux tomber sur ses épaules, en souvenir de Bess.

Greg arriva le premier. Dès qu'elle lui ouvrit la porte, il la prit dans ses bras. Quand il l'avait ramenée chez elle, samedi soir, le baiser qu'il avait déposé sur ses lèvres avait été bref et hésitant. Cette fois, il la serra contre lui et lui caressa les cheveux. « Mariah, savez-vous combien vous comptez pour moi ? »

Sentant le mouvement de recul de la jeune femme, il la relâcha aussitôt. Elle posa doucement les mains sur son visage. « Greg, je suis très touchée. C'est seulement que – avec tout ce qui nous arrive… Papa assassiné il y a huit jours à peine. Ma mère enfermée dans un hôpital psychiatrique. Je suis leur seule enfant. Au moins jusqu'à ce que ce cauchemar, avec ces accusations insensées contre ma mère, ait pris fin, il m'est impossible de penser à ma propre vie.

— Vous avez raison, dit-il vivement. Je comprends tout à fait. Mais il faut que vous sachiez que si vous avez besoin de quoi que ce soit, à n'importe quelle heure du jour ou de la nuit, je ferai en sorte que vous l'ayez sans attendre. » Greg s'interrompit, comme s'il avait besoin de reprendre haleine : « Mariah, je n'en

180

reparlerai plus pendant que vous traversez cette épreuve mais il faut que vous sachiez : je vous aime et je veux prendre soin de vous. Mais, en premier lieu, je veux vous aider. Si les psychiatres qui examinent votre mère à l'hôpital ne le font pas correctement, j'engagerai les meilleurs spécialistes du pays. Je sais que ces médecins-là concluraient qu'elle souffre de la maladie d'Alzheimer à un stade avancé, qu'elle est incapable d'être présente à son procès, et qu'avec une surveillance appropriée elle ne met personne en danger et devrait rester chez elle. »

Comme d'habitude, Charles et Albert étaient venus ensemble dans la voiture de Charles. Ils sonnèrent à la porte au moment où Greg finissait de parler.

Mariah bénit l'interruption. Elle avait toujours su que Greg avait un faible pour elle, mais elle mesurait à présent l'intensité de ses sentiments. Autant elle lui était reconnaissante de lui offrir son aide, autant son exaltation ajoutait à l'angoisse qui l'étouffait. Durant ces derniers jours, elle avait compris obscurément que l'inquiétude qui la rongeait depuis quelques années devant la progression de la maladie de sa mère et ensuite le chagrin éprouvé en apprenant la liaison de son père avec Lillian l'avaient vidée de toute émotion.

J'ai vingt-huit ans, pensa-t-elle. Depuis l'âge de vingt-deux ans, je vois, la mort dans l'âme, l'état de maman se dégrader et, depuis un an et demi, je me suis éloignée d'un père que j'adorais. J'aurais tellement voulu avoir un frère ou une sœur avec qui partager ma peine. Pourtant, il y a une chose dont je suis certaine, je dois ramener maman à la maison, qu'elle y soit bien, confiée aux mains d'une aide-soignante compétente. Alors seulement, j'aurai le temps de m'occuper de ma vie.

Telles étaient les pensées qui occupaient son esprit quand elle accueillit Albert et Charles. Elle perçut immédiatement une certaine tension entre eux. Charles avait son air soucieux habituel, mais on le sentait de mauvaise humeur aujourd'hui. Albert, en général décontracté, paraissait troublé. Mariah les fit entrer à la suite de Greg dans la salle de séjour, où Betty avait disposé un plateau de canapés chauds et froids. Dans le passé, ils avaient l'habitude de prendre un apéritif dans le bureau de son père avant le dîner. Mariah vit qu'ils comprenaient pourquoi ils ne se tiendraient pas dans cette pièce ce soir.

La sonnette retentit de nouveau. Cette fois c'était Alvirah, Willy et frère Aiden. « Je suis si heureuse que vous ayez pu venir, dit Mariah en les embrassant tour à tour. Entrez. Tout le monde est là, sauf Richard. »

Un peu plus tard, tandis qu'ils bavardaient, Mariah se rendit compte que Richard avait presque une demi-heure de retard. « Il a sans doute été pris dans les encombrements, fit-elle remarquer. Nous savons tous que Richard est un modèle de ponctualité. »

La pensée lui vint que Richard lui avait dit qu'il venait de prendre une décision importante. Lui en ferait-il part ? En outre, elle éprouvait des sentiments partagés en voyant Greg assumer le rôle d'hôte. C'était lui qui passait le plat de sushis que Betty avait préparés, lui qui remplissait les verres de l'excellent merlot que son père appréciait tant.

Sur ce, on sonna. Betty alla ouvrir et, un moment après, Richard entrait dans la salle de séjour. Il souriait. « Mes excuses, mes excuses. J'avais une réunion qui s'est prolongée. C'est bon de vous retrouver tous. » Il regardait Mariah en prononçant ces mots.

« Richard, que puis-je vous offrir ? demanda Greg.

— Ne vous dérangez pas, Greg, répliqua-t-il en se dirigeant vers le bar. Je vais me servir moi-même. »

Bientôt, Betty apparut sur le seuil de la pièce et annonça que le dîner était servi.

Mariah avait déjà décidé de ne pas aborder la question du parchemin avant le dessert. Elle voulait créer une atmosphère de bien-être et d'intimité et avait dit à deux de ses hôtes que cette soirée serait un hommage à son père. Mais elle voulait aussi les amener à se détendre jusqu'au moment où, avec l'aide d'Alvirah, elle pourrait se faire une idée de ce que chacun savait à propos du parchemin.

Tandis que Betty desservait, les anecdotes sur son père suscitèrent à la fois les rires et la nostalgie. Mariah remarqua qu'Alvirah avait mis en marche le micro de sa broche quand Albert avait commencé à raconter que Jonathan aimait vivre à la dure dans les champs de fouilles mais détestait l'idée du camping pour le camping : « Il m'a demandé ce que je pouvais trouver de plaisant à dormir dans une tente minuscule avec le risque que des ours viennent me rendre visite au milieu de la nuit. Je lui ai répondu que depuis que j'avais découvert les Ramapo Mountains, je pouvais m'adonner aux joies du camping tout en gardant un œil sur lui. »

C'était alors que la main d'Alvirah avait effleuré sa broche, mais Albert n'avait rien dit de plus sur Jonathan.

Après le dessert, ils prenaient en général le café dans la salle de séjour. Cette fois, Mariah avait demandé à Betty de le servir à table. Elle ne voulait pas que le groupe se disperse quand elle aborderait la question du parchemin.

Ce fut Greg qui lui donna sans le vouloir l'occasion d'amener le sujet d'une façon qui paraissait spontanée. « J'étais en admiration devant la capacité de Jonathan à déchiffrer une inscription ancienne et à la traduire, ou à donner immédiatement la provenance et la date d'un fragment de poterie, dit-il.

— C'est exactement la raison pour laquelle le parchemin qui a disparu et dont mon père vous a tous parlé doit être retrouvé, dit Mariah. Frère Aiden, papa vous en a parlé à vous aussi. D'après ce que j'ai compris, il en a mentionné l'existence devant Albert, Charles et Greg. Richard, vous l'a-t-il jamais montré ou l'a-t-il évoqué devant vous ?

— Il m'a laissé un message sur mon répondeur, disant qu'il était impatient de me raconter son incroyable découverte, mais je ne l'ai jamais vu.

— Quand avez-vous tous été mis au courant ? demanda Alvirah d'un air détaché.

— Il y a deux semaines, répondit Greg sans hésiter.

— Il y a une quinzaine de jours, dit Charles pensivement.

— Il y a eu deux semaines hier, dit Albert avec assurance.

— C'est-à-dire le jour où il a laissé le message sur mon répondeur, dit Richard. »

Mariah lâcha d'un ton sceptique :

« Cependant, il ne l'a décrit ni montré à aucun d'entre vous, n'est-ce pas ?

— Il a laissé un message sur le répondeur de mon domicile, disant qu'il pensait avoir trouvé le parchemin d'Arimathie, dit Albert. Je faisais une randonnée dans les Adirondacks et ne suis rentré que le lundi soir tard. J'ai appris sa mort le lendemain par les journaux.

— Le parchemin ne se trouvait pas dans la maison, dit Mariah. Je pense que vous tous devriez écouter ce que papa a dit à frère Aiden. »

Avant que frère Aiden ne commence à parler, Charles Michaelson suggéra : « Naturellement, il est possible que Jonathan ait conclu trop vite qu'il s'agissait de la lettre d'Arimathie, puis qu'après nous avoir téléphoné il se soit rendu compte qu'il avait fait une erreur, mais ne se soit pas donné la peine de nous rappeler. Nous savons bien qu'aucun expert n'avoue volontiers qu'il s'est trompé. »

Le prêtre avait tranquillement observé chacun des convives assis autour de la table. « Charles, vous comme Albert et Richard êtes des spécialistes de la Bible. Greg, je sais que vous vous intéressez particulièrement à l'étude des ruines et des objets de l'Antiquité. Jonathan est venu me voir le mercredi qui a précédé sa mort. Il n'avait aucun doute sur le sujet. Il avait découvert la "lettre du Vatican", ou "parchemin d'Arimathie", comme on l'appelle. » Il jeta un regard en direction d'Alvirah et de Willy. « Comme je vous l'ai expliqué en chemin dans la voiture, on pense que cette lettre a été écrite par le Christ peu de temps avant sa mort. Il y remercie Joseph d'Arimathie de toutes les bontés qu'il Lui a prodiguées depuis Son enfance. Elle a été apportée à Rome par saint Pierre et a toujours été un sujet de controverse.

« Certains érudits pensent que Joseph d'Arimathie était présent au temple de Jérusalem durant la Pâque juive quand le Christ, alors âgé de douze ans, y a prêché pendant trois jours. Joseph était là quand ses parents sont venus le chercher et lui ont demandé pourquoi il n'était pas rentré chez lui. Joseph l'a entendu répondre : "Ne savez-vous pas que je dois être aux affaires de mon père ?" C'est à ce moment que Joseph a reconnu en lui le Messie tant attendu. »

Frère Aiden fit une pause, puis continua : « Plus tard dans le courant de la même année, Joseph apprit par ses informateurs que le fils d'Hérode le Grand, Archelaüs, savait que Jésus était né à Bethléem et qu'il était peut-être le roi des Juifs qu'avaient cherché les Rois mages. Archelaüs craignait son pouvoir et projetait de le faire assassiner.

« Joseph d'Arimathie est venu en hâte à Nazareth et a persuadé Marie et Joseph de lui permettre d'emmener Jésus en Égypte où Il serait en sécurité. Jésus a étudié au temple de Léontopolis pendant un certain temps, puis il a fait des allers-retours entre cette ville et sa maison de Nazareth pour achever ses études avant d'entamer sa mission. La présence de chrétiens coptes dans la région appuie cette thèse. »

La voix de frère Aiden prit un ton solennel : « Ce parchemin appartient à la bibliothèque du Vatican. Il y a été volé il y a plus de cinq cents ans. De récents tests scientifiques permettent de penser que le Suaire de Turin est en réalité le linceul du Christ. Des tests similaires pourront peut-être démontrer que ce parchemin est, sans le moindre doute, authentique. Imaginez : une lettre écrite par le Christ à l'un de ses disciples ! Même aujourd'hui elle est d'un prix qui défie l'imagination. Si Jonathan ne l'a montrée à aucun d'entre vous, qui étiez ses amis les plus proches et des experts dans ce domaine dont il respectait les opinions, vous devez être capables de suggérer le nom d'un ou de plusieurs autres experts qu'il aurait pu consulter. »

Avant que personne n'ait eu le temps de répondre, des coups de sonnette insistants les firent tous sursauter. Mariah se leva précipitamment pour aller répondre. Elle trouva les inspecteurs Benet et Rodriguez sur le perron. Le cœur battant, elle les invita à entrer. « Est-il arrivé quelque chose à ma mère ? » demanda-t-elle d'une voix soudain perçante.

Les autres l'avaient suivie dans l'entrée. « Rory Steiger est-elle chez vous, mademoiselle Lyons ? » demanda Benet d'un ton sec.

Soulagée, Mariah comprit que leur présence n'avait rien à voir avec sa mère, puis réfléchit que Benet aurait pu téléphoner pour lui poser cette question. Il n'avait pas à venir ici.

« Non, répondit-elle. Rory n'a pas de raison d'être à la maison tant que ma mère est à l'hôpital. Pourquoi posez-vous cette question ?

— Nous nous sommes rendus chez Mme Steiger aujourd'hui et ne l'avons pas trouvée chez elle. À notre arrivée, son voisin de palier nous a informés que Rose Newton, une amie à elle, avait sonné à sa porte ce matin. Elle s'inquiétait parce qu'elles avaient rendez-vous la veille au soir au restaurant pour fêter quelque chose et que Rory n'était pas venue. Elle n'a pas répondu aux appels sur son téléphone portable. À notre demande, le gardien de l'immeuble a inspecté son appartement en notre présence. Apparemment, il ne présentait rien d'anormal. Mme Newton a laissé son numéro de téléphone chez son voisin qui nous l'a communiqué. Nous l'avons contactée. Elle n'a toujours aucune nouvelle de Rory. Elle est très inquiète et craint qu'il lui soit arrivé malheur. »

Vous ne m'avez pas téléphoné parce que vous vouliez voir ma réaction au moment où vous m'annonceriez la disparition de Rory, pensa Mariah. « J'aurais tendance à être de son avis, dit-elle lentement. Quand Rory avait ne fût-ce qu'un quart d'heure de retard à cause de la circulation, elle téléphonait pour dire qu'elle était en route et s'excusait vivement de son retard.

— C'est ce qu'on nous a dit », acquiesça Benet.

Son regard fit le tour des autres convives qui se tenaient dans l'entrée.

Mariah se tourna et les présenta : « Je sais que vous avez déjà rencontré frère Aiden, inspecteur Benet. » Elle désigna Richard, Albert, Charles et Greg, qui formaient un demi-cercle : « Les amis et collègues de mon père. »

Le téléphone portable de Richard sonna. Avec un murmure d'excuse, il fit un pas en arrière et fouilla dans ses poches à sa recherche. Il ne s'aperçut pas qu'Alvirah, derrière lui, s'était reculée aussi. Instinctivement, elle actionna le micro de sa broche en forme de soleil, le réglant à sa puissance maximale.

Quand Richard finit par répondre, l'appel avait déjà été transféré sur sa messagerie. Même sans haut-parleur, Alvirah pouvait entendre la voix nerveuse et peu aimable de Lillian dont Richard écoutait le message : « J'ai décidé d'accepter votre offre de deux millions de dollars. Rappelez-moi, Richard. »

Le clic qui marqua la fin de l'enregistrement fut suivi du claquement du couvercle du téléphone au moment où Richard le refermait.

36

Dès que Willy, Alvirah et frère Aiden se retrouvè-
rent dans la voiture qui les ramenait chez eux après le
dîner, Alvirah leur fit écouter le message que Lillian
avait laissé sur le portable de Richard. Les deux
hommes furent aussi stupéfaits qu'elle l'avait été en
l'entendant. Pour eux, il n'y avait aucun doute : en
disant qu'elle acceptait l'offre de Richard, Lillian faisait allusion à la lettre du Vatican.

« Si Richard accepte de débourser deux millions de
dollars, nous pouvons en déduire qu'elle a eu d'autres
propositions, fit observer Willy.

— À mon avis, elles doivent être au moins d'un
million ou davantage, dit Alvirah. Je n'aurais pas cru
que Richard disposait d'une somme pareille. Un professeur d'université n'a pas exactement les mêmes
revenus qu'un trader de Wall Street.

— Il a passé toute sa jeunesse chez ses parents sur
Park Avenue, dit frère Aiden. Son grand-père était un
brillant homme d'affaires. Mais je me demande surtout ce que Richard compte faire de cette lettre.

— Peut-être veut-il simplement qu'elle retourne à la
bibliothèque du Vatican, dit Alvirah avec optimisme.

— Ce serait un acte généreux de sa part, mais
Richard a toujours nié l'avoir vue. Or nous apprenons

que non seulement il sait que Lillian la détient, mais aussi qu'il cherche à la lui acheter, fit remarquer frère Aiden. Ce qui laisse à penser que ses motivations sont suspectes. Il n'ignore sûrement pas que des collectionneurs seraient prêts à payer une fortune pour mettre la main sur ce manuscrit, ne serait-ce que pour le seul plaisir de le posséder. »

Alvirah reconnut avec tristesse que la réflexion de frère Aiden était pleine de bon sens. « Ces deux inspecteurs ont pris rendez-vous pour s'entretenir demain avec Richard, Charles, Albert et Greg, dit-elle. Ils ont du pain sur la planche. N'empêche que je n'aimerais pas subir un contre-interrogatoire de leur part si j'avais quelque chose à cacher.

— Il n'y aura pas de contre-interrogatoire, affirma Willy. Cela n'arrive que lors d'un procès. Mais je suppose qu'ils vont tenter de les coincer. » Puis il ajouta : « À propos, qu'en est-il de l'aide-soignante qui s'est volatilisée ? Tu te souviens de l'avoir rencontrée, Alvirah ?

— Cette Rory ? Je crois que nous l'avons vue une fois l'année dernière, elle montait à l'étage avec Kathleen. Elle ne m'a pas laissé d'impression particulière.

— Elle se trouvait à côté des policiers au funérarium et elle n'a pas quitté Kathleen des yeux pendant la cérémonie, dit frère Aiden. Elle semblait pleine de sollicitude à son égard.

— Il est possible qu'elle ait oublié qu'elle devait dîner avec son amie et soit partie en vacances, suggéra Willy. Mariah a dit aux policiers qu'elle lui payait sa semaine, mais que Kathleen ne serait pas autorisée à rentrer chez elle avant le vendredi. Rory ne serait pas la première à oublier un rendez-vous. Peut-être a-t-elle simplement décidé d'aller se balader quelque part. À mon avis elle sera là vendredi.

— Je ne crois pas que ce soit aussi simple, dit Alvirah. Partie ou pas, pourquoi ne répond-elle pas aux appels sur son portable ? »

Ils restèrent silencieux pendant le quart d'heure suivant, jusqu'au péage du pont George-Washington à l'entrée de Manhattan. Willy demanda alors : « Chérie, tu ne crois pas qu'il aurait fallu faire écouter tout de suite l'enregistrement de ce message aux inspecteurs ?

— J'y ai pensé, mais j'ai décidé qu'il était trop tôt, répondit Alvirah. Richard pourrait prétendre que cette offre était une blague, qui concernait, par exemple, l'achat de la voiture de Lillian. J'ai l'intention d'aller rendre une autre petite visite impromptue à Lillian demain matin. Je voudrais lui faire écouter l'enregistrement. Vous avez entendu le ton de sa voix. Elle est nerveuse, elle a peur et, quand une personne est dans cet état, elle a besoin de quelqu'un de confiance pour l'aider à y voir clair. Je serai cette personne de confiance. »

Albert West et Charles Michaelson s'étaient disputés dans la voiture en se rendant au dîner organisé par Mariah. Albert avait déclaré tout à trac qu'il soupçonnait Charles d'avoir vu le parchemin, allant même jusqu'à l'accuser de l'avoir en sa possession, ce qui lui avait valu une réponse cinglante :

« Le fait que vous m'ayez aidé à l'époque où j'ai eu des difficultés ne vous donne pas pour autant le droit de m'accuser de mentir ! s'était écrié Charles, hors de lui. Comme je l'ai cent fois répété, Jonathan m'a dit qu'il allait me montrer le parchemin, mais il a été assassiné avant de pouvoir le faire. Je n'ai aucune idée de l'endroit où se trouve ce document. Je présume qu'il l'a confié à Lillian pour qu'elle le mette à l'abri afin que sa dingue de femme ne puisse pas mettre la main dessus et en faire des confettis. Faut-il vous rappeler ce qu'elle a fait des photos ? Et, puisque nous évoquons le sujet, Albert, si nous parlions de vous ? Comment puis-je être certain que vous n'en savez pas beaucoup plus sur tout ça ? Vous avez gagné pas mal d'argent au fil des ans en vendant des antiquités. Vous n'auriez certainement aucun mal à trouver un acheteur dans le circuit clandestin.

— Vous savez pertinemment, mon cher, que j'ai travaillé pour des décorateurs qui achetaient des antiquités proposées légalement sur le marché officiel, avait vivement répliqué Albert. Je n'ai jamais été impliqué dans des ventes ou des achats de documents bibliques.

— Il y a toujours une première fois quand il s'agit de grosses sommes d'argent, répliqua Charles. Vous vivez avec un salaire de professeur. Vous allez prendre votre retraite avec une pension de professeur. Vous ne ferez pas le tour du monde avec ce genre de revenus.

— Je peux en dire autant à votre sujet, Charles, mais, contrairement à vous, je n'ai jamais gagné un sou en escroquant un collectionneur. »

La conversation avait pris fin au moment où ils arrivaient chez Mariah.

Sur le trajet du retour vers Manhattan, la tension était encore montée entre les deux hommes. Ils étaient tous convoqués chez le procureur le lendemain pour déposer devant les inspecteurs.

Ils savaient l'un comme l'autre que la police vérifierait immanquablement les enregistrements de leurs téléphones portables. En dépit de l'arrestation de Kathleen, il était manifeste que les inspecteurs poursuivaient leur enquête sur les circonstances de la mort de Jonathan, la disparition du parchemin et, à présent, celle de l'aide-soignante.

L'appartement de Greg dans l'immeuble du Time Warner Center donnait sur Central Park South. Quand il arriva chez lui après le dîner, il resta un long moment à la fenêtre à contempler le spectacle des flâneurs tardifs qui longeaient les trottoirs en bordure du parc. D'un esprit essentiellement analytique, il s'appliqua à passer de nouveau en revue les événements de la soirée.

Était-ce trop espérer de penser que Mariah commençait à s'intéresser à lui ? Il en avait eu le sentiment, l'espace d'un instant, quand elle avait répondu à son étreinte avant de se dégager. La seule façon de la conquérir était de tirer sa mère de cet imbroglio, se dit-il. Même si le procureur possédait assez d'éléments pour prouver que Kathleen avait tué Jonathan, s'il était avéré qu'elle était atteinte de démence, le juge pourrait l'autoriser à rentrer chez elle à condition qu'elle soit surveillée vingt-quatre heures sur vingt-quatre. Je peux aider Mariah à trouver le meilleur psychiatre, et je peux organiser la garde de sa mère, pensa-t-il.

De combien d'argent dispose Mariah à l'heure actuelle ? se demanda-t-il. Jonathan est mort. Sa pension ne doit pas être très conséquente. Il payait des aides-soignantes depuis si longtemps qu'il ne devait plus avoir un sou. Mariah refusera de vendre la maison. Elle désire que sa mère continue à y vivre. Dans ce cas, la surveillance coûtera une fortune. Qu'il y ait procès ou pas, si sa mère est relâchée vendredi, le juge insistera pour que les mesures de sécurité soient prises sur-le-champ.

Les inspecteurs ont l'air de penser que la disparition de Rory Steiger pourrait avoir un rapport avec la mort de Jonathan. Croient-ils qu'elle a pris la fuite parce qu'elle était impliquée d'une façon ou d'une autre dans l'histoire ? Ou croient-ils que quelqu'un s'est débarrassé d'elle parce qu'elle en savait trop ?

Greg haussa les épaules, alla dans son bureau et alluma son ordinateur. Il n'était pas trop tôt pour consulter la liste des meilleurs experts psychiatriques auprès des tribunaux.

Richard prit sa voiture et regagna son appartement près de l'université de Fordham. Il se félicitait que Lillian ait accepté son offre. Je respecterai ma part de l'engagement. Je ne dirai jamais que j'ai acheté le document à Lillian. Elle prétend avoir deux autres offres, mais je la crois quand elle déclare n'avoir jamais avoué à personne qu'elle détenait le manuscrit. Richard sourit en pénétrant dans son garage. Elle a vraiment gobé l'histoire que je lui ai servie, se dit-il.

Elle ne devrait pas être aussi crédule.

37

Le mercredi matin, Simon Benet et Rita Rodriguez étaient à leur bureau et passaient en revue les nouveaux développements de l'affaire de plus en plus complexe du meurtre du Pr Jonathan Lyons.

Après la disparition de Rory Steiger, ils avaient passé ses antécédents au peigne fin. À leur grande stupéfaction, ils apprirent qu'elle s'appelait de son vrai nom Victoria Parker et qu'elle avait fait sept ans de prison pour avoir volé une vieille dame qui l'employait comme aide-soignante.

« Bon, notre Rory n'a pas seulement disparu aujourd'hui, mais elle a enfreint les modalités de sa liberté conditionnelle il y a trois ans, dit Rita, sans dissimuler une certaine satisfaction. C'était un escroc quand elle travaillait comme aide-soignante, et peut-être l'est-elle restée. Elle a très bien pu entendre le Pr Lyons parler du parchemin au téléphone. Et elle n'ignorait pas qu'il serait facile d'accuser Kathleen.

— Kathleen Lyons n'est pas tirée d'affaire, dit Simon. J'admets volontiers que Rory, ou Victoria, peu importe son nom, puisse avoir volé le parchemin. Elle est probablement assez maligne pour se douter que nous allions vérifier son passé dans le cadre de l'enquête générale, et elle a été assez maligne également pour décamper.

— Elle a aussi été assez futée pour faire disparaître son téléphone portable, fit remarquer Rita. L'opérateur a déclaré qu'il n'émettait plus aucun signal, ce qui nous empêche de le repérer. Cette dame est en tout cas une spécialiste de la disparition. Et si elle a pris le parchemin, peut-être a-t-elle surpris suffisamment de conversations au cours des dîners chez les Lyons pour être au courant du marché clandestin et savoir comment le vendre. » Elle hésita, puis ajouta : « Simon, je sais que tu n'as pas été content de m'entendre émettre cette supposition l'autre jour. Mais aujourd'hui, en particulier avec ces nouvelles informations sur le passé de Rory et sa disparition, je me demande vraiment si Kathleen ne pourrait pas être innocentée. »

Rita n'osait pas lever les yeux vers son collègue, s'attendant à le voir exploser. Pourtant, il n'en fit rien. « Regardons donc les choses sous cet angle, Rita, se contenta-t-il de dire. Si Rory a pris le parchemin, elle a peut-être déjà trouvé un acheteur. Frère Aiden a dit que Jonathan Lyons était troublé en constatant que l'un des experts qu'il avait consultés ne s'était montré intéressé que par la valeur marchande du manuscrit. Je ne crois pas une seconde que ces quatre types qui étaient chez lui hier soir puissent ne rien savoir de plus. Il me tarde de m'entretenir séparément avec chacun d'eux cet après-midi.

— Nous devrions déposer une demande auprès du juge dès aujourd'hui pour obtenir les enregistrements de leurs conversations téléphoniques du mois dernier, dit Rita. L'amnésie opportune de Lillian concernant ses portables à carte a pour résultat que nous sommes dans l'incapacité d'en vérifier les enregistrements. Mais il y a aussi une autre possibilité à envisager, Simon. Si quelqu'un a payé Rory pour voler le parchemin puis le lui remettre, elle risque non seulement de ne plus servir à rien, mais d'être devenue une menace. Dans ce cas, peut-être s'est-on débarrassé d'elle. Il y avait dans son appartement une quantité d'objets personnels qu'elle aurait pu facilement emporter si elle était partie de son plein gré. Et n'oublie pas que sa voiture est toujours à sa place dans le garage. »

Rita se mit à parler plus vite : « De même, son amie Rose a dit que Rory l'avait invitée à dîner pour fêter un événement, sans préciser de quoi il s'agissait. Rory a juste dit qu'elle voulait lui faire une surprise. Peut-être voulait-elle célébrer le fait qu'elle avait été payée pour avoir volé le parchemin. Mais je ne crois pas qu'elle l'aurait jamais avoué à Rose. Elle avait plus probablement l'intention de lui raconter qu'elle avait trouvé un autre job beaucoup mieux rémunéré. Mon instinct me dit que Rose ne mentait pas quand elle nous a affirmé qu'elle ignorait pourquoi Rory n'était pas au rendez-vous.

— Qui sait ? Peut-être Rory a-t-elle compris qu'elle était en danger, s'est inquiétée et a simplement pris le large. » Simon tambourinait sur la table, signe qu'il hésitait à prendre une décision. « Je suis loin de penser que Kathleen Lyons est innocente. N'oublie pas que le dernier soir, pendant le dîner, elle avait accablé de reproches son mari et sa maîtresse, et qu'on l'a retrouvé mort quelques heures plus tard. Et n'oublie pas non plus que Kathleen savait se servir d'une arme. Je pense cependant que nous devrions aller trouver le procureur Jones pour le mettre au courant de tout ça. »

Rita Rodriguez hocha la tête, prenant soin de ne pas montrer sa satisfaction à la pensée que Simon ne croyait plus dur comme fer que Kathleen avait assassiné son mari.

38

Le mercredi après-midi, assis dans son bureau où les dossiers en cours s'entassaient jusqu'au plafond, le procureur adjoint Peter Jones réfléchissait à l'information que Simon Benet et Rita Rodriguez venaient de lui communiquer. À l'évidence, Rita était persuadée que l'arrestation de Kathleen avait été une erreur. Et il était non moins évident que Simon n'était plus certain que Kathleen Lyons fût la meurtrière.

Quarante-six ans, grand et baraqué, Jones avait passé vingt ans dans les services du procureur et espérait remplacer son patron quand ce dernier prendrait sa retraite dans cinq mois. Sa réputation d'avocat criminel agressif, mais juste, lui donnait toutes les raisons de penser qu'il était le meilleur candidat. Mais à présent, une vague d'angoisse le submergeait. Il pensait à sa mère de soixante-douze ans, qui montrait des signes d'Alzheimer. L'idée que l'on puisse l'emmener menottée pour un crime qu'elle n'aurait pas commis lui serrait le cœur. L'image de Kathleen Lyons éperdue et terrifiée, tremblant devant le juge, le rongeait.

Si nous avons fait une erreur judiciaire grossière, les journaux vont s'en donner à cœur joie, pensa-t-il, tandis que la sueur perlait à son front. Ils repasseront cette photo de Kathleen, si pathétique. Elle était en première page de tous les journaux hier. Dans ce cas, je peux aussi bien dire adieu au poste suprême. J'ai passé au peigne fin tous les éléments, se souvint-il avec amertume, et je la crois toujours coupable. Bon sang, elle était dans le dressing, le pistolet à la main et couverte du sang de son mari !

Mais à présent, avec l'aide-soignante qui s'avérait être une ancienne criminelle et qui avait disparu, la donne avait changé, il était forcé de le reconnaître.

La sonnerie de l'interphone résonna. Il était sur le point de dire à sa secrétaire qu'il ne souhaitait parler à personne quand elle lui annonça qu'un certain M. Joshua Schultz, un avocat de Manhattan, était en ligne et voulait l'entretenir de l'affaire Kathleen Lyons. « Il dit avoir une information importante à vous communiquer, Peter, dit-elle d'un ton sceptique. Vous désirez lui parler ? »

Qu'est-ce que je vais encore apprendre ? se demanda Peter. « Passez-le-moi, Nancy », dit-il.

« Ici le procureur adjoint Peter Jones, dit-il d'un ton peu amène.

— Avant tout, monsieur Jones, je vous remercie de répondre à mon appel, dit une voix suave à l'accent new-yorkais prononcé. Mon nom est Joshua Schultz, je suis avocat d'assises à Manhattan.

— En effet, j'ai entendu parler de vous », répondit Peter.

Et d'après ce qu'on m'a dit, vous ne faites pas d'étincelles dans les tribunaux, pensa-t-il *in petto*.

« Monsieur Jones, je vous appelle pour vous communiquer une information que je crois d'une importance majeure dans l'affaire du meurtre de Jonathan Lyons. Je représente un prévenu du nom de Wally

Gruber, qui est accusé d'une tentative de vol dans une résidence de Riverdale et d'un cambriolage à Mahwah. Mon client est détenu à la prison de Rikers Island, et il fait l'objet d'un mandat de dépôt de l'État du New Jersey dans l'affaire de Mahwah.

— Je suis au courant de l'affaire de Mahwah, dit Peter Jones d'un ton sec.

— J'ai parlé à mon client qui reconnaît avoir peu d'éléments à décharge dans l'affaire qui concerne votre juridiction. Nous avons été informés que ses empreintes ont été relevées sur les lieux. Nous savons également qu'une enquête est en cours, menée par la police de New York, concernant d'autres cambriolages avant lesquels les propriétaires avaient laissé leurs voitures dans un parking où M. Gruber était employé avant sa récente arrestation.

— Continuez, dit Peter, qui se demandait où menait cette conversation.

— Monsieur Jones, je porte à votre connaissance que mon client m'a informé qu'il se trouvait au premier étage de la maison de Mahwah qu'il était en train de cambrioler quand il a entendu un coup de feu provenant de la maison voisine. Il s'est précipité à la fenêtre et a vu quelqu'un sortir en trombe de cette maison. Je ne vais pas vous dévoiler maintenant s'il s'agit d'un homme ou d'une femme, mais je peux vous dire que la tête et le visage de cet individu étaient recouverts par un foulard dont il s'est ensuite débarrassé, et que mon client a pu voir distinctement son visage. M. Gruber m'a expliqué qu'il y a un réverbère au milieu de l'allée qui conduit à la maison. »

Suivit un long silence pendant lequel Peter Jones comprit que Schultz faisait allusion au meurtre de

Jonathan Lyons. « Qu'essayez-vous de me dire ? demanda-t-il.

— J'essaie de vous dire que M. Gruber a vu les photos de Kathleen Lyons dans le journal et qu'il affirme catégoriquement qu'elle n'est pas la personne qui s'enfuyait de la maison. Il est certain de pouvoir contribuer à la réalisation d'un portrait précis de l'individu qu'il a vu. Naturellement, en échange de sa collaboration il attend une aide efficace de votre part pour lui permettre de bénéficier de réductions de peines dans les affaires de New York et du New Jersey. »

Peter Jones eut l'impression que le sol cédait sous ses pieds. « Quelle coïncidence que M. Gruber se soit trouvé justement à cet endroit cette nuit-là et à ce moment précis, dit-il d'un ton cassant. Les propriétaires de la maison voisine de celle des Lyons sont demeurés absents pendant plusieurs semaines et ce cambriolage pourrait avoir été commis à n'importe quel moment durant cette période.

— Si ce n'est, monsieur Jones, qu'il n'a pas été commis, comme vous dites, à n'importe quel moment durant cette période. » La voix de Schultz était tout aussi cassante. « Il a été commis le soir où Jonathan Lyons a été assassiné. Et nous pouvons vous en fournir la preuve. M. Gruber conduisait sa propre voiture ce soir-là pour se rendre dans le New Jersey et il utilisait des plaques d'immatriculation et un badge de péage volés. À ma demande, un cousin de mon client s'est rendu dans un garde-meuble que loue M. Gruber et a récupéré les plaques d'immatriculation et le badge. Ils sont en ma possession. Le badge appartient à une Infiniti dont le propriétaire est un certain M. Owen Morley, un client de longue date du garage où M. Gruber travaillait. M. Morley est en Europe ce mois-ci. Le badge affichera un débit pour cette nuit-là. Si vous vérifiez les relevés du badge utilisé par mon client, ils confirmeront que ce dernier a bien traversé le pont George-Washington en provenance du New Jersey vers New York environ quarante-cinq minutes après le meurtre de Jonathan Lyons. »

Peter Jones s'efforça de choisir ses mots avec soin et de paraître calme : « Monsieur Schultz, vous devez comprendre que la crédibilité de votre client est pour le moins suspecte. Étant donné ce que vous m'avez rapporté, toutefois, je crois être moralement tenu de l'interroger. Nous verrons ce qu'il en résultera. M. Gruber a pu se trouver là à ce moment précis, mais comment saurai-je qu'il n'invente pas un visage en prétendant que c'est celui de la personne qu'il a vue sortir de chez les Lyons ?

— Monsieur Jones, il s'agit là d'une affaire pour laquelle je me suis passionné avant que M. Gruber fasse appel à mes services. Il me semble que si Mme Lyons n'était pas coupable, alors le coup pourrait avoir été tiré par un proche de la victime. D'après ce que j'ai lu, on n'a relevé aucune trace d'une intrusion quelconque. Avec un portrait-robot de très bonne qualité, il est possible que la personne soit identifiée par la famille ou les amis de la victime… »

Peter Jones l'interrompit : « Comme je viens de vous le dire, je reconnais mon obligation morale de donner suite à cette information, mais je ne vous promets rien à l'avance. Je désire parler à M. Gruber, et je veux voir ces plaques minéralogiques. Nous vérifierons le coût du trajet enregistré par le badge sur le compte de M. Morley. Si, par la suite, nous décidons de mettre M. Gruber en présence de notre dessinateur, nous verrons où cela nous mènera. Vous avez ma parole que toute coopération significative de la part de votre client sera portée à l'attention des juges. Je refuse absolument de me montrer plus précis sur ce point. »

Schultz se fit glacial : « Je ne pense pas que M. Gruber se contentera d'une proposition aussi vague. Peut-être devrais-je simplement transmettre cette information à Me Scott, qui défend Kathleen Lyons. L'ironie du sort veut qu'il soit justement la victime de ce cambriolage et je présume qu'il devrait recommander à Mme Lyons de choisir un nouveau conseil. Mais j'ai appris que les deux familles sont très liées, et je suis certain qu'une information propre à blanchir cette femme innocente serait la bienvenue. Je ne doute pas non plus que Me Scott s'assurerait que la collaboration de mon client serait portée à la connaissance des juges d'application des peines. »

Peter sentit que Schultz s'apprêtait à raccrocher. « Monsieur Schultz, dit-il avec force, nous sommes tous les deux des avocats d'assises expérimentés. Je n'ai jamais rencontré M. Gruber, mais je sais que c'est un malfaiteur et qu'il cherche à négocier. Il serait totalement irresponsable de ma part de faire des promesses plus précises à ce stade, et vous le savez très bien. Si certaines des informations qu'il nous fournira s'avèrent déterminantes, je vous assure que sa coopération sera portée à l'attention des juges.

— Ce n'est pas suffisant, cher monsieur, répondit Schultz. Permettez-moi de vous faire une proposition. Je vais patienter deux jours avant de contacter Me Scott. Je vous suggère de réfléchir encore à mon offre. Je vous rappellerai vendredi après-midi. Bonne journée. »

Le mercredi matin l'un des téléphones à carte de Lillian Stewart sonna à six heures. Elle devina qui était au bout du fil et tendit le bras en travers de son lit pour saisir l'appareil sur sa table de chevet. Bien qu'elle fût déjà réveillée, cette intrusion matinale l'agaça. Son « allô » fut sec et maussade.

« Lillian, est-ce que vous avez téléphoné à Richard hier soir ? » demanda son interlocuteur d'un ton froid, presque menaçant.

Lillian hésita à mentir, puis décida que cela n'en valait pas la peine. « Il sait que j'ai le parchemin, lâcha-t-elle. Jonathan lui a dit qu'il me l'avait confié. Si je ne le lui vends pas, il me dénoncera à la police. Vous comprenez ce que cela signifierait ? Quand les flics sont venus chez moi, j'ai dû avouer que le soir de la mort de Jonathan, je dînais à vingt minutes de chez lui dans le New Jersey. Nous savons tous les deux que c'est Kathleen qui l'a tué, mais si Richard leur dit que j'ai le parchemin, ils pourraient voir les choses sous un autre angle et dire que je suis allée chez Jonathan, qu'il m'a fait entrer, puis que je l'ai tué et que j'ai pris le document.

— Vous vous affolez et avancez des hypothèses absurdes, répliqua son interlocuteur. Lillian, combien Richard vous offre-t-il ?

— Deux millions de dollars.

— Et je vous en offre quatre. Pourquoi agissez-vous ainsi ?

— Vous ne comprenez donc pas ? s'écria-t-elle. Parce que si je ne le vends pas à Richard, il ira aussitôt trouver la police. Il a vu le parchemin. Il a confiance dans le jugement de Jonathan qui a estimé qu'il était authentique. Jonathan lui a dit qu'il me l'avait remis. Et, naturellement, Richard niera avoir jamais tenté de me l'acheter. Il dira qu'il a essayé de me persuader de le rendre.

— Pas plus tard qu'hier soir, Richard a nié devant Mariah et les inspecteurs avoir jamais vu le parchemin. S'il change son fusil d'épaule, ils vont commencer à le soupçonner. Vous devriez le mettre au pied du mur et l'envoyer balader. »

Lillian se redressa sur son lit. « J'ai un mal de tête atroce. Je n'en peux plus de toute cette histoire. J'ai déjà menti aux flics en leur disant que Jonathan avait l'intention de s'éclipser de chez lui et de me rejoindre pour dîner le soir où il a été tué. J'ai dit à Alvirah que je n'avais pas parlé à Jonathan durant ces cinq derniers jours, et je suis sûre qu'elle l'a répété à Mariah et aux inspecteurs.

— Lillian, écoutez-moi. J'ai un plan B qui peut vous faire gagner sur les deux tableaux. Je vous offre quatre millions de dollars. Faites patienter Richard jusqu'à vendredi. Je peux trouver un super-spécialiste qui fera une copie parfaite du manuscrit sur une feuille de parchemin vieille de deux mille ans, et c'est celui-là que vous refilerez à Richard. Il vous paiera deux millions, si bien que vous aurez récolté six millions de dollars. Cela devrait vous aider à sécher vos larmes.

Et lorsque Richard découvrira qu'il s'agit d'un faux, il pensera tout simplement que Jonathan s'était trompé. Que fera-t-il à votre avis ? Il alertera la police ? Il se retrouverait lui-même mouillé jusqu'au cou. N'oubliez pas que nous parlons d'un manuscrit qui a été volé à la bibliothèque du Vatican. Ce cher Richard devra seulement avaler la pilule. »

Six millions de dollars, pensa Lillian. Si je décidais d'abandonner l'enseignement, je pourrais voyager. Qui sait ? Je pourrais même rencontrer un homme agréable qui n'aurait pas une cinglée pour épouse.

« Où est le parchemin, Lily ? Je le veux aujourd'hui, tout de suite.

— Il est dans mon coffre à la banque, à deux rues de chez moi.

— Je vous ai avertie que la police peut obtenir un mandat de perquisition de votre appartement et de n'importe quel coffre à votre nom. Il faut que vous retiriez le parchemin sans tarder. Soyez à l'ouverture de la banque à neuf heures. Ne le rapportez pas chez vous. Je vous rappelle dans une heure et je vous indique où me retrouver en sortant de la banque.

— Et les quatre millions de dollars ? Quand les aurai-je et comment les aurai-je ?

— Je les virerai sur un compte bancaire à l'étranger et je vous remettrai les papiers nécessaires lorsque je vous donnerai la copie du parchemin vendredi. Écoutez, Lillian, nous devons nous faire confiance mutuellement. Chacun de nous peut dénoncer l'autre. Vous voulez l'argent. Je veux le parchemin. Vous remettez le faux à Richard vendredi après-midi et vous empochez le fric. Et tout le monde sera content. »

Kathleen Lyons était assise dans son lit, un plateau posé devant elle avec une tasse de thé, un jus d'orange et un toast. L'odeur du pain grillé lui rappela les petits-déjeuners avec Jonathan. Il était près d'elle en ce moment, mais il ne la regardait pas. Il était assis dans un fauteuil à côté du lit et appuyait sa tête et ses bras contre ses jambes.

Dans un instant, il va se mettre à saigner, pensa-t-elle.

Elle repoussa le plateau, sans s'apercevoir que l'infirmière s'en emparait à temps pour empêcher le thé et le jus d'orange de se renverser.

Une voix demanda : « Que voulez-vous, Kathleen ? Pourquoi faites-vous ça ? »

Elle tirait sur l'oreiller, tentant d'ôter la taie.

Elle ne se rendit pas compte que l'infirmière faisait un geste pour l'arrêter, puis reculait.

Les doigts tremblants, Kathleen dégagea la taie d'oreiller et la noua autour de son visage.

« Kathleen, vous avez peur. Quelque chose vous fait peur.

— Je ne vois pas son visage, gémit Kathleen. Peut-être qu'il ne me tuera pas comme Jonathan s'il ne voit pas le mien. »

Le mercredi matin à neuf heures moins le quart, Lloyd Scott s'arrêta chez Mariah. Il avait téléphoné un peu plus tôt en espérant qu'elle était levée. « Je suis en train de prendre ma deuxième tasse de café, lui avait-elle dit. Venez maintenant, Lloyd, j'allais vous appeler de toute façon. Il y a des choses que vous devez savoir. »

Il trouva Mariah dans la salle du petit-déjeuner, une quantité de dossiers alignés avec soin sur la table. « J'ai dit à Betty de prendre sa journée, expliqua-t-elle. Elle est restée tard hier soir parce que j'avais des gens à dîner. La pauvre vit pratiquement ici depuis la mort de papa, mais à présent il est temps de revenir à ce que l'on pourrait appeler la normale.

— Certainement, approuva Lloyd. Mariah, je vous avais dit que j'avais l'intention de me renseigner sur Rory Steiger. Eh bien, le rapport est arrivé et il s'avère qu'elle s'appelle en réalité Victoria Parker et qu'elle a un casier judiciaire. Elle a passé sept années en prison à Boston pour avoir volé de l'argent et des bijoux à une vieille dame qui l'avait engagée comme aide-soignante.

— Les deux inspecteurs étaient ici hier soir. Ils m'ont mise au courant du casier judiciaire de Rory et de sa disparition. Ils voulaient savoir si j'avais eu de ses nouvelles, je n'en avais aucune, naturellement. »

Lloyd Scott avait appris à ne manifester aucune émotion au tribunal, même lorsqu'un témoin fiable faisait une déclaration à laquelle il ne s'attendait pas au cours d'un contre-interrogatoire. Mais en entendant Mariah, ses yeux bleu pâle s'écarquillèrent et il lissa inconsciemment les quelques mèches de cheveux que la nature lui avait permis de conserver. « Elle a disparu ? Attendez un peu. Je reviens tout de suite. »

Comme un ami de longue date qui a ses habitudes, il alla dans la cuisine, se servit une tasse de café, revint et s'assit près de Mariah. Celle-ci lui expliqua alors rapidement que Rory avait fait faux bond à une de ses amies avec laquelle elle devait dîner et qu'elle ne répondait pas aux messages sur son téléphone portable. Mais le gardien de l'immeuble n'avait rien trouvé d'anormal quand il avait fait le tour de son appartement.

« Lloyd, dit-elle, la question est de savoir si Rory a disparu de son plein gré ou s'il lui est arrivé quelque chose. » Puis elle ajouta : « C'est drôle, je n'ai jamais éprouvé de sympathie pour elle, alors que j'en ai beaucoup pour Delia, l'aide-soignante qui la remplace le week-end, mais Rory semblait bien s'occuper de maman. Et maman lui obéissait. Delia doit supplier maman pour qu'elle aille se doucher ou prenne ses médicaments. Avec Rory, il n'y avait aucune discussion.

— Rory a volé la femme qui l'employait à Boston, dit Lloyd. Serait-il possible qu'elle ait commis un vol dans votre maison et craigne aujourd'hui d'être démasquée ?

— Je crois que s'il avait manqué de l'argent dans son portefeuille, papa l'aurait remarqué. Betty a une carte de crédit pour les courses du ménage. Les bijoux de maman sont au coffre. Papa l'a surprise un jour en train d'essayer de les jeter et il les a mis en sûreté. » La voix de Mariah trahissait son émotion : « Il m'est venu à l'esprit que Rory avait peut-être entendu parler du parchemin quand papa était au téléphone dans son bureau. Hier soir au dîner, Richard, Greg, Albert et Charles ont tous reconnu que papa les avait appelés et leur en avait parlé. Maman aimait s'asseoir dans le bureau avec papa, et Rory tournait toujours autour d'elle. Supposons qu'après la mort de papa, Rory se soit emparée du parchemin et ait trouvé un acquéreur ? Ce serait une excellente raison de disparaître.

— Vous pensez que c'est ce qui s'est passé ? demanda Lloyd, incrédule.

— Nous savons que c'est une voleuse. » Mariah tourna un instant la tête pour regarder par la fenêtre. « Les impatiens sont devenues si belles, dit-elle. Et dans quelques semaines elles auront disparu. Je revois papa en train de les planter en juin. Je suis sortie et lui ai proposé de l'aider, mais il m'a repoussée. Je venais de lancer une vacherie sur Lillian. Il s'était détourné en haussant les épaules. Mon Dieu, Lloyd, si seulement nous pouvions retirer toutes les paroles blessantes que nous prononçons. »

Elle poussa un soupir.

« Mariah, écoutez-moi. J'étais proche de votre père. Vous étiez la voix de sa conscience. Il savait qu'il n'aurait pas dû avoir cette relation avec Lillian et qu'il vous faisait de la peine, à Kathleen et à vous. N'oubliez pas, j'habite ici depuis plus de vingt ans, et j'ai été témoin de l'amour que Kathleen et lui éprouvaient l'un pour l'autre. Je pense que si la situation avait été inverse, il n'y aurait eu personne dans la vie de Kathleen.

— Je voudrais pourtant m'être montrée plus compréhensive à l'égard de papa. Et si ces maudites photos n'étaient pas apparues, maman et moi n'aurions tout simplement jamais su qu'il y avait quelque chose entre lui et Lillian et nous en aurions été bien plus heureuses. J'ai toujours pensé que c'était Lillian et Charles qui entretenaient une liaison. Lillian a toujours été une bonne actrice, c'est d'ailleurs le point que je voulais aborder avec vous. » Mariah regarda Lloyd bien en face. « Je n'ai cessé de tout repasser dans ma tête et, en dépit de ce que vous me dites, je parie tout ce que vous voulez que papa a confié le manuscrit à Lillian pour qu'elle le mette en sécurité. Je ne sais s'il a rompu ou non après avoir rendu visite le mercredi à frère Aiden, il y a deux semaines, mais Lillian a déclaré à Alvirah que papa et elle étaient restés cinq jours sans avoir le moindre contact, ensuite il a été tué. »

Lloyd hocha la tête. « Alvirah a insisté sur ce point, et s'il est une chose dont je suis sûre, c'est qu'elle ne comprend jamais de travers ce qu'on lui dit.

« Supposons qu'ils se soient querellés, Lloyd. Lillian pourrait avoir refusé de lui rendre le parchemin. Supposons qu'elle ne l'ait pas gardé chez elle. Peut-être l'a-t-elle déposé dans un coffre pour plus de sûreté ?

— Vous pensez donc que Lillian a le parchemin ?

— J'en mettrais ma main au feu. Lloyd, réfléchissez. Si papa lui a dit que c'était fini entre eux, elle a dû être blessée et furieuse. J'ai vu les photos où ils sont ensemble. Ils étaient très amoureux. Et papa la quittait après lui avoir pris cinq années de sa vie. Elle a pu se dire qu'il lui devait beaucoup. »

Lloyd hésita un instant, puis décida de formuler l'hypothèse qui lui avait traversé l'esprit : « Mariah, supposons que Lillian soit venue ici ce lundi soir, sous prétexte de rendre le parchemin. Il n'y avait pas d'aide-soignante à la maison. Serait-il possible que votre père l'ait fait entrer, qu'une querelle ait éclaté entre eux, et que ce soit elle qui ait appuyé sur la détente ?

— Une fois admis que ma mère est totalement innocente, je crois que tout est possible, répondit Mariah. Ce matin, je vais me rendre à New York et je m'expliquerai avec Lillian. Mon père a découvert un document sacré et inestimable qui appartient à l'Église et aux générations futures qui pourront le voir à la bibliothèque du Vatican. D'une manière ou d'une autre, je m'assurerai qu'il leur soit rendu. »

Les larmes lui vinrent aux yeux. « Si je peux récupérer cette lettre du Christ à Joseph d'Arimathie et la faire parvenir à qui de droit, je suis sûre que papa le saura et cela rachètera toutes les paroles blessantes que j'ai pu lui dire au cours de ces derniers mois. »

42

Le mercredi matin, à huit heures et demie, Alvirah et Willy étaient assis dans leur voiture stationnée en face de l'entrée de l'immeuble de Lillian, en face du Lincoln Center. « Cet immeuble n'a qu'une issue, dit Alvirah, plus pour elle-même que pour Willy, qui lisait le *Daily News*. J'espère seulement que la police ne va pas nous faire déguerpir. Je vais attendre jusqu'à neuf heures, puis j'entrerai et donnerai mon nom au portier. Quand Lillian répondra à l'interphone, je lui dirai que je détiens une information qui pourrait lui éviter un petit séjour en prison. »

Cette déclaration suffit pour éveiller l'attention de Willy. Il lisait la page des sports et était absorbé par les commentaires sur les résultats très serrés des matchs de division entre les Yankees et les Red Sox de Boston. « Tu ne m'avais pas dit que tu avais ce genre de tuyau sur elle, dit-il.

— Je n'en ai pas, reconnut benoîtement Alvirah. Mais je vais le lui faire croire. » Elle soupira : « J'adore l'été, mais je dois avouer que je suis contente qu'il fasse un peu plus frais depuis ces derniers jours. Supporter des températures de trente-cinq degrés est au-dessus de mes forces. Ce tailleur a beau être léger, j'ai l'impression d'être couverte comme un oignon, même avec la climatisation. »

Elle portait un tailleur-pantalon de coton qui, après les repas délicieux et interminables de la croisière, la boudinait légèrement. Et elle se désolait de voir des racines blanches révélatrices apparaître inexorablement dans ses cheveux d'un roux éclatant, alors que Dale of London, son habile coloriste, était parti en vacances à Tortola. « Je ne peux pas croire que j'aie laissé le temps filer, maintenant Dale ne sera pas de retour avant une semaine, se plaignit-elle. Bientôt je vais ressembler à la vieille dame du conte qui vivait dans une chaussure.

— Tu es toujours superbe, mon chou, assura Willy. Et toi et moi nous ne pouvons pas nous plaindre de ne pas avoir de cheveux. L'avocat de Kathleen est sympathique, mais il devrait se débarrasser de ces trois mèches qu'il rabat sur son crâne, abandonner la partie et accepter de devenir chauve. Il ressemblerait à Bruce Willis… » Tout à coup il s'interrompit : « Tu arrives trop tard, Alvirah. Lillian est en train de sortir de l'immeuble.

— Oh, non ! » gémit Alvirah en voyant la mince silhouette de Lillian Stewart, en légère tenue de jogging et baskets, franchir la porte, s'avancer sur le trottoir et tourner sur la droite.

Son sac en bandoulière se balançait à son épaule gauche et elle portait, plié sous son bras droit, quelque chose qui ressemblait à une sorte de fourre-tout.

« Suis-la, Willy, ordonna Alvirah.

— Alvirah, il y a une circulation monstre dans Broadway. Je ne vais pas pouvoir la suivre longtemps. J'aurai la moitié des bus et des taxis de New York bloqués derrière ma voiture.

— Regarde, Willy, elle se dirige vers le nord. On dirait qu'elle s'apprête à franchir un autre bloc sur Broadway. Avance et arrête-toi au coin. Tout le monde stationne en double file par ici. Pourquoi pas toi ? »

Sachant qu'il était inutile de protester, Willy obéit. Quand Lillian atteignit le bloc suivant, elle ne traversa pas au croisement mais tourna sur sa droite.

« Bon, dit Alvirah, la rue est à sens unique. Tourne à gauche, Willy.

— Bien, mon commandant », fit Willy, impassible, en faisant une manœuvre risquée pour traverser les deux voies venant en sens inverse.

À l'angle suivant, Alvirah ne put retenir un cri étouffé de triomphe. « Regarde, Willy. Elle entre dans la banque. Je parie ce que tu veux qu'elle va faire une petite visite à son coffre. Dix dollars que le fourre-tout ne sera plus vide quand elle sortira. N'oublie pas qu'elle a accepté les deux millions de dollars offerts par Richard. Ils devraient avoir honte, ces deux-là ! »

À nouveau, Willy stationna en double file, cette fois à quelques mètres de la porte de la banque. Un moment plus tard, un visage sévère apparut à la fenêtre du côté du conducteur. « Circulez immédiatement monsieur, lui ordonna l'agent. Vous ne pouvez pas rester ici. »

Willy savait qu'il n'avait pas le choix. « Que veux-tu que je fasse, chérie ? soupira-t-il. Il est impossible de stationner dans ce coin. »

Alvirah avait déjà ouvert la portière côté passager. « Fais le tour du bloc. Je descends ici. Je vais me cacher derrière cet étal de fruits et je la suivrai quand elle sortira. À mon avis, ou elle regagne tout de suite son appartement ou elle va retrouver Richard. Si je dois m'en aller avant que tu reviennes, je t'appellerai sur le portable. »

Elle était à peine partie que l'agent se montrait à nouveau à la fenêtre, ordonnant à Willy d'avancer. « D'accord, d'accord, dit Willy. Je m'en vais. »

43

À neuf heures du matin, Richard Callahan était dans les bureaux des gestionnaires de biens Roberts et Wilding dans Chambers Street en train de donner des ordres pour retirer deux millions de dollars de son fonds de placement et les faire virer sur le compte de Lillian Stewart.

« Comme je vous l'ai dit, Richard, vous êtes autorisé de votre vivant à faire une donation de plusieurs millions de dollars sans payer de pénalités. Désirez-vous que cette transaction bénéficie de cette facilité ? lui demanda Norman Woods, son conseiller financier.

— Oui, ce serait parfait », dit Richard, espérant dissimuler son extrême nervosité.

Woods, les cheveux blancs, habillé comme à l'accoutumée d'un costume bleu marine, d'une chemise blanche et d'une cravate à petits motifs, allait bientôt fêter ses soixante-cinq ans et il était proche de la retraite. Sa langue le démangeait de parler de façon totalement inappropriée et de dire : « Richard, puis-je vous demander si Mlle Stewart présente pour vous un intérêt sentimental ? Je sais que cela ravirait votre père et votre mère. »

Au lieu de quoi, il resta impassible en confirmant que l'argent serait versé directement à Mlle Stewart aussitôt que Richard aurait communiqué les données de son compte bancaire.

Richard le remercia et quitta le bureau.

Dès qu'il fut redescendu dans le hall de l'immeuble, il composa le numéro du portable de Lillian.

44

Depuis son poste d'observation derrière l'étal de fruits, Alvirah attendit que Lillian sorte de la banque. À neuf heures dix, Willy réapparut au coin de la rue, lui fit un signe de la main et recommença à faire le tour du bloc. À neuf heures vingt, quand la porte de la banque s'ouvrit, Lillian s'avança sur le trottoir. Comme Alvirah s'y était attendue, le fourre-tout qu'elle serrait tout à l'heure sous son bras était à présent fermement tenu par sa main gauche et contenait visiblement quelque chose.

Willy devrait être de retour dans quelques secondes à présent, pensa Alvirah, mais elle s'aperçut avec consternation que Lillian s'engageait dans la rue à sens unique, à contre-courant de la circulation. Elle rentre probablement chez elle, estima Alvirah. Il ne me reste plus qu'à la suivre et appeler Willy sur le portable.

Mais, à l'angle de Broadway, Lillian traversa soudain l'avenue, et Alvirah se rendit compte qu'elle se dirigeait vers l'entrée du métro.

Lillian marchait rapidement. Alvirah accéléra le pas à son tour, haletant sous l'effort qu'elle devait faire pour la suivre, tout en restant à une courte distance. Du coin de l'œil, elle essayait de repérer Willy quand il tournerait à nouveau à l'angle du bloc, mais il passa devant elle sans regarder dans sa direction. Il n'a plus qu'à continuer à tourner en rond, pensa-t-elle. Ce n'est pas le moment de fouiller dans ma poche pour prendre mon téléphone.

Au prix d'un effort considérable, elle parvint à se maintenir aussi près de Lillian que possible sans se faire remarquer tandis qu'elle descendait à sa suite les marches du métro. Le quai était bondé et on entendait le grondement d'un train qui approchait. Alvirah sortit de sa poche sa Metrocard en même temps que Lillian puis, laissant quelques personnes entre elles deux dans la queue, franchit le tourniquet derrière elle au moment où le train s'arrêtait. Lillian se dépêcha de franchir le quai pour monter dans une voiture. Bénissant la foule qui se pressait, Alvirah se glissa dans le même wagon, prenant soin de rester dissimulée derrière des voyageurs corpulents.

Depuis l'autre extrémité du wagon, elle observait Lillian, qui se tenait debout, les yeux baissés, agrippée d'une main à la barre et serrant de l'autre la poignée du sac fourre-tout. Vingt minutes plus tard, comme le train approchait de la station Chambers Street, la jeune femme s'avança vers la porte. Quand le train s'arrêta, Alvirah attendit un instant pour s'assurer qu'elle descendait, puis elle quitta la voiture au milieu d'un flot de voyageurs.

La foule qui se déversait sur le quai la laissa à quelque distance derrière Lillian qui gravissait rapidement l'escalier en direction de la sortie. Alvirah enragea en trouvant devant elle une grosse dame appuyée sur une canne qui montait les marches à la vitesse d'un escargot. Prise dans la cohue qui montait et descendait, Alvirah ne put ni la dépasser ni la contourner.

Quand elle finit par déboucher dans la rue, elle tourna désespérément la tête dans toutes les directions.

Aucune trace de Lillian.

45

À dix heures vingt, il conduisit sa voiture jusqu'à la lourde porte métallique à l'arrière de l'entrepôt. Lillian était assise à côté de lui. Il leur avait fallu moins de dix minutes depuis l'endroit où il l'avait retrouvée à la sortie du métro pour atteindre cette zone industrielle isolée à deux blocs de l'East River.

Les sociétés-écran qu'il avait montées dans le seul but de dissimuler son identité étaient propriétaires des immeubles aux ouvertures barricadées qui flanquaient l'entrepôt. C'était là qu'il avait créé en secret son univers fabuleux peuplé d'antiquités. En un sens, il regrettait de n'avoir jamais pu partager la splendeur de sa collection avec personne. Mais le moment était venu. Lillian serait éblouie. Il voyait déjà ses yeux s'agrandir de stupéfaction quand elle découvrirait toutes les merveilles du premier étage. Et il savait que le trésor le plus précieux se trouvait dans le sac qu'elle tenait si étroitement serré contre elle.

Jonathan le lui avait montré, lui avait permis de le retirer de l'enveloppe en papier cristal qui le protégeait, de le toucher, d'en sentir le grain et d'en établir l'authenticité.

Car il était authentique. Il n'y avait aucun doute là-dessus. C'était la seule et unique lettre écrite par le

Christ, et elle avait été adressée à l'homme qui s'était lié avec lui durant sa jeunesse. Le Christ savait qu'il reposerait bientôt dans le tombeau de Joseph. Il savait que, même après sa mort, Joseph prendrait soin de lui.

Le monde entier serait fasciné à la vue de cette lettre, pensait-il. Et elle m'appartient.

« Où diable allons-nous ? questionna Lillian, agacée.

— Comme je vous l'ai dit il y a un instant, j'ai un bureau dans mon entrepôt où nous serons sûrs de ne pas être dérangés. Vous auriez peut-être préféré que je vous donne des explications sur le compte que j'ai ouvert pour vous au milieu d'un trottoir bondé de Chambers Street ? »

Elle paraissait seulement impatiente, pas encore inquiète.

Il pressa un bouton sur le pare-soleil et la lourde porte se souleva bruyamment en brinquebalant. Il fit alors entrer sa voiture et pressa à nouveau le bouton pour refermer la porte qui redescendit lentement. L'obscurité les enveloppa alors complètement et il entendit Lillian pousser une exclamation étouffée, premier signe montrant que l'inquiétude la gagnait.

Il se hâta de la rassurer. Il voulait observer et savourer sa réaction quand elle verrait ses trésors, et elle ne les regarderait même pas si elle se doutait de ce qui allait lui arriver. Il prit dans sa poche la commande à distance de l'éclairage du garage et l'actionna. « C'est plutôt vide ici, comme vous pouvez le voir, dit-il en souriant. Mais mon bureau se trouve à l'étage, et je vous assure qu'il est beaucoup plus accueillant. »

Il vit qu'elle n'était pas tout à fait tranquillisée. « Il y a d'autres personnes en haut ? demanda-t-elle. Je ne vois aucune voiture. Cet endroit semble désert. »

Une trace d'irritation perça dans sa voix : « Lillian, vous ne croyez tout de même pas que je vais faire cette transaction devant témoin.

— Non, bien sûr. Allons dans votre bureau et finissons-en. Mes cours commencent la semaine prochaine et j'ai beaucoup à faire.

— Avec tout cet argent, vous n'allez pas lâcher vos étudiants ? » demanda-t-il comme ils descendaient de la voiture. Il glissa sa main sous son bras tandis qu'ils traversaient l'immense espace aveugle. « Nous sommes ici à l'étage principal », expliqua-t-il. Puis il se pencha pour presser un bouton dissimulé à la base du mur et un vaste monte-charge commença à descendre.

« Mon Dieu, à quoi rime toute cette installation ? demanda Lillian, stupéfaite.

— Bien étudié, n'est-ce pas ? Allons-y ! » dit-il en la poussant dans le monte-charge.

Ils sortirent au niveau suivant et il attendit qu'elle fût près de lui. « Prête ? demanda-t-il en allumant la lumière. Bienvenue dans mon royaume. »

Ses yeux ne quittèrent pas le visage de Lillian tandis qu'elle pénétrait dans l'immense salle et que son regard incrédule allait de l'une à l'autre des magnifiques pièces d'antiquités de sa collection.

« Comment avez-vous rassemblé tous ces objets ? demanda-t-elle, médusée. Et pourquoi les gardez-vous ici ? » Elle pivota sur ses talons pour lui faire face. « Et pourquoi m'avoir amenée dans cet endroit ? Ce n'est pas un bureau. » Elle le regarda fixement, soudain blême. En voyant son sourire triomphant, elle comprit qu'il l'avait piégée. Prise de panique, elle laissa tomber le fourre-tout et tenta de passer devant lui en le bousculant.

Elle sentit son étreinte d'acier la plaquer contre lui. « Je vais être clément, Lillian, dit-il d'une voix douce en cherchant la seringue dans sa poche. Vous ne sentirez qu'une petite piqûre et puis plus rien. Rien du tout. »

46

Dès qu'Alvirah se rendit compte qu'elle avait perdu la trace de Lillian, elle appela Willy.

« Où étais-tu passée, chérie ? Je commençais à m'inquiéter, dit-il. J'ai fait le tour du bloc je ne sais combien de fois. L'agent de la circulation me prend pour un mec qui suit une nana. Que se passe-t-il ?

— Willy, je suis désolée. Je l'ai filée dans le métro. Je suis montée dans le même wagon qu'elle en prenant garde de ne pas me faire repérer. Elle est descendue à Chambers Street mais je l'ai perdue dans la foule qui s'engouffrait dans l'escalier.

— C'est rageant. Que comptes-tu faire maintenant ?

— Je vais regagner le haut de la ville et attendre dans le hall de son immeuble. Même si ça doit prendre toute la journée, j'aurai une explication avec cette dame. Tu devrais rentrer à la maison.

— Pas question, dit Willy d'un ton ferme. Toute cette affaire ne me plaît pas, et avec la disparition de Rory, plus personne ne sait qui fait quoi. Je gare la voiture au Lincoln Center et je viens te rejoindre. J'attendrai avec toi. »

Alvirah savait que lorsque Willy prenait ce ton, il était inutile de discuter. Jetant un dernier coup d'œil autour d'elle dans l'espoir de voir Lillian émerger d'un des nombreux immeubles de bureaux du quartier, elle poussa un soupir résigné, rebroussa chemin et reprit le métro.

Vingt-cinq minutes plus tard, elle se trouvait à nouveau à la porte de l'immeuble de Lillian devant le Lincoln Center. Le portier lui indiqua que Mme Stewart n'était pas chez elle et ajouta : « Il y a une dame et un monsieur qui l'attendent dans le hall. »

Sans doute Willy, pensa Alvirah. Je me demande qui est la femme. À la réflexion, elle se dit que ce devait être Mariah.

Exact. Mariah et Willy étaient assis dans les fauteuils de cuir autour d'une table ronde en verre dans un angle du hall. Plongés dans leur conversation, ils levèrent la tête en entendant le bruit de ses pas sur le sol de marbre.

Mariah se leva et embrassa Alvirah. « Willy m'a mise au courant, expliqua-t-elle. J'ai l'impression que nous sommes tous arrivés à la même conclusion, à savoir que Lillian est en possession du parchemin et que le temps est venu de lui demander des explications.

— Est ou était en possession du parchemin, rectifia Alvirah. Comme Willy vous l'a certainement dit, elle est sortie de la banque portant un fourre-tout qui semblait contenir quelque chose. Je présume que le parchemin se trouvait dans son coffre-fort et qu'elle devait le remettre à quelqu'un ce matin. »

Alvirah surprit le regard interrogateur de Willy et comprit qu'elle allait devoir dire à Mariah qu'elle avait entendu et enregistré le message téléphonique que Lillian avait laissé à Richard la veille au soir. « Je crains que vous n'ayez une mauvaise surprise,

Mariah », dit-elle en s'asseyant à côté d'elle. Elle appuya sur le bouton « retour » de sa broche en forme de soleil et mit en marche l'enregistrement.

« Je n'en crois pas mes oreilles », dit Mariah en se mordillant les lèvres nerveusement. Plongée dans un abîme de stupéfaction et de déception, elle ajouta : « Cela signifie que Lillian était probablement en chemin pour rejoindre Richard ce matin. Il m'a juré qu'il n'avait pas vu le parchemin. À présent, je découvre qu'il a conclu un arrangement pour s'en emparer. Mon Dieu, quelle trahison, pas seulement à mon égard, mais surtout vis-à-vis de mon père. Papa aimait et respectait sincèrement Richard.

— Bon, nous n'allons pas bouger d'ici jusqu'à l'arrivée de Lillian, dit Alvirah. Je serais curieuse de voir comment elle va se dépêtrer de cette histoire. »

Mariah refoula résolument les larmes qui lui montaient aux yeux. « Alvirah, alors que je venais ici, vers dix heures, Greg m'a téléphoné. Il voulait savoir comment j'allais et si j'avais des nouvelles de Rory. Je lui ai dit que j'étais en voiture et que je me rendais chez Lillian afin d'avoir une explication avec elle car je pensais que papa lui avait confié le parchemin. J'ai dit à Greg que si Lillian n'était pas chez elle, j'avais l'intention d'attendre toute la journée dans le hall si nécessaire. Il m'a dit qu'il viendrait me rejoindre vers midi et demi, à moins que je l'appelle pour modifier le rendez-vous. »

À midi vingt Greg pénétra dans l'immeuble. Alvirah nota l'air protecteur avec lequel il se penchait vers Mariah en déposant un baiser sur ses cheveux. « Vous l'avez vue ? demanda-t-il.

— Non, dit Willy, mais j'ai une suggestion à vous faire, Greg. Vous devriez emmener ces dames déjeuner et me rapporter un sandwich par la même occasion. Alvirah, Mariah, je vous promets de vous appeler dès que Lillian arrivera. Le portier lui dira inévitablement que je suis ici. Et, Alvirah, même si elle se précipite dans l'ascenseur, tu pourras lui téléphoner en revenant et lui faire entendre l'enregistrement. Nous lui dirons que nous allons le transmettre directement à la police. Croyez-moi, elle nous parlera.

— C'est une bonne idée, dit Greg. Mais après déjeuner je dois me rendre dans le New Jersey. Mon rendez-vous avec les inspecteurs est à trois heures. »

47

Dans le parloir des avocats de Rikers Island, Wally Gruber écoutait d'un air dépité Joshua Schultz lui rapporter sa conversation avec le procureur adjoint Peter Jones.

« Ce que vous me racontez, c'est que je devrais lui refiler le portrait du mec qui a dézingué ce professeur et que tout ce que j'en tirerai c'est une foutue promesse de dire un mot aimable au juge avant qu'il me coffre ? » Wally secoua la tête. « Je marche pas.

— Wally, vous n'êtes pas vraiment en position de dicter vos conditions. Supposons que vous produisiez un dessin de quelqu'un qui ressemble à Tom Cruise et que vous disiez : "C'est le type que j'ai vu." Vous croyez qu'ils vont vous dire merci beaucoup et vous laisser filer ?

— D'abord, le type que j'ai vu ne ressemblait pas à Tom Cruise, et je vous parie à un million contre un que lorsque je collaborerai avec ce dessinateur, il en sortira un portrait que la famille reconnaîtra. Pourquoi croyez-vous que ce type se couvrait le visage ? Il devait craindre de tomber sur la vieille dame et qu'elle l'identifie, bien qu'elle soit cinglée. »

Joshua Schultz commençait à regretter d'avoir accepté de s'occuper de l'affaire État de New York versus Wally Gruber. « Écoutez, Wally, vous avez le choix, dit-il. Soit nous courons notre chance avec le procureur, soit j'appelle l'avocat de la vieille dame. Si vous croyez qu'il peut trouver le moyen de payer votre caution ou de se battre pour obtenir votre mise en liberté surveillée, vous vous gourez. Il n'y a aucune chance.

— La compagnie d'assurances offre une prime de cent mille dollars pour tout indice conduisant aux bijoux que j'ai piqués, fit remarquer Wally.

— Et vous avez le culot de croire qu'ils la refileraient à celui qui est responsable du cambriolage ? s'exclama Schultz, incrédule.

— Ne le prenez pas de haut ! Ce que je veux dire, c'est qu'ils imaginent probablement que les pierres ont été desserties à l'heure qu'il est. Or je sais que les bijoux sont exactement dans l'état où ils étaient quand je les ai pris.

— Comment le savez-vous ?

— Parce que le receleur avec lequel je traite a plein de clients en Amérique du Sud. Il m'a dit qu'il allait emporter la quincaillerie à Rio le mois prochain. Il paraît qu'elle vaut beaucoup plus intacte que démontée. Cette Lisa Scott est joaillière, hein ? Supposons que je laisse tomber le receleur et qu'ils récupèrent leurs bijoux. La compagnie d'assurances ne serait plus dans le coup. La Scott serait ravie. Et, cerise sur le gâteau, je fournis le visage du tueur au mari qui défend la vieille dame. Ils seront tous prêts à pardonner et à oublier. Ils me nommeront l'homme de l'année.

— C'est parfait sur le papier, Wally, mais vous semblez ignorer deux points très importants. Primo, l'avocat de Kathleen Lyons est aussi le mari de la propriétaire des bijoux. Il devrait renoncer de lui-même à l'affaire criminelle s'il ne veut pas être impliqué dans un conflit d'intérêt comme je n'en ai encore jamais vu. Deuzio, votre information concernant le receleur et les bijoux devrait être communiquée au procureur, parce que c'est lui qui sera chargé de mener l'enquête. Donc, ce que vous proposez, c'est de fournir certaines informations à Lloyd Scott et d'autres au procureur. Ça ne peut pas marcher.

— Très bien. Je vais donner au procureur une nouvelle chance. Nous allons commencer par lui, et quand il verra que je peux le rancarder sur les bijoux, il changera peut-être d'attitude. Alors, nous déciderons si nous continuons avec lui pour l'affaire criminelle ou si nous nous tournons vers Lloyd Scott. D'une façon ou d'une autre, dans les prochains jours je serai assis à côté d'un flic.

— Dans ce cas, voulez-vous que je prévienne le procureur que vous êtes prêt à lui donner des informations pour retrouver les bijoux ? »

Wally repoussa sa chaise, visiblement impatient de mettre fin à la conversation. « Vous avez pigé, Josh. Ça le convaincra peut-être que je peux aussi l'aider à résoudre l'affaire du meurtre. »

48

Simon Benet et Rita Rodriguez passèrent la matinée du mercredi dans le bureau du procureur. Après avoir quitté la maison de Mariah Lyons le mardi soir, ils avaient décidé d'obtenir les enregistrements téléphoniques du mois précédent de Richard Callahan, Greg Pearson, Albert West et Charles Michaelson, les quatre invités du dîner organisé par Mariah.

« Ils étaient les collègues les plus proches du Pr Lyons, fit observer Rita, et je ne peux pas croire qu'aucun n'ait vu le parchemin. L'un d'eux ment. D'ailleurs, peut-être mentent-ils tous. »

Ce même jour, ils déposèrent une requête auprès du juge Brown pour obtenir les enregistrements et leur demande fut acceptée. « Nous savons que le Pr Lyons les a tous appelés et qu'il les a tous mis au courant de l'existence du parchemin, dit Benet. À présent, nous allons pouvoir vérifier s'ils l'ont rappelé et combien de fois ils lui ont parlé. »

Le premier entretien devait avoir lieu avec Albert West à onze heures. Il se présenta avec vingt minutes de retard, s'excusa, prétextant que le pont George-Washington avait été inhabituellement embouteillé, et qu'il n'avait pas prévu assez de temps pour le trajet depuis Manhattan.

Jetant un coup d'œil à Rita Rodriguez, Simon Benet constata que la nervosité de West ne lui avait pas échappé non plus. Est-ce parce qu'il est en retard au rendez-vous ou parce qu'il a quelque chose à cacher ? se demanda-t-il. Il nota pour lui-même de vérifier quelles étaient les conditions de la circulation sur le pont une heure auparavant. West portait une tenue sport, chemise à manches courtes et jean. Benet observa la façon dont il serrait et desserrait les poings et en conclut que si l'homme ne mesurait pas plus d'un mètre soixante-cinq, les muscles de ses mains et de ses bras dénotaient une force d'acier.

« Professeur West, quand nous nous sommes entretenus au téléphone la semaine dernière, vous m'avez affirmé que vous n'aviez jamais vu le parchemin que le Pr Lyons avait découvert, n'est-ce pas ?

— Absolument. J'en ai seulement entendu parler par Jonathan une semaine et demie avant sa mort. Il était terriblement excité. Je l'ai prévenu que ces prétendues découvertes se révélaient souvent n'être que des faux particulièrement bien imités. Ce fut notre dernière conversation.

— Professeur West, dit Rita, d'un ton hésitant, comme si la question qu'elle s'apprêtait à poser venait de lui traverser l'esprit. Vous dîniez hier soir chez Mariah Lyons avec vos collègues. Pensez-vous que l'un d'eux ait pu voir le parchemin et ne se décide pas à l'admettre à cause de l'assassinat de Jonathan Lyons ? »

L'expression d'Albert West ne laissait rien deviner, comme s'il pesait le pour et le contre avant de répondre.

« Professeur West, insista doucement Rita, si ce parchemin a une aussi grande valeur que le prétendait Jonathan Lyons, celui qui le détient aujourd'hui et choisit de se taire commet un grave délit. Il n'est pas trop tard, cette personne peut encore le remettre à qui de droit et éviter ainsi de s'attirer davantage d'ennuis. »

West parcourut d'un regard fébrile la pièce encombrée comme s'il cherchait un endroit où se réfugier, puis toussa nerveusement. « Il n'est pas aisé de dénoncer un collègue et ami, commença-t-il, mais peut-être est-ce une obligation dans ce cas. Ainsi que frère Aiden nous l'a dit hier soir, le parchemin appartient à la bibliothèque du Vatican, et, si des examens scientifiques ultérieurs prouvent son authenticité, il devrait y rester exposé au profit des générations futures. Littéralement jusqu'à la fin des temps.

— Vous pensez savoir qui détient le parchemin ? demanda Benet. Dans ce cas, il est de votre responsabilité de nous le dire et de nous aider à le récupérer. »

West secoua la tête et se tassa dans son siège. « Charles Michaelson, dit-il. Je pense qu'il l'a en ce moment même, ou du moins qu'il l'a eu. »

Simon Benet et Rita Rodriguez avaient trop d'expérience pour montrer la moindre émotion, mais tous deux se dirent que cette fois ils étaient peut-être sur la piste du parchemin.

« Pourquoi pensez-vous qu'il pourrait être entre les mains du Pr Michaelson ? demanda Benet.

— Laissez-moi revenir en arrière, dit lentement Albert West. Il y a quinze ans, un riche collectionneur d'antiquités qui recourait régulièrement à Charles comme consultant lui demanda un avis professionnel sur l'authenticité d'un parchemin. Charles reçut alors cinq cent mille dollars de la main du vendeur pour affirmer qu'il était authentique. En réalité, il s'agissait d'un faux parfaitement exécuté.

— Michaelson ou le vendeur ont-ils été poursuivis ? demanda Benet.

— Non. J'ai intercédé en personne auprès de Desmond Rogers, l'acheteur. À la vérité, d'autres experts l'avaient déjà averti que le parchemin était un faux, mais Rogers croyait s'y connaître et avait une totale confiance en Charles. Il ne porta plainte ni contre lui ni contre le vendeur afin d'éviter l'humiliation publique d'avoir été dupé. Comme vous pouvez l'imaginer, Rogers considère désormais que Charles n'est rien d'autre qu'un misérable escroc. »

Où tout cela nous mène-t-il ? se demanda Rita Rodriguez, mais Albert West répondit à sa question sans qu'elle eût besoin de la formuler :

« Ce matin, avant de quitter mon appartement, j'ai reçu un appel de Desmond Rogers. Vous vous doutez bien qu'il connaît un certain nombre d'autres collectionneurs fortunés. L'un d'eux l'a contacté. Il a entendu dire que Charles était en train de proposer à la vente le parchemin de Joseph d'Arimathie et qu'il avait reçu plusieurs offres d'un montant exorbitant de la part de collectionneurs peu scrupuleux. »

Benet ne put cacher sa stupéfaction.

« Il cherche à vendre la lettre ?

— C'est ce qu'on dit. » Albert West semblait à la fois épuisé et soulagé. « Je n'en sais pas davantage. Je n'ai aucune preuve. Je ne fais que vous rapporter ce que Desmond Rogers m'a dit. Mais franchement, cela me paraît logique. Je le répète, je ne peux rien vous dire de plus. Puis-je m'en aller maintenant ? J'ai un rendez-vous à une heure avec le directeur de mon département.

— Oui, ce sera tout, lui dit Benet, excepté une dernière question. Vous souvenez-vous de la date exacte à laquelle vous avez parlé à Jonathan Lyons pour la dernière fois ?

— Je crois que c'était le mardi avant sa mort, mais je n'en suis pas tout à fait sûr. »

Il reste intentionnellement évasif, pensa Rita, et elle se hasarda à soulever un point qui risquait de lui attirer les foudres de Simon Benet : « Ne vous inquiétez pas, professeur West, dit-elle d'un ton rassurant, nous allons vérifier vos appels téléphoniques, si vous vous êtes trompé sur la date nous le saurons. »

Le regard furieux de Benet ne lui échappa pas, mais West se laissa retomber sur sa chaise. « Je vais tout vous dire, dit-il d'une voix soudain plus aiguë. Comme je vous l'ai raconté, j'étais dans les Adirondacks pendant le week-end qui a précédé la mort de Jonathan. J'avais l'intention d'y rester jusqu'au mardi, mais il faisait très chaud et humide, et j'ai préféré rentrer dès le lundi. J'étais très curieux d'en savoir plus sur la prétendue découverte de Jonathan et, obéissant à une impulsion, j'ai décidé de faire un détour par le New Jersey. J'ai alors hésité à l'appeler et à lui demander si je pouvais m'arrêter chez lui.

— Quelle heure était-il ? demanda Rita.

— Plus tard que je ne m'y attendais. J'ai traversé Mahwah un peu avant neuf heures.

— Avez-vous rendu visite au Pr Lyons le soir de sa mort ? demanda Benet.

238

— Non. Je savais que Jonathan n'aimait pas les surprises. À la réflexion, j'ai pensé qu'il apprécierait peu qu'on vienne le voir à l'improviste et j'ai continué ma route.

— Lui avez-vous téléphoné pour lui demander si vous pouviez vous arrêter chez lui ? insista Rita.

— Non. Et si je vous raconte tout ça, c'est uniquement parce que j'ai passé un appel pendant que je me trouvais à proximité de la maison des Lyons – au cas où quelqu'un vérifierait la position de mon téléphone portable à ce moment-là.

— Qui avez-vous appelé ?

— Charles Michaelson. Il n'a pas décroché et je n'ai pas laissé de message sur son répondeur. »

49

Après le déjeuner, Mariah et Alvirah regagnèrent le hall de l'immeuble de Lillian. Alvirah avait acheté un sandwich et un café pour Willy. Ils passèrent le reste de l'après-midi à attendre. À cinq heures, ce fut Willy qui manifesta l'appréhension grandissante qui les envahissait tous. « Si Lillian est allée retrouver Richard pour lui vendre le parchemin, elle y met le temps », fit-il remarquer en se levant pour se dégourdir les jambes.

Mariah hocha la tête. Pendant le déjeuner, elle s'était efforcée de suivre la conversation, mais le message laissé à Richard par Lillian lui avait causé un affreux sentiment de déception. Il avait gommé la lueur d'espoir qui l'avait envahie à la pensée que l'affrontement attendu avec Lillian lui permettrait de la persuader de rendre la lettre du Christ de son plein gré.

À présent, elle se demandait si le fait de révéler que Lillian détenait le parchemin et que Richard était disposé à l'acheter suffirait à les faire inculper tous les deux.

Papa, c'est la femme que tu aimais, pensa-t-elle, sentant renaître en elle cette amertume qu'elle s'était désespérément efforcée de surmonter. Elle se souvint que Greg l'avait trouvée silencieuse pendant le déjeuner et qu'il avait tenté de la convaincre que le parchemin serait retrouvé et rendu à la bibliothèque du Vatican.

« Je n'aurais jamais cru Richard capable d'une telle duplicité avait dit Greg. Je suis stupéfait. » Puis il avait ajouté : « Rien ne peut me surprendre de la part de Lillian. Elle avait beau afficher sa liaison avec Jonathan, je me suis toujours demandé s'il n'y avait pas quelque chose entre elle et Charles. Peut-être parce qu'ils étaient tous les deux de grands amateurs de cinéma. En réalité, quand Lillian n'était pas en compagnie de Jonathan, il me semble qu'elle passait beaucoup de temps avec Charles. »

Mariah savait que Greg n'avait pas l'intention de lui faire de la peine, mais la pensée que Lillian ait pu entretenir aussi une liaison avec Charles la mettait hors d'elle. Elle ne pouvait s'en défaire pendant que se prolongeait leur attente dans le hall. À cinq heures et demie, n'y tenant plus, elle dit : « Alvirah, à présent je crois que nous devons faire écouter à l'inspecteur Benet l'enregistrement de cet appel téléphonique. Cela lui suffira sans doute pour confondre Lillian et Richard. Je vais rentrer à la maison. À mon humble avis, Lillian et Richard sont en train de faire la fête quelque part.

— Je reviens dans une minute, dit Alvirah. Le second portier a tout juste pris son service. Il faut que je lui parle. » Quand elle revint un moment plus tard, elle était manifestement satisfaite d'elle-même. « Je lui ai donné vingt dollars et lui ai dit que nous avions une surprise pour Lillian, que sa cousine était arrivée en ville à l'improviste. La cousine c'est vous, Mariah.

Je lui ai laissé mon numéro de téléphone. Il m'avertira dès qu'elle sera de retour. »

Mariah ouvrit son sac et en tira la carte de Benet. « Je ne crois pas que nous devions attendre davantage, Alvirah. Il est temps d'appeler l'inspecteur Benet, et advienne que pourra. »

50

Le mercredi après-midi, Kathleen Lyons était assise dans un fauteuil près de la fenêtre dans sa chambre d'hôpital, une tasse de thé à portée de main. Elle avait somnolé et, à son réveil, elle regarda avec indifférence les arbres et les reflets du soleil à travers le feuillage. Puis elle se pencha en avant. Quelqu'un se dissimulait derrière un arbre.

C'était une femme.

C'était Lillian.

Elle se redressa, posa les mains sur l'appui de la fenêtre et plissa les yeux pour voir la silhouette plus distinctement.

« Est-ce que Jonathan est avec elle ? » murmura-t-elle. Puis elle vit que Lily et Jonathan se prenaient en photo.

« Je vous hais ! hurla-t-elle, je vous hais tous les deux ! »

Une infirmière entra précipitamment dans la chambre.

« Kathleen, que vous arrive-t-il, mon petit ? Que se passe-t-il ? »

Kathleen saisit la cuiller dans la soucoupe et se retourna. Le visage déformé par la fureur, elle brandit la cuiller vers l'infirmière.

« Bang… bang… Crève, va au diable, crève ! je te hais, je te hais, je te hais ! » vociféra-t-elle, puis elle s'effondra dans son siège. Ses yeux se fermèrent, elle se mit à gémir : « Tout ce bruit… tout ce sang », tandis que l'infirmière injectait rapidement un sédatif dans son bras frêle et tremblant.

L'entretien entre les inspecteurs et Greg Pearson se déroula calmement. On était loin de la tension suscitée un peu plus tôt par l'accusation qu'avait laissé échapper Albert West contre Charles Michaelson.

Greg Pearson expliqua qu'il se considérait comme un ami fidèle de Jonathan Lyons et qu'il avait fait sa connaissance six ans plus tôt quand, sur une impulsion, il s'était enrôlé dans l'expédition de fouilles archéologiques organisée annuellement par Jonathan.

« Pour Jon, Albert, Charles et Richard, c'était une passion, dit-il. J'étais fasciné par leur connaissance de l'Antiquité. À la fin de la première expédition, j'étais conquis et je savais déjà que je m'inscrirais pour la suivante. »

Il confirma qu'une fois par mois environ, ils étaient tous invités à dîner chez les Lyons. « C'était une soirée que nous appréciions beaucoup, dit-il, même s'il était pénible de voir l'état d'une belle et charmante femme comme Kathleen se détériorer sous nos yeux. »

En réponse aux questions concernant Lillian, il déclara : « La première fois qu'elle a pris part à une des expéditions de Jonathan, c'était il y a cinq ans. Nous l'avons tous vu tomber aussitôt sous son charme, et réciproquement. Ils n'ont pas mis trois nuits à partager la même tente et ne s'en cachaient pas. Franchement, étant donné cette relation, j'étais gêné de la voir flirter avec Charles lors des dîners chez Jonathan. Mais lorsque Kathleen découvrit ces fameuses photos, Lillian eut l'interdiction de remettre les pieds dans la maison. »

Pearson ne tut pas aux inspecteurs que Jonathan lui avait parlé de sa possible découverte. « Jon n'a pas proposé de me montrer le parchemin. Il a dit qu'il allait le faire expertiser. Je lui ai répondu que j'aimerais le voir par la suite et il m'a promis qu'il me laisserait y jeter un coup d'œil une fois qu'il aurait obtenu l'avis des experts.

— Où étiez-vous lundi soir lorsque le professeur a été assassiné, monsieur Pearson ? » demanda Rita.

Greg la regarda bien en face. « Comme je vous l'ai dit la semaine dernière, inspecteur Rodriguez, j'ai passé toute la soirée de lundi au Time Warner Center à Manhattan, où j'ai un appartement. J'ai dîné au Per Se, au quatrième étage, vers six heures, et ensuite je suis remonté directement chez moi.

— Avez-vous dîné avec quelqu'un ?

— Après une journée chargée à mon bureau, j'avais envie de manger tranquillement et, pour anticiper votre prochaine question, je suis resté seul toute la nuit dans mon appartement. »

La question finale que posa Simon Benet concernait Charles Michaelson : « Croyez-vous possible que le Pr Lyons lui ait confié le parchemin ? »

Benet et Rodriguez virent se peindre sur le visage de Greg une palette d'émotions contradictoires. Puis il dit : « J'aurais tendance à croire que Jonathan a confié le parchemin à Lillian qui l'aurait remis ensuite à Charles. Mes spéculations s'arrêtent là. »

52

Une heure plus tard, c'était au tour de Charles Michaelson d'être assis sur la chaise qu'avaient occupée Albert West puis Greg Pearson. Son corps massif était agité de tremblements furieux tandis qu'il s'engageait dans un vif échange avec les inspecteurs. « Non, je n'ai jamais vu le parchemin. Combien de fois devrai-je vous le répéter ? Si quelqu'un prétend que j'essaie de le vendre, c'est un menteur. »

Lorsque Benet lui dit qu'ils avaient l'intention d'interroger la source de cette rumeur, Michaelson rétorqua sèchement : « Allez-y. Qui que ce soit, dites-lui de ma part qu'il existe des lois concernant la diffamation et qu'il devrait les étudier. »

Quand on lui demanda où il se trouvait le soir de la mort de Jonathan, il répliqua : « Je vais vous le dire pour la énième fois, et je parlerai lentement pour que vous compreniez bien, j'étais chez moi, à Sutton Place. J'y suis arrivé à cinq heures et demie de l'après-midi et je n'en suis pas sorti avant le lendemain matin.

— Y avait-il quelqu'un avec vous ? demanda Benet.

— Non, depuis mon divorce je vis seul.

— Avez-vous reçu des appels téléphoniques ce soir-là, monsieur Michaelson ?

— Non. Attendez. Le téléphone a sonné vers neuf heures. J'ai vu que l'appel provenait d'Albert West mais je n'avais pas envie de lui parler. Je n'ai pas répondu. »

Michaelson se leva brusquement. « Si vous avez d'autres questions à me poser, vous pouvez les soumettre par écrit à mon avocat. » Il fouilla dans sa poche et jeta une carte sur le bureau de Benet. « Voilà, vous savez comment le joindre. Bon après-midi à tous les deux. »

L'entretien avec Richard Callahan était prévu à quatre heures de l'après-midi. À cinq heures moins le quart, ne le voyant pas arriver, Simon Benet tenta de le joindre sur son portable. Il fut directement mis en relation avec une boîte vocale. Dépité, il laissa un bref message à Richard, lui rappelant son rendez-vous manqué : « Monsieur Callahan, je ne pense pas qu'il y ait eu erreur sur l'heure de notre entrevue. Vous étiez censé être ici à quatre heures. Il est impératif que vous me contactiez dès que vous aurez reçu ce message pour que nous puissions reprendre rendez-vous, de préférence dès demain. Je vous rappelle mon numéro de mon portable… »

Après avoir renoncé à attendre Lillian Stewart, Mariah, Alvirah et Willy quittèrent le hall de son immeuble et regagnèrent le parking du Lincoln Center où ils avaient laissé leurs voitures. Alvirah avait promis d'appeler Mariah dès que le portier de Lillian la préviendrait de son retour.

Mariah reprit la route du New Jersey l'esprit occupé par tous les événements de la journée. Elle voulait être proche de sa mère au cas où elle serait autorisée à lui rendre visite. En arrivant chez ses parents, elle arrêta sa voiture dans l'allée. Elle se sentait horriblement lasse. Lorsqu'elle pénétra dans la maison, elle songea qu'elle ne s'y était presque jamais trouvée seule jusqu'à aujourd'hui. Mieux vaut m'y habituer, se dit-elle en posant son sac sur la console de l'entrée. Elle se dirigea vers la cuisine. Elle avait donné congé à Betty pour la journée. Elle brancha la bouilloire, se prépara une tasse de thé qu'elle emporta dans le patio.

Installée dans un fauteuil près de la table de jardin surmontée d'un parasol, elle contempla les premières ombres du soir qui envahissaient progressivement le dallage gris aux reflets bleus. Le parasol aux teintes vives était refermé, et lui revint soudain le souvenir de cette soirée, dix ans auparavant, où ses parents prenaient le frais dehors quand un orage avait éclaté. Le vent avait renversé le parasol et emporté avec lui la table dont le plateau de verre s'était brisé en une multitude d'éclats balayés par la bourrasque.

Comme ma vie à présent, pensa Mariah. Un violent vent d'orage s'est levé et il ne me reste plus qu'à ramasser les morceaux. Lorsque Alvirah fera entendre cet enregistrement aux inspecteurs, est-ce qu'il constituera une preuve suffisante pour inculper Lillian et Richard de complicité dans l'achat et la vente d'objets volés ? Ou seront-ils assez malins pour expliquer pourquoi elle a accepté une offre de sa part ?

Et les relevés d'accès à son coffre-fort à la banque n'indiqueront certainement pas ce qu'elle en a retiré aujourd'hui, songea-t-elle en buvant lentement son thé.

Une question la harcelait : que va-t-il arriver à maman vendredi à l'audience ? À en croire les infirmières, elle semble très calme. Oh, mon Dieu, si seulement ils pouvaient l'autoriser à rentrer à la maison !

Sentant la température fraîchir, elle se leva et emporta sa tasse vide à l'intérieur. Elle venait de pénétrer dans la cuisine quand Alvirah téléphona.

« J'ai essayé en vain de vous appeler sur votre portable, Mariah. Vous n'avez pas répondu. Vous allez bien ? demanda-t-elle avec inquiétude.

— Désolée. J'avais laissé mon téléphone au fond de mon sac dans l'entrée et je ne l'ai pas entendu sonner. Vous avez du nouveau, Alvirah ?

— Pas vraiment. J'ai appelé l'inspecteur Benet et il s'est montré extrêmement intéressé. Il veut une copie du message de Lillian à Richard. Il sera chez nous d'une minute à l'autre. Vraiment, ce type ne perd pas de temps ! Mais il m'a dit autre chose : Richard avait rendez-vous avec lui dans les bureaux du procureur cet après-midi et il ne s'est pas manifesté.

— Qu'est-ce que vous en concluez ? demanda Mariah, troublée.

— Je n'en sais rien, sinon que cela ne ressemble pas du tout au Richard que je connais. Tout ça est invraisemblable.

— Cela ne ressemble pas non plus à l'homme que je connais. »

Mariah se mordit la lèvre, craignant de ne pas pouvoir terminer sa phrase.

« Des nouvelles de Kathleen ?

— Non. Je vais appeler l'hôpital maintenant, bien qu'ils ne me disent pas grand-chose, répondit Mariah en avalant la boule qui lui serrait la gorge. Mais, comme je vous l'ai déjà dit, ils m'ont assuré que maman avait plutôt passé une bonne nuit.

— Bien. Je vous préviendrai aussitôt si j'arrive à joindre Lillian ou si j'apprends quelque chose du portier.

— Je vous en prie, appelez-moi. À n'importe quelle heure. Cette fois, je garderai mon téléphone sur moi si je sors. »

Quelques minutes plus tard, on sonna à la porte. C'était Lisa Scott.

« Bonsoir, Mariah, nous venons de rentrer. Nous avons vu votre voiture dans l'allée. Lloyd est parti acheter de quoi dîner chez le traiteur chinois. Venez manger un morceau avec nous, proposa-t-elle.

— Volontiers, mais je préfère ne pas lire les messages de leurs gâteaux du bonheur, dit Mariah avec un faible sourire. Votre compagnie me fera du bien. Ce jour n'a pas été le meilleur de ma vie, je vous raconterai tout ainsi qu'à Lloyd. Je vous rejoins dans quelques minutes, laissez-moi juste le temps de passer un coup de fil à l'hôpital pour avoir des nouvelles de ma mère.

— Bien sûr. Pour une fois, nous aurons droit à un verre de vin, plaisanta Lisa. Et même à deux, ajouta-t-elle.

— J'en ai bien besoin. À tout à l'heure. »

La nuit tombait. Mariah brancha l'éclairage extérieur, puis alla dans le bureau de son père et alluma les lampes sur les petites tables de chaque côté du canapé. Elle hésita et s'avoua qu'elle n'avait pas envie d'utiliser le téléphone de cette pièce. Elle regagna la cuisine et composa le numéro de l'hôpital. Quand elle eut en ligne l'infirmière en chef du service de psychiatrie et s'enquit de sa mère, elle comprit à son hésitation que la réponse resterait prudente.

« Votre mère a passé un après-midi agité et nous avons dû augmenter la dose de calmant. Elle se repose tranquillement à présent.

— Que s'est-il passé ?

— Comme vous le savez, mademoiselle Lyons, une expertise médicale sur décision judiciaire est en cours et je ne suis pas autorisée à divulguer plus d'informations. Votre mère était très nerveuse, mais je puis vous assurer qu'elle est calme maintenant. »

Mariah ne tenta pas de masquer son exaspération. « Vous vous doutez bien que je suis folle d'inquiétude. Vous ne pouvez vraiment pas m'en dire plus ?

— Mademoiselle Lyons, le juge a demandé que le rapport d'expertise lui soit faxé jeudi à deux heures de l'après-midi. C'est-à-dire demain. Je sais par expérience que les avocats en recevront ensuite une copie. L'état de votre mère et les conclusions du médecin y seront rapportés en détail. »

Mariah comprit qu'il valait mieux ne pas insister. Je suppose que je devrais vous remercier, pensa-t-elle en disant poliment au revoir à l'infirmière avant de raccrocher.

Une demi-heure plus tard, devant une soupe aux raviolis chinois, elle mit Lloyd et Lisa au courant des événements survenus depuis que Lloyd était passé la voir au début de la matinée. « J'ai l'impression que c'était il y a une semaine, dit-elle. Et maintenant nous avons toutes les raisons de croire que Lillian est allée à la banque pour en retirer le parchemin et qu'elle l'a ensuite remis à Richard. Si c'est vrai, s'il est prouvé qu'ils l'ont pratiquement volé, peuvent-ils être mis en accusation ?

— Bien sûr qu'ils le peuvent, et si la preuve en est apportée, ils le seront, répondit Lloyd avec détermination. Il semblerait que Jonathan ait confié le parchemin à Lillian et que Richard ait été au courant ou l'ait deviné. La seule chose que je n'arrive pas à comprendre à ce stade, c'est ce que vient faire Rory dans l'histoire. L'explication la plus simple est peut-être qu'elle savait que la police allait mener une enquête et qu'à cause de cette menace de révocation de sa mise en liberté conditionnelle, elle a tout bonnement pris la fuite.

— D'un autre côté, elle n'est peut-être pas innocente, suggéra Mariah. Si quelqu'un était bien placé pour tendre un piège à ma mère, c'était Rory. »

Lisa n'avait encore rien dit. « Mariah, si votre père et Lillian étaient sur le point de se séparer, n'est-il pas envisageable qu'elle ait voulu l'éliminer afin de pouvoir garder le parchemin ? N'avez-vous jamais remarqué des apartés entre Rory et Lillian ?

— Je ne peux pas l'affirmer, mais Rory ne s'occupait de ma mère que depuis six mois quand on a découvert ces photos prises à Venise. Lillian n'a plus jamais remis les pieds à la maison par la suite. Nous ignorons si Rory et elle sont restées en contact.

— Rory a disparu il y a quarante-huit heures. Personne ne l'a revue depuis, dit lentement Lloyd. Maintenant vous dites que Lillian a quitté son appartement peu avant neuf heures ce matin et que tout à l'heure, quand vous avez parlé à Alvirah au téléphone, elle n'avait toujours pas réapparu.

— En effet, dit Mariah. À mon avis, Richard et elle sont en train de fêter l'événement je ne sais où.

— Vous m'avez dit que Richard ne s'est pas rendu à son rendez-vous chez le procureur, c'est étrange. Il me semble, au contraire, qu'il aurait dû s'empresser d'y aller, pour avoir l'air de coopérer et brouiller ainsi les pistes.

— Lloyd, l'infirmière m'a affirmé que le juge aurait le rapport d'expertise psychiatrique dès demain à deux heures et que les avocats en recevraient une copie. Mais vous, à quelle heure l'aurez-vous ?

— Je suis sûr que le juge me le remettra, ainsi qu'au procureur, avant la fin de la journée, afin que nous puissions l'examiner pendant la soirée.

— Pourrez-vous me le montrer quand vous rentrerez chez vous ?

— Bien sûr, Mariah. Maintenant, pour l'amour de Dieu, prenez un peu de poulet au sésame. Vous avez à peine goûté à la soupe. »

Avec un sourire d'excuse, Mariah s'apprêtait à se servir quand son portable sonna. Elle le sortit vivement de sa poche, murmurant : « J'espère que c'est Alvirah. » Mais quand elle vit le nom de son correspondant s'afficher, elle s'exclama : « Incroyable, c'est Richard. Je ne réponds pas. Voyons s'il laisse un message et quel mensonge il aura inventé. » Silencieux, ils attendirent le tintement indiquant qu'il y avait un nouveau message dans la boîte vocale. Mariah mit le haut-parleur. « Mariah, je suis navré. J'ai commis une terrible erreur. Rappelez-moi, je vous en prie. »

« Vous devriez le rappeler, Mariah », commença Lloyd, puis il s'interrompit.

Mariah avait enfoui son visage dans ses mains et ses épaules étaient secouées de sanglots.

« Je ne peux pas lui parler, murmura-t-elle. Je ne peux pas. »

55

Le mercredi soir à huit heures, frère Aiden ouvrit la porte de la Fraternité de l'église Saint-François-d'Assise et trouva Richard Callahan dans le vestibule. « C'est très aimable d'avoir accepté de me recevoir aussi rapidement », dit-il tandis que le religieux lui faisait signe d'entrer.

Frère Aiden observa le visage troublé de son visiteur, notant qu'au lieu de sa chemise blanche et de son pantalon noir habituels, Richard portait une chemise de sport bleue d'une marque connue et un pantalon de sport marron. Une légère ombre sur son menton indiquait qu'il ne s'était pas rasé récemment. Quand il prit la main que Richard lui tendait, il se rendit compte que sa paume était moite.

Manifestement, Richard n'était pas dans son assiette. « Ma porte vous est toujours ouverte, Richard, dit-il doucement. Les autres frères finissent de prendre leur café au réfectoire. Allons dans le salon, nous y serons tranquilles. »

Richard hocha la tête sans dire un mot. Il s'efforçait visiblement de reprendre contenance. « Richard, je sais que vous êtes amateur de café, dit frère Aiden. Il en reste sûrement à la salle à manger. Je vais vous en chercher une tasse et j'en rapporterai une pour moi par la même occasion. Nous l'aimons tous les deux noir et sans sucre, n'est-ce pas ?

— Volontiers, mon père. »

À la porte du modeste salon, Aiden invita d'un signe Richard à entrer en disant : « Je reviens tout de suite. » Quand il fut de retour, il posa les tasses sur la table basse, puis referma la porte. Richard était assis sur le canapé, les épaules voûtées, les coudes sur les genoux, les mains jointes. Frère Aiden remarqua qu'elles tremblaient. Il s'assit dans le fauteuil à oreilles face au canapé et demanda : « En quoi puis-je vous aider, Richard ?

— Mon père, j'ai fait une terrible erreur. »

Tandis que le moine l'écoutait attentivement, Richard lui raconta qu'il avait toujours été persuadé que Jonathan avait remis le parchemin à Lillian. Puis il avoua avoir menti à la jeune femme : « J'ai raconté à Lillian que Jonathan me l'avait montré et qu'il m'avait fait part de son intention de le lui confier pour qu'elle le mette en sûreté. Je savais qu'il n'y avait aucun moyen de prouver qu'il était en sa possession et je voulais désespérément le récupérer. Elle m'a cru. Elle m'a même avoué qu'elle avait eu le cœur brisé lorsque Jon avait rompu si brutalement, le mercredi soir. Elle m'a dit qu'il lui avait demandé de lui rendre le parchemin, mais elle l'avait déjà mis au coffre, à sa banque. Elle m'a dit qu'elle l'avait supplié d'attendre, qu'elle le lui remettrait plus tard, qu'elle lui demandait de prendre une semaine pour réfléchir, afin d'être sûr de vouloir mettre fin à leur relation. »

Frère Aiden hocha la tête sans faire de commentaire. Il repensa à ce même jour, quand Jonathan était venu le trouver à la fin de l'après-midi et lui avait confié que l'éloignement de Mariah lui était de plus en plus douloureux et qu'il ne pouvait plus supporter de voir Kathleen souffrir à cause de sa liaison avec Lillian. Il avait dit qu'il allait se rendre directement chez sa maîtresse pour lui faire part de sa décision.

Il se souvint avec tristesse que Jonathan avait ensuite évoqué son projet d'emmener Kathleen à Venise, ajoutant qu'il demanderait à Mariah de les accompagner. Aiden était resté stupéfait de l'entendre déclarer ensuite qu'il avait l'étrange sentiment qu'il ne vivrait peut-être plus très longtemps, et qu'il voulait réparer les souffrances qu'il avait infligées à sa famille.

« Je n'ai jamais vu le parchemin et Jonathan ne m'a jamais dit l'avoir confié à Lillian », répéta Richard. Il s'interrompit comme s'il était trop gêné pour continuer. « Mais j'ai réussi à convaincre Lillian.

— Quand cela ?

— Je vais vous expliquer. Après l'enterrement, je me suis attardé au cimetière pendant que les autres allaient déjeuner au club. J'avais le pressentiment que Lillian viendrait et je ne me trompais pas. Elle est allée jusqu'à la tombe de Jonathan, et quand elle s'est ensuite dirigée vers sa voiture, je l'ai suivie. C'est à ce moment-là que je lui ai demandé si elle avait vu le parchemin. Elle m'a dit que non et j'ai su qu'elle mentait. J'étais pratiquement sûr qu'elle l'avait et je craignais qu'elle le vende, à présent que Jonathan était mort. Mais, naturellement, je n'avais aucune preuve. »

Richard but une longue gorgée de café avant de continuer : « Mon père, nous le savons tous les deux, ce parchemin est la propriété de la bibliothèque du Vatican. J'ai alors décidé d'aborder le problème différemment avec Lillian. Je l'ai appelée et suis devenu menaçant au téléphone. Je lui ai dit que je savais que Jonathan lui avait confié le manuscrit et que j'allais en informer la police. Ça a marché, elle a fini par avouer qu'elle l'avait. Je lui en ai offert deux millions de dollars.

— Deux millions de dollars ! Où allez-vous trouver une somme pareille ?

— Dans un fonds que mon grand-père avait constitué à mon intention. Je suis sûr que Lillian a eu d'autres propositions pour ce parchemin, mais je lui ai promis de ne jamais révéler que je l'avais payée pour l'obtenir. Je lui ai suggéré de prétendre qu'elle avait compris qu'elle n'avait pas le droit de le garder et qu'elle voulait se comporter honnêtement. Elle était morte de peur parce qu'elle avait déjà déclaré aux inspecteurs qu'elle ne l'avait pas. Je lui ai assuré que le procureur ne la poursuivrait pas si elle rendait rapidement le parchemin. Je lui ai juré que je le remettrais moi-même à la bibliothèque du Vatican et que, quel que soit le mal que lui avait fait Jonathan, elle devait à sa mémoire de restituer ce document à qui de droit.

— Comment pensiez-vous procéder au paiement ? demanda frère Aiden. Si vous le déclarez, ne serez-vous pas obligé, vous ou elle, voire tous les deux, de payer des impôts sur cette somme ? »

Richard secoua la tête. « Selon les lois fiscales en vigueur, je peux disposer librement de cinq millions de dollars. J'avais l'intention de déclarer les deux millions de dollars aux services des impôts comme une donation au profit de Lillian. Ce qui lui permettait d'utiliser cet argent sans problème au lieu de courir le risque de finir en prison pour évasion fiscale, si jamais elle vendait le parchemin sous la table et que cela se sache. »

Richard hésita, puis but à nouveau une longue gorgée de café. « Hier soir, au moment où nous quittions la maison de Mariah, Lillian a téléphoné pour dire qu'elle acceptait mon offre. Ce matin, je suis allé voir le gestionnaire de mon fonds pour signer les papiers nécessaires au transfert de l'argent. Depuis, j'ai essayé en vain de joindre Lillian, toute la journée. Elle ne répond toujours pas.

— Pourquoi répondrait-elle puisqu'elle a accepté votre offre ?

— Je la sais cupide et je pense qu'elle a réfléchi et probablement décidé de vendre le parchemin à un collectionneur anonyme pour une somme beaucoup plus importante. J'ai traîné toute la journée dans le quartier des bureaux de mon gestionnaire en espérant joindre Lillian et pouvoir lui donner rendez-vous sur place. À cinq heures, j'ai renoncé et suis allé rendre visite à mes parents. J'y suis resté un long moment en appelant Lillian toutes les demi-heures. Puis j'ai décidé de venir vous parler.

— Je ne comprends pas ce que vous vous reprochez, Richard. Vous étiez prêt à dépenser une somme considérable de votre fortune personnelle pour récupérer ce parchemin et le restituer au Vatican.

— Je m'en veux, frère Aiden, parce que j'aurais dû m'y prendre autrement. J'aurais dû engager un détective privé pour suivre Lillian, voir où elle allait et qui elle voyait. Elle a effectivement reconnu avoir déposé le parchemin dans son coffre. Si elle l'a vendu, je crains qu'il ne disparaisse pour de bon. Et si je vais trouver les inspecteurs, ce sera sa parole contre la mienne. Ils ont ma déposition où je dis n'avoir jamais vu le parchemin. »

Richard s'interrompit soudain. « Mon Dieu, j'ai complètement oublié. J'étais censé revoir ces inspecteurs aujourd'hui. Cela m'est sorti de la tête. Je les appellerai demain matin. Mais auparavant, j'ai besoin de votre aide. Frère Aiden, vous avez rencontré Lillian à plusieurs reprises chez Jonathan avant qu'on ne découvre ces maudites photos. Je sais qu'elle vous respecte. Pouvez-vous essayer de lui parler ? Je suis sûr qu'elle évite mes appels.

— J'ignore si ce sera utile, mais je le ferai volontiers. Avez-vous ses coordonnées ?

— Elles sont dans mon portable. »

Frère Aiden les griffonna rapidement sur un bout de papier, prit le téléphone et composa le numéro. Il écouta le message de Lillian : « Ici Lillian Stewart. Je ne suis pas disponible. Veuillez laisser un message et je vous rappellerai aussitôt que possible. »

Une voix numérique annonça immédiatement que la boîte vocale était pleine.

Richard avait entendu le message. « Sa boîte vocale est sans doute pleine à cause de tous les messages que je lui ai laissés aujourd'hui, dit-il en se levant pour partir. Voudriez-vous essayer à nouveau demain dans la matinée ?

— Bien entendu. »

Frère Aiden raccrocha avant de reconduire Richard jusqu'à la porte, lui promettant de le contacter dès qu'il aurait joint Lillian. Puis il revint lentement dans le salon et se laissa tomber dans le fauteuil à oreilles, grimaçant sous l'effet de la douleur aiguë qui transperçait ses genoux arthritiques quand il les pliait. Il prit sa tasse de café tiède. Le front plissé, le cœur serré, il s'avoua tristement que sa longue expérience de l'âme humaine l'avertissait que son estimé ami Richard Callahan ne lui avait pas dit toute la vérité.

« Mais pourquoi ? » se demanda-t-il à voix haute.

56

Le jeudi matin, Simon Benet et Rita Rodriguez envisagèrent pour la première fois que Lillian Stewart avait peut-être été victime d'un acte de malveillance.

Chez Alvirah, la veille au soir, ils avaient à nouveau écouté l'enregistrement du message de Lillian adressé à Richard Callahan qu'Alvirah leur avait fait entendre au téléphone. Ils récapitulèrent tout ce qu'Alvirah leur avait dit alors.

Elle avait décrit comment elle avait filé Lillian jusqu'à la banque, comment elle l'avait suivie dans le métro, pour finir par la perdre à la station Chambers Street. « J'étais furieuse, leur avait dit Alvirah, mais avec cette pauvre vieille qui montait les marches à la vitesse d'un escargot et la foule qui descendait en sens inverse... Quand je suis arrivée sur le trottoir, Lillian s'était évaporée.

— Croyez-vous qu'une voiture l'attendait, madame Meehan ? avait demandé Benet.

— Appelez-moi Alvirah. Comme je vous l'ai dit, lorsque Lillian est sortie de la banque, avec quelque chose dans son fourre-tout, elle parlait dans son téléphone portable. Est-ce qu'elle appelait quelqu'un ? Quelqu'un l'avait-il appelée ? Je n'en sais rien. Peut-être était-elle en train de fixer un rendez-vous. C'est possible.

— Quant à moi, j'ai continué à faire le tour du bloc, avait fait remarquer Willy depuis son confortable fauteuil. Lorsque Alvirah m'a enfin retrouvé, j'avais le vertige à force d'avoir tourné en rond. »

En sortant de l'appartement des Meehan dans Central Park South, Benet et Rodriguez étaient allés directement à l'adresse de Lillian et avaient appris par le portier que Mme Stewart n'était pas rentrée chez elle de la journée.

« Le portier a dit que, depuis la mort du Pr Lyons, il ne se souvient pas d'avoir vu quelqu'un, homme ou femme, lui rendre visite », fit remarquer Rita.

Simon ne dit rien. Rita connaissait suffisamment son collègue pour deviner la raison du mécontentement qui plissait son front. Après avoir interrogé Lillian Stewart le mardi matin, ils auraient dû faire établir aussitôt un mandat de perquisition de son appartement. Qu'elle ait ou non reconnu avoir un coffre à la banque, ils auraient pu en trouver la trace s'ils avaient été munis d'un mandat. Simon s'en voulait. Si Lillian avait retiré le parchemin du coffre, ils risquaient de ne plus jamais en voir la couleur.

« J'aurais dû faire établir un mandat de perquisition mardi, maugréa Simon Benet, confirmant que Rita avait deviné juste. Et maintenant nous voilà sans nouvelles de Lillian Stewart depuis vingt-quatre heures. Nous savons seulement qu'Alvirah Meehan l'a suivie hier matin jusqu'à Chambers Street. »

Le téléphone sonna sur son bureau. « Qu'y a-t-il encore ? » marmonna-t-il en soulevant le récepteur.

C'était Alvirah. « Je n'arrivais pas à dormir, aussi suis-je allée à pied jusqu'à l'appartement de Lillian aux aurores. Il n'est qu'à six blocs de Central Park South. Je ne suis pas une fanatique de la marche à pied le matin, au contraire de Willy, mais j'étais incapable de rester au lit. »

Simon attendit patiemment, certain qu'Alvirah n'appelait pas pour le mettre au courant de ses habitudes matinales.

« Au moment où j'entrais dans l'immeuble, le portier m'a désigné la femme de ménage de Lillian qui venait d'arriver. J'ai dit à cette femme que je m'inquiétais pour Lillian et elle m'a laissée monter avec elle jusqu'à l'appartement. Elle a une clé, naturellement.

— Vous êtes entrée chez Lillian Stewart ! s'exclama Benet.

— Oui. Tout était parfaitement rangé. Je dois avouer que Lillian est une femme d'ordre. Mais figurez-vous que son téléphone portable, je veux dire celui dont elle m'avait communiqué le numéro, était posé sur la table basse dans le salon ! »

Benet comprit qu'Alvirah entretenait le suspense pour la forme.

« Je l'ai ouvert, bien sûr, et j'ai pu vérifier que c'était bien son numéro. Puis j'ai voulu savoir si elle avait noté quelque chose de spécial à la date d'aujourd'hui dans son agenda. »

Benet pressa un bouton sur son téléphone. « Madame Meehan, je veux dire Alvirah, ma collègue, l'inspecteur Rodriguez, est ici avec moi. Permettez-moi de brancher le haut-parleur.

— Certainement. Sa perspicacité nous sera utile. Quoi qu'il en soit, l'agenda de Lillian indique qu'elle avait une réunion ce matin à huit heures avec plusieurs professeurs de son département de Columbia. Je leur ai déjà téléphoné. Elle leur a fait faux bond et ne les a pas avertis. Elle a aussi un rendez-vous chez son coiffeur, ce matin à onze heures, dans le salon de beauté de Bergdorf Goodman. On verra si elle s'y rend.

— Une minute, Alvirah, l'interrompit Rita. Hier matin, vous nous avez bien dit que Lillian Stewart était en train de parler au téléphone quand elle est sortie de la banque ?

— Elle parlait dans un téléphone portable, c'est ce que je vous ai dit. Mais il ne s'agissait sûrement pas de celui qui est sur la table de son appartement, donc elle doit en avoir plusieurs. »

Alvirah hésitait à poursuivre. Les inspecteurs attendirent, et elle reprit d'un ton plus ferme : « Vous voulez que je vous donne mon avis ? Lillian Stewart va nous refaire le coup de la disparition, tout comme Rory Steiger. Et savez-vous ce que je pense aussi ? C'est triste à dire, mais quand elle a promis à Richard Callahan de lui vendre le parchemin, elle a peut-être pris un risque mortel.

— C'est possible, en effet, fit Benet.

— Très bien. Je n'ai rien d'autre pour l'instant. Je serai au salon de coiffure de Bergdorf à onze heures. Qu'elle s'y montre ou pas, je vous appellerai. »

Quand elle eut raccroché, les inspecteurs se regardèrent, mais avant qu'ils puissent commenter ce qu'ils venaient d'entendre, le téléphone sonna à nouveau sur le bureau de Simon.

Il décrocha.

« Inspecteur Benet, ici Richard Callahan.

— Où êtes-vous ? demanda Simon Benet sèchement.

— Je suis garé devant le tribunal. Excusez-moi de vous avoir fait faux bond hier. Si vous n'aviez pas été présent aujourd'hui, j'aurais demandé à parler à quelqu'un d'autre du bureau du procureur.

— Ce ne sera pas nécessaire, dit Benet avec brusquerie. Je suis ici ainsi que l'inspecteur Rodriguez. Notre bureau se trouve au premier étage. Nous vous attendons. »

Des images flottaient confusément dans l'esprit de Kathleen. Les gens bougeaient autour d'elle, lui parlaient.

Rory était fâchée. « Kathleen, pourquoi restez-vous ainsi à la fenêtre ? Pourquoi n'êtes-vous pas dans votre lit ?

— Le pistolet va se salir…

— Kathleen, vous rêvez. Venez vous coucher. »

Les bras de Jonathan qui l'entourent. « Kathleen, tout va bien. Je suis là. »

Le bruit.

L'homme qui la regarde.

La porte qui se referme.

La femme aux longs cheveux noirs.

Où est-elle ?

Kathleen se mit à pleurer. « Je veux… », gémit-elle. Quel était le mot ? La femme était là. « La maison, murmura-t-elle. Je veux rentrer à la maison. »

Puis l'homme au visage masqué revenait. Il flottait à travers la pièce, se dirigeait vers elle et la fille aux cheveux noirs.

Mariah.

Il dirigeait le pistolet vers elles deux à présent.

Kathleen se redressa dans le lit et saisit le verre d'eau posé sur la table de chevet. Elle le pointa vers l'homme et voulut appuyer sur la détente, mais il n'y avait pas de détente.

Elle le lança vers lui à travers la pièce.

« Arrêtez, hurla-t-elle, arrêtez ! »

58

Peter Jones, premier adjoint du procureur, était dans son bureau, non loin de celui où Simon Benet et Rita Rodriguez s'entretenaient avec Richard Callahan. Après leur avoir fait part de l'appel de Joshua Schultz, l'avocat de Wally Gruber, il était allé voir son patron, le procureur Sylvan Berger, et l'avait mis au courant des derniers événements. Berger lui avait demandé de rappeler Schultz. « Dites-lui de nous remettre les plaques volées et les informations fournies par le badge du péage. Si tout concorde, nous passerons à l'étape suivante. »

Schultz avait obtempéré et le rapport était rapidement arrivé sur son bureau. Les plaques avaient été volées six mois plus tôt. Le badge que Gruber disait avoir utilisé en revenant de Mahwah après avoir cambriolé la maison de Lloyd Scott appartenait à une voiture qui avait traversé le pont George-Washington du New Jersey en direction de Manhattan la nuit où Jonathan était mort. L'heure à laquelle la voiture avait emprunté le pont coïncidait approximativement avec le temps qu'il aurait fallu à Gruber pour atteindre le pont depuis Mahwah, s'il s'était effectivement trouvé dans la maison des Scott et avait entendu le coup de feu qui avait tué Lyons.

À présent, suivant les instructions du procureur, Jones était au téléphone avec Schultz. « Donnez-nous le nom du receleur qui détient les bijoux des Scott. Si votre client dit la vérité, et que nous récupérons les bijoux, notre bureau recommandera au juge de prendre en considération la coopération de M. Gruber en vue d'un aménagement de sa peine.

— Quel genre d'aménagement ?

— Nous adresserons une recommandation au juge du New Jersey qui instruira l'affaire du cambriolage de la maison Scott, et au juge de New York qui instruit l'inculpation de vol dont M. Gruber fait l'objet dans cette ville. Mais il devra en tout cas purger une peine de prison.

— Qu'obtiendra-t-il en échange du portrait-robot de la personne qu'il a vue s'enfuir de la maison après l'assassinat du Pr Lyons ?

— Procédons en deux étapes. Si ce que raconte Gruber est exact concernant le vol des bijoux, nous verrons quel aménagement additionnel nous pouvons envisager en échange du portrait. Comme vous le savez, monsieur Schultz, votre client est d'une grande habileté pour repérer les gens fortunés, pénétrer dans leurs maisons et vider leurs coffres sans déclencher les alarmes. Il est peut-être tout aussi habile pour inventer cette histoire de visage.

— Wally Gruber n'a rien inventé, rétorqua sèchement Schultz. Mais je vais lui parler. Si vous récupérez les bijoux, interviendrez-vous en sa faveur à New York et dans le New Jersey ?

— Absolument. Et s'il parvient à faire un portrait-robot qui mène à quelque chose, il est évident qu'il bénéficiera de davantage d'indulgence.

— Bon, nous nous contenterons de cela pour l'instant. » Schultz partit d'un rire rauque : « Vous savez, Wally Gruber est du genre vaniteux. Il sera flatté de savoir que vous admirez ses talents. »

Il n'y a plus qu'à attendre, pensa Peter en raccrochant. Il se renfonça dans le fauteuil de la petite pièce où il était cantonné. Depuis des mois, chaque fois qu'il pénétrait dans le vaste bureau du procureur, il rêvait de s'y installer un jour.

À présent, il voyait cet espoir s'estomper.

Et il y avait une autre mission dont l'avait chargé le procureur. Informer Lloyd Scott que l'homme qui s'était introduit chez lui prétendait avoir vu quelqu'un s'enfuir de la maison des Lyons quelques secondes après l'assassinat de Jonathan. Et que cette personne n'était pas Kathleen Lyons.

Le bureau de Mariah était situé dans Wall Street. Le jeudi matin à six heures, après une nouvelle nuit d'insomnie, incapable de rester plus longtemps dans la maison de ses parents et malgré son désir d'être près de sa mère, elle avait pris sa voiture et s'était rendue à New York. Elle était la première arrivée dans les locaux dont elle louait une partie et, assise à sa table, elle lisait ses e-mails et dépouillait le courrier que sa secrétaire avait laissé à son intention.

Il n'y avait rien de particulier. Les e-mails concernant les affaires importantes, elle les avait reçus ou envoyés à ses clients de chez elle. Mais elle appréciait d'être seule ici, la télévision allumée, à surveiller les marchés du monde entier qui commençaient à ouvrir ou à fermer. C'était une sorte de refuge après les événements dramatiques de ces derniers jours, en particulier après avoir appris que Richard avait proposé à Lillian de racheter le parchemin. La nouvelle lui avait fait l'effet d'une bombe.

Elle revoyait son expression quand ils étaient réunis à table l'avant-veille et qu'il avait à nouveau nié avoir vu le parchemin. Elle l'avait regardé approuver frère Aiden quand celui-ci avait rappelé d'un ton sévère que le parchemin, dont le caractère sacré serait probablement prouvé, était la propriété du Vatican.

Un ancien et peut-être futur jésuite, pensa-t-elle avec mépris. Il est vrai que la Bible dit que les soldats ont joué la tunique du Christ aux dés. Aujourd'hui, deux mille ans plus tard, certains des prétendus amis de mon père jouent aux dés la lettre que le Christ a peut-être écrite à Joseph d'Arimathie.

Mariah se répéta le message de Lillian à Richard : « J'ai décidé d'accepter votre offre de deux millions de dollars. Rappelez-moi, Richard. »

Son offre, pensa-t-elle. Combien d'autres propositions a-t-elle reçues et de qui émanaient-elles ? Si personne ne mentait ce soir-là, à l'exception de Richard, quels étaient les autres experts que papa est allé voir ? Les inspecteurs ont vérifié ses conversations téléphoniques. Ont-ils identifié quelqu'un ?

Si Lillian ne réapparaît pas, cela signifie-t-il qu'il lui est arrivé quelque chose ?

Il était impossible que Richard ait fait du mal à Lillian, tout comme il était impensable que sa mère ait tué son père.

Je peux au moins me consoler avec cette pensée, se dit Mariah. Richard est peut-être le contraire de l'homme que j'imaginais, mais ce n'est pas un assassin. Mon Dieu, faites que l'on retrouve Lillian ! Que nous puissions récupérer le parchemin !

Il y avait plusieurs lettres auxquelles elle devait répondre. Elle éteignit la télévision, rédigea les réponses et les envoya par e-mail à sa secrétaire pour qu'elle les imprime et les poste. Il était presque huit heures et elle savait que les lève-tôt allaient arriver. Elle ne voulait rencontrer personne. À la veillée mortuaire, elle avait remercié les amis venus partager son chagrin, mais leur avait dit que, dans l'immédiat, elle devait se consacrer à sa mère et apporter son aide à son avocat.

Depuis, de nombreux messages lui étaient parvenus. Ils disaient tous la même chose : « Nous t'aimons, Mariah. Nous pensons à toi… » Gentil, mais pas d'une grande efficacité.

Elle quitta son bureau et prit l'ascenseur jusqu'au rez-de-chaussée. Elle avait décidé de faire un saut chez elle dans Greenwich Village.

Elle sortit sa voiture du parking et parcourut la courte distance qui la séparait de Downing Street. Son appartement était situé au deuxième étage d'une maison qui avait été une résidence particulière quatre-vingts ans auparavant. Elle n'y était retournée qu'une seule fois, pour y prendre des vêtements, depuis cette nuit dramatique où elle était partie affolée pour le New Jersey après avoir appelé à deux reprises son père sans obtenir de réponse.

L'appartement était petit. Un séjour, une chambre et une cuisine à peine assez grande pour contenir une cuisinière, un évier, un four à micro-ondes et quelques placards. Papa m'avait aidée à déménager, se souvint-elle. Il y a six ans déjà. Maman commençait à montrer les premiers symptômes de la maladie d'Alzheimer. Elle se répétait et perdait la mémoire. J'avais proposé de m'installer chez eux et de venir à New York tous les jours. Papa m'avait dit qu'il n'en était pas question. Que j'étais jeune et que je devais vivre ma vie.

Consciente que l'appartement sentait le renfermé, Mariah ouvrit la fenêtre, laissant pénétrer les bruits de la rue. C'était une musique agréable à ses oreilles. Je suis attachée à notre maison familiale, songea-t-elle, mais que sera l'avenir désormais ? Même si ce cauchemar prend fin et que maman a l'autorisation de rentrer chez elle, elle sera dans l'incapacité d'y habiter seule. Je devrai revenir vivre à Mahwah. Pendant combien de temps pourrai-je payer une aide-soignante à plein temps ?

Elle s'assit dans le fauteuil club où son père s'asseyait autrefois, avant d'être à la retraite. Une fois par semaine, il venait à pied de l'université et prenait un verre avec elle vers six heures. Puis ils allaient dîner dans leur restaurant italien favori dans la 4e Rue Ouest. À neuf heures, il rentrait chez lui.

Ou chez Lillian, insinua une voix déplaisante, quelque part au fond de son esprit.

Mariah s'efforça de repousser cette pensée insidieuse. Dix-huit mois plus tôt, quand elle avait découvert la liaison de son père, les dîners intimes qu'ils appréciaient tant tous les deux avaient pris fin. Elle lui avait dit qu'elle ne voulait pas gâcher un temps précieux qu'il pouvait consacrer à Lillian.

Cherchant à échapper au sentiment de culpabilité qu'elle éprouvait à ce souvenir, elle parcourut le séjour du regard. Les murs étaient d'un jaune pâle qui donnait une illusion d'espace. Papa m'avait aidée à choisir les échantillons de peinture, se rappela-t-elle. Il savait mieux que moi juger de l'effet final.

Le tableau, au-dessus du canapé, était le cadeau de son père pour fêter son installation. Il l'avait acheté en Égypte au cours d'une de ses expéditions et il représentait le soleil couchant sur les ruines d'une pyramide.

Partout où son regard se portait, ici ou dans la maison familiale, quelque chose évoquait sa présence. Elle entra dans la salle de bains et prit entre ses mains une photo de ses parents qui datait d'une dizaine d'années. Les bras de son père entouraient la taille de sa mère et tous deux souriaient. *J'espère que, d'une certaine manière, ses bras la protègent encore*, se dit Mariah. *Elle en a besoin plus que jamais.*

Quelle sera la décision du tribunal demain ?

Elle s'apprêtait à appeler Alvirah pour savoir si elle avait du nouveau quand le téléphone sur la table de nuit se mit à sonner. C'était Greg : « Mariah, où êtes-vous ? J'ai appelé la maison et Betty m'a dit que vous étiez partie avant son arrivée et que vous ne répondiez pas sur votre portable. J'étais fou d'inquiétude. »

Mariah avait fermé son portable parce qu'elle redoutait que Richard tente de la joindre à nouveau. Elle ne voulait pas répéter la scène de la veille, quand elle s'était effondrée en larmes en entendant sa voix pendant le dîner chez les Scott. Elle s'excusa : « Greg, j'avais éteint mon portable. Comme vous pouvez l'imaginer, je n'ai pas les idées très claires.

— Moi non plus. Mais je m'inquiète vraiment pour vous. L'amie de votre père et l'aide-soignante de votre mère ont l'une et l'autre disparu. Je ne supporterais pas qu'il vous arrive quelque chose. »

Il hésita puis ajouta : « En général j'ai une idée assez juste des gens, Mariah. Je sais que vous êtes anéantie à la pensée que Richard ait pu acheter le parchemin à Lillian. J'ignore s'il l'a fait ou non, mais si quelque chose est arrivé à Lillian, je doute fort que Richard en soit responsable.

— Pourquoi dites-vous cela, Greg ? demanda doucement Mariah.

— Parce que c'est ce que je crois. » Greg se tut un instant avant de poursuivre plus lentement : « Mariah, je vous aime et je désire votre bonheur par-dessus tout. Lors des dîners de votre père, j'ai senti qu'une attirance grandissait entre vous et Richard. S'il s'avérait qu'il a acheté un objet sacré qui a été volé, j'espère seulement que vos sentiments à son égard, quels qu'ils soient, changeront. »

Mariah choisit ses mots avec soin. « Si vous avez cru percevoir une attirance de ce genre, je n'en ai jamais été consciente. En tout cas, si Richard est vraiment aussi méprisable que ce message téléphonique le donne à penser, je ne veux plus jamais entendre parler de lui.

— Tant mieux, dit Greg. Et je vais m'employer à vous prouver que je suis l'homme qui pourrait vous rendre heureuse.

— Greg ! protesta Mariah.

— Oubliez ce que je viens de dire. Mais je parle sérieusement maintenant, Mariah. J'ai fait ma propre enquête. Charles Michaelson est un escroc. Il a tenté de trouver un acheteur pour le parchemin. Je peux même vous donner le nom de l'homme qui a été prévenu par ses informateurs. Il s'agit de Desmond Rogers, un collectionneur très connu. Je vous en supplie, Mariah, ne laissez pas Charles vous approcher. Je ne serais pas surpris que l'on découvre qu'il est à l'origine de la disparition de Lillian et de celle de l'aide-soignante de votre mère. Et qui sait – peut-être même de la mort de votre père. »

60

Lloyd Scott était à son bureau de Main Street à Hackensack, à un bloc du tribunal, quand il reçut un appel de l'adjoint du procureur Peter Jones.

« Vous êtes en train de me dire que le salaud qui s'est introduit dans ma maison a peut-être vu quelqu'un sortir en courant de chez Jonathan juste après qu'il a été tué ! » s'exclama Lloyd. D'un ton où montait la colère il demanda : « Bon sang, quand avez-vous fait cette découverte ? »

Peter Jones s'était attendu à cette réaction hostile. « J'ai reçu un appel de l'avocat de Gruber, Joshua Schultz, il y a un peu moins de vingt-quatre heures. Comme vous le savez, nombre d'inculpés faisant face à de sérieux chefs d'accusation prétendent disposer d'informations cruciales dans une autre affaire en cours. Et, comme vous le savez également, ils ne proposent pas leur aide au procureur par bonté d'âme. Ils cherchent uniquement à négocier une réduction de peine.

— Je me fiche comme d'une guigne des motifs de ce type, Peter. Je parle en tant que propriétaire de la maison dans laquelle il s'est introduit, répondit Lloyd, haussant le ton. Pourquoi ne m'avez-vous pas prévenu immédiatement ?

— Calmez-vous, Lloyd, et laissez-moi vous expliquer ce qui s'est passé hier. Aussitôt après avoir reçu l'appel de Schultz, j'ai appelé le procureur. Nous avons vérifié les déclarations de Gruber, qui disait avoir utilisé un badge d'abonnement volé pour rentrer à New York après avoir cambriolé votre maison. Son avocat nous a fourni les informations relatives au badge et les données enregistrées correspondent. Le badge n'est actif que sur le pont George-Washington dans le sens New Jersey-New York, pas dans l'autre sens. Donc, nous ne savons pas à quelle heure Gruber est arrivé en voiture dans le New Jersey, mais nous connaissons l'heure de son retour.

— Continuez, dit Lloyd d'un ton cassant.

— Nous savons qu'il s'est engagé sur le pont à dix heures quinze. Mariah Lyons a parlé à son père à huit heures trente, quand elle a de nouveau appelé à dix heures trente, et qu'elle est tombée sur la boîte vocale, elle s'est affolée. Nous savons qu'il était mort à ce moment-là. Aussi, compte tenu de cet horaire, il est très possible que Gruber se soit trouvé dans votre dressing en train de vider le coffre au moment où il prétend avoir entendu le coup de feu.

— Très bien. Et ensuite ?

— Gruber a donné le nom du receleur à qui il refile en général les bijoux volés. Il s'appelle Billy Declar et il possède une sorte de magasin minable de mobilier d'occasion en bas de Manhattan. Il vit dans l'arrière-boutique. Il a un casier long comme le bras et a partagé la cellule de Gruber quand ce dernier était incarcéré à New York. Nous travaillons avec le district attorney de New York pour obtenir un mandat de perquisition de sa boutique.

— Quand avez-vous l'intention d'exécuter ce mandat ?

— Ils nous ont promis que nous l'obtiendrions du juge à trois heures, et nos hommes se rendront directement sur place avec eux. Si Gruber ne nous raconte pas de blagues, les bijoux de votre femme que recèle Declar seraient intacts. Il comptait les emporter à Rio dans une quinzaine de jours et les vendre sur place.

— Je serais content de retrouver les bijoux, mais le plus important est que Gruber puisse nous fournir une description de l'individu qu'il a vu sortir de la maison.

— Jusqu'ici, il garde le silence à ce sujet, car il cherche encore à négocier une réduction de peine, mais sachez qu'il a déjà déclaré à son avocat que ce n'était pas Kathleen Lyons. Donc, si l'information concernant le receleur se vérifie, Gruber aura fait preuve d'une crédibilité suffisante pour que nos services organisent sur-le-champ une séance avec le dessinateur de portraits-robots.

— Je vois. »

Jones s'attendait à entendre une protestation véhémente de la part de Lloyd Scott à propos de l'arrestation de Kathleen Lyons. Il ne lui en laissa pas le temps et se hâta d'ajouter : « Il faut que vous compreniez une chose, Lloyd. Wally Gruber est un des malfaiteurs les plus malins que j'aie jamais rencontrés. Le district attorney de Manhattan enquête sur d'autres cambriolages non résolus qu'il a pu commettre en utilisant un traceur GPS semblable à celui qu'il avait installé sur votre voiture. Ce type sait que s'il arrive à nous convaincre qu'il se trouvait chez vous approximativement à l'heure de la mort du Pr Lyons, cela pourrait lui rapporter gros.

— Je comprends votre raisonnement, répliqua sèchement Lloyd Scott. Il n'en reste pas moins qu'on a fait preuve d'une précipitation inacceptable en arrêtant, menottant et emprisonnant une femme malade, fragile, affolée et brisée par la douleur, et vous le savez parfaitement. »

S'efforçant de ne pas hausser le ton, il se tut un instant avant de continuer : « À l'heure qu'il est, peu m'importe, en réalité, que les bijoux nous soient rendus ou non. Ce que je veux, c'est que Gruber rencontre votre portraitiste et cela dès demain. Sinon, je me chargerai moi-même de cet arrangement. Et, franchement, je me fiche de ce que vous pouvez lui promettre. En fin de compte, vous devez bien cela à Kathleen Lyons. »

Sans laisser à Peter Jones le temps de répondre, Lloyd Scott conclut : « Je veux savoir, dès maintenant, ce qu'il ressort de cette perquisition. J'attendrai votre appel. »

En entendant le déclic qui mettait fin à leur conversation, Peter Jones vit son rêve de devenir le prochain procureur du comté fondre comme neige au soleil.

61

À onze heures, installée dans un fauteuil près de la réception du salon de coiffure de Bergdorf Goodman, Alvirah attendait sans grand espoir de voir Lillian Stewart arriver à son rendez-vous.

Quand elle s'était présentée à l'accueil, un quart d'heure plus tôt, elle avait expliqué à la réceptionniste la raison de sa présence. « Je suis une amie de longue date de Mme Stewart. Je m'occupe de son appartement quand il faut y faire des travaux. Elle ne répond pas sur son portable et m'a dit, il y a deux jours, qu'un réparateur devait venir aujourd'hui à une heure pour son réfrigérateur et qu'elle aurait besoin de moi pour lui ouvrir la porte. »

L'hôtesse, une femme à la soixantaine élégante et aux cheveux blond cendré, hocha la tête. « Je comprends. J'ai attendu toute une journée le réparateur de ma télévision, qui n'est jamais venu. Et vous savez ce qui me met en rage ? Ils vous donnent une fourchette horaire de leur passage et n'en tiennent jamais compte.

— Vous avez raison, convint Alvirah. Bref, comme je ne pouvais pas la joindre et qu'il est difficile d'avoir un rendez-vous avec un réparateur, encore plus de le décaler, j'ai décidé de venir la trouver ici et de voir à quelle heure elle aura fini. Si elle en a pour longtemps, j'irai m'occuper des travaux. À mon avis, avec les cours qui commencent la semaine prochaine, Lillian va probablement s'offrir le grand jeu. »

La réceptionniste sourit. « Certainement. Manucure, coupe, couleur, balayage et brushing. Elle en aura au moins pour trois heures.

— Je la reconnais bien là ! fit Alvirah. Toujours soucieuse de son apparence. Depuis combien de temps est-elle cliente du salon ?

— Oh, mon Dieu ! » La réceptionniste fronça les sourcils d'un air concentré. « Elle venait déjà lorsque je suis arrivée, et cela fait presque vingt ans. »

À onze heures et quart, Alvirah retourna voir l'hôtesse. « Je commence à m'inquiéter, dit-elle. Lillian est-elle ponctuelle en général ?

— Comme une horloge. Elle n'a jamais oublié un seul rendez-vous jusqu'à aujourd'hui, mais peut-être a-t-elle eu un empêchement de dernière minute. Si je n'ai aucune nouvelle d'ici un quart d'heure, je vais annuler ses rendez-vous.

— C'est plus raisonnable, dit Alvirah. Comme vous le dites, elle a peut-être eu un empêchement.

— Pourvu que ce ne soit rien de grave, comme un décès ou un malheur dans sa famille. » La réceptionniste poussa un soupir. « Mme Stewart est une personne si gentille.

— J'espère que personne n'est mort brusquement dans son entourage », dit à son tour Alvirah.

À commencer par elle, pensa-t-elle avec un sombre pressentiment.

62

Après sa conversation téléphonique avec Greg, Mariah resta assise au bord de son lit et tenta d'analyser ce qu'elle ressentait. Elle était soulagée qu'il soit de son avis. C'était ignoble de la part de Richard de vouloir acheter le parchemin, mais elle ne pouvait tout simplement pas croire qu'il soit un assassin.

Greg avait-il raison quand il prétendait avoir remarqué une attirance entre elle et Richard ? Pendant six ans, depuis qu'il avait participé aux premières fouilles avec son père, Richard avait toujours été présent aux dîners que donnait Jonathan au moins une fois par mois.

Était-ce pour cette raison qu'elle venait toujours à la maison ces soirs-là ? Je ne veux pas penser à ça, décida-t-elle. Elle regarda la photo de sa mère et son père sur la coiffeuse. Je me suis sentie tellement trahie quand j'ai vu celles de papa et Lillian, songea-t-elle. J'éprouve le même sentiment de trahison avec Richard aujourd'hui.

Elle se souvint d'un soir, trois ans auparavant, où elle avait assisté à la veillée mortuaire du mari d'une amie proche. Il avait été tué dans un accident provoqué par un chauffard ivre qui avait pris le Long Island Expressway à contresens. Joan, son amie, était assise, silencieuse, près du cercueil. Quand Mariah lui avait parlé, elle n'avait pu que répéter : « C'est si douloureux, si douloureux. »

C'est ce que j'ai ressenti à propos de papa et de Lillian. C'est ce que je ressens aujourd'hui à propos de Richard. Je suis incapable de pleurer. C'est si douloureux.

Charles Michaelson a-t-il fait une offre pour le parchemin, comme le dit Greg ? Ce serait logique. Il a commis quelque chose d'illégal il y a des années. Je ne sais pas quoi exactement, mais papa était bouleversé quand il en a parlé. Et Charles jouait au chevalier servant quand Lillian et lui venaient à la maison.

Il lui semblait encore l'entendre : « Lillian et moi sommes allés voir le dernier Woody Allen. » Ou bien : « Il y a une nouvelle exposition formidable au Met, Lillian et moi… »

Je m'attends à tout de la part de Charles, se dit Mariah. Je l'ai vu se mettre en rage quand Albert West le contredisait. Mais il était assez avisé pour ne pas se comporter ainsi avec papa ou Greg. Ou Richard.

Elle se leva lentement, avec l'impression que le moindre geste lui demandait un effort, puis se souvint qu'elle n'avait pas allumé son portable. Elle le sortit de son sac et s'aperçut qu'elle avait reçu sept nouveaux messages depuis la veille. Alvirah avait tenté de la joindre à trois reprises dans la matinée, la dernière fois il y avait seulement vingt minutes. Deux autres messages provenaient de Greg. Richard avait rappelé la veille au soir et ce matin tôt.

Sans prendre la peine d'en écouter aucun, elle composa le numéro d'Alvirah qui la mit au courant de sa visite à l'appartement de Lillian avec la femme de ménage puis de son attente chez Bergdorf Goodman. « J'ai appelé Columbia et le directeur du département de Lillian va signaler sa disparition à la police de New York, dit Alvirah. Ils sont très inquiets. Les inspecteurs du New Jersey savent déjà qu'elle n'est pas rentrée chez elle. Voilà, Mariah, je suis chez moi devant une tasse de thé, en train de réfléchir à toute cette affaire, mais je ne pense pas que l'on puisse faire beaucoup plus pour le moment.

— Je crains que non, convint Mariah. Mais écoutez ce que Greg a découvert. Charles a proposé le parchemin à plusieurs collectionneurs anonymes. Greg a mené sa propre enquête. Il l'a appris par un de ses amis qui est un collectionneur connu.

— Bon, c'est peut-être une piste, dit Alvirah avec satisfaction. Quels sont vos projets pour aujourd'hui, Mariah ?

— Je suis passée à mon bureau ce matin et ensuite j'ai regagné mon appartement. Je vais rentrer dans le New Jersey.

— Voulez-vous grignoter quelque chose rapidement avec moi pour le déjeuner ?

— Merci, je préfère être tôt à la maison. Cet après-midi, Lloyd doit recevoir le rapport psychiatrique concernant maman.

— Dans ce cas, je vous appellerai plus tard. Tenez bon, Mariah. Nous sommes avec vous. »

Peu après, en montant dans sa voiture, Mariah rappela Alvirah : « Je viens d'avoir Lloyd Scott. Il paraît qu'un témoin aurait vu un individu sortir en courant de la maison juste après que papa a été tué. Ce témoin était en train de cambrioler la maison des Scott et il dit avoir entendu une détonation et regardé par la

288

fenêtre. Il prétend avoir vu distinctement le visage de l'individu et pouvoir le décrire au portraitiste du bureau du procureur. Oh, Alvirah, priez Dieu pour que... »

Une heure après cette conversation, Alvirah était toujours assise à la table de la salle à manger. La voyant contempler Central Park d'un air rêveur, Willy finit par interrompre ses réflexions : « À quoi réfléchis-tu, ma chérie ?

— Je ne sais pas exactement. Mais il me semble que je devrais rendre une petite visite amicale au Pr Albert West. »

63

Quand Richard Callahan se présenta à la réception du bureau du procureur, Simon Benet et Rita Rodriguez l'attendaient. Après de brèves salutations, ils l'escortèrent jusqu'à une salle d'interrogatoire au bout du couloir. Abrégeant les préliminaires, Simon lui dit froidement qu'en raison de certains développements survenus depuis sa dernière déposition, ils estimaient légitime de lui donner lecture de ses droits.

« Vous avez le droit de garder le silence. Tout ce que vous direz pourra être retenu à charge contre vous. Vous avez le droit de faire appel à un avocat… Si vous décidez de parler, vous pouvez vous interrompre à tout moment.

— Je n'ai pas besoin d'un avocat et je veux vous parler, répondit fermement Richard Callahan. C'est la raison de ma présence. Je vais vous dire l'exacte vérité et ensuite nous verrons. »

Les inspecteurs l'observèrent avec attention. Il portait une chemise bleu clair à manches longues, un gilet, un pantalon de gabardine tabac et des mocassins en cuir. Son visage séduisant aux traits affirmés, dominé par des yeux d'un bleu intense et un menton énergique, avait une expression calme mais déterminée. Ses épais cheveux poivre et sel avaient été récemment coupés.

Benet et Rodriguez avaient vérifié ses antécédents. Trente-quatre ans. Fils unique de deux cardiologues réputés. Avait grandi dans un appartement sur Park Avenue. Fréquenté la Saint David's School, la Regis Academy et l'université de Georgetown. Deux doctorats de l'université catholique, un en histoire biblique, l'autre en théologie. Novice dans l'ordre des Jésuites à vingt-six ans, il l'avait quitté au bout d'un an. Enseignait actuellement l'histoire biblique à l'université de Fordham. Voilà un type qui a été élevé dans Park Avenue, a fréquenté des écoles privées, et n'a sans doute jamais eu besoin de savoir faire une demande pour une bourse d'études, pensa Benet.

Agacé par l'animosité qui l'envahissait, mais incapable de la refouler, Benet continua à scruter l'homme qu'il était tenté de considérer désormais comme un témoin clé dans la probable disparition de Lillian Stewart. Il avait l'air de sortir de son club privé. Il était manifeste qu'il n'avait pas acheté ses vêtements dans une grande surface.

Simon Benet pensa à sa femme, Tina. Elle adorait lui lire tout haut les titres dans les magazines de mode : « "Une élégance sobre", "Une soirée décontractée." Ils parlent de nous, chéri », plaisantait-elle.

Callahan baigne dans les privilèges, pensa Benet. Quand il côtoyait des gens comme lui, Simon reconnaissait qu'il éprouvait un sentiment d'envie et avait conscience de ses origines modestes. Les cours du soir. Agent de police à vingt-trois ans. Des années passées à faire des rondes de nuit et à travailler pendant les vacances. Inspecteur à trente-huit ans après avoir été blessé pendant un cambriolage. Trois enfants épatants, mais des emprunts qu'il mettrait des lustres à rembourser.

Quelle importance, au fond. Je n'ai pas à me plaindre, se dit-il. Résolu à ne plus se laisser distraire, il commença son interrogatoire :

« Où étiez-vous hier soir à neuf heures et demie, monsieur Callahan ? » commença-t-il. Deux heures plus tard, Rita et lui étaient encore en train d'éplucher l'emploi du temps de Richard Callahan.

« Comme je vous l'ai dit et redit, leur répéta ce dernier, non sans ironie, j'étais en bas de la ville dans les bureaux du gestionnaire de mes biens à neuf heures, ensuite j'ai passé toute la journée devant l'immeuble à essayer de joindre Lillian au téléphone, en vain.

— Quelqu'un pourrait-il confirmer ce que vous nous dites ?

— Je ne crois pas. Je me suis décidé à partir vers cinq heures et je suis allé chez mes parents.

— Et vous prétendez ignorer que Lillian Stewart est sortie du métro à la station de Chambers Street peu après neuf heures et demie, au moment ou vous étiez soi-disant dans les environs du bureau de votre gestionnaire, à deux pas de là ?

— Je ne sais ni quand ni où Lillian Stewart est sortie du métro. Vous pouvez vérifier son téléphone portable. Je l'ai appelée toutes les demi-heures pendant toute la journée et j'ai laissé des messages sur le téléphone fixe de son appartement.

— Que pourrait-il lui être arrivé ? demanda Rita d'un ton inquiet et pensif contrastant délibérément avec l'attitude hostile de Simon.

— Lillian m'a dit qu'elle avait d'autres offres pour le parchemin. Je l'ai crue. J'ai tenté de la convaincre que celui qui lui proposait de la payer illégalement risquait d'être pris un jour et qu'elle pourrait finir en prison pour avoir vendu un bien volé. Je lui ai dit que si elle me le vendait, je n'en dirais jamais mot à personne.

— Et qu'auriez-vous fait du parchemin, monsieur Callahan ? demanda Benet d'une voix pleine de sarcasme.

— Je l'aurais rendu au Vatican, auquel il appartient.

— Vous dites disposer d'environ deux millions trois cent cinquante mille dollars dans votre fonds d'épargne ? Pourquoi ne pas en avoir offert la totalité à Lillian Stewart ? Ces trois cent cinquante mille dollars supplémentaires auraient peut-être fait la différence.

— J'espère que vous comprendrez que je désire garder quelque chose pour assurer ma propre existence. Et croyez-moi, cela n'aurait pas fait une grande différence, ajouta Richard avec conviction. J'ai employé deux arguments avec Lillian pour qu'elle me vende le parchemin. Je lui ai d'abord dit qu'il serait de son intérêt comme du mien qu'elle reçoive cet argent sous forme de donation, puisque j'avais la possibilité selon la loi d'en faire cet usage sans pénalités. Ensuite, je l'ai informée que je rendrais le parchemin au Vatican. J'ai ajouté qu'il n'y aurait probablement pas d'enquête supplémentaire, qu'elle n'avait pas à s'inquiéter. Je dirais simplement que la personne qui détenait le document n'en avait parlé qu'à moi.

« Mon autre argument a été que je savais combien Jonathan et elle s'aimaient. Il lui avait confié ce parchemin. Je lui ai dit qu'elle devait à sa mémoire qu'il soit restitué à la bibliothèque du Vatican. J'ai ajouté que cet argent assurerait son avenir et que je ferais mon affaire du reste. »

Richard se leva. « C'est tout. J'ai répondu aux mêmes questions durant plus de deux heures. Puis-je m'en aller ?

— Vous le pouvez, monsieur Callahan, dit Benet. Mais nous reprendrons bientôt contact avec vous. Vous n'avez pas l'intention de partir en voyage ou de quitter les environs immédiats, je suppose ?

— Je serai chez moi pratiquement tout le temps. Vous avez mon adresse. Je ne compte pas m'éloigner, à moins que, dans le New Jersey, vous considériez que le Bronx ne fait pas partie des environs immédiats. »

Richard se tut, l'air soudain soucieux. « Je suis inquiet qu'une femme que je considère comme une amie ait ainsi disparu. Je m'étonne que vous puissiez croire que j'aie quelque chose à voir avec cette disparition. Soyez assurés que je serai à votre disposition à n'importe quelle heure du jour ou de la nuit jusqu'à la reprise des cours la semaine prochaine. Ensuite, je serai dans ma classe, à l'université de Fordham, sur le campus de Rose Hill. Si besoin est, vous pourrez m'y joindre. »

Il tourna les talons et quitta la salle d'interrogatoire, claquant la porte derrière lui.

Benet et Rodriguez se regardèrent. « À ton avis ? demanda Benet.

— Soit il dit toute la vérité, soit il ment comme un arracheur de dents, dit Rita. C'est l'un ou l'autre.

— D'instinct, je dirais que c'est un fieffé menteur, déclara Benet. Il prétend avoir traîné toute la journée devant un bureau puis qu'à cinq heures il est retourné dans l'appartement de papa et maman sur Park Avenue. Voyons, Rita, reviens sur terre.

— Si on le reconvoquait demain pour voir s'il accepte de passer au détecteur de mensonge ? proposa Rita. Après la façon dont nous lui avons parlé, je ne serais pas surprise qu'il invoque le cinquième amendement.

— Voyons ce qu'en pense Peter Jones. Je ne suis pas sûr qu'il soit d'accord. »

64

Billy Declar avait été consterné d'apprendre que son vieux copain et compagnon de cellule Wally Gruber s'était fait pincer en flagrant délit au moment où il entrait par effraction dans une maison de Riversdale.

« Quel crétin, quel crétin », marmonnait-il en marchant d'un pas traînant dans son magasin de mobilier d'occasion du bas de Manhattan. « À force de se croire malin, c'est le roi des imbéciles. » À soixante-douze ans, après trois séjours en taule, Billy n'avait aucune envie d'y retourner.

Je lui ai filé un bon paquet pour la camelote du New Jersey, pensa-t-il. Et comme si ça ne lui suffisait pas, quatre jours plus tard il se lance dans un autre casse. Je connais Wally. Il est capable de me donner pour s'en tirer à meilleur compte. Je ferais bien d'avancer mon voyage à Rio. De mettre les voiles sans plus tarder. »

Comme toujours, il n'y avait eu aucun client pour les divans, fauteuils, têtes de lit et buffets fatigués et branlants disposés au hasard dans la supposée salle d'exposition. Chaque fois qu'un type venait refiler à Billy les bijoux qu'il avait volés, il lui offrait de choisir des meubles. Il appelait ça son « bonus ».

« Prends ce qui te plaît pour embellir ta maison », disait-il, grand seigneur.

En général, le type n'avait rien à faire de sa proposition et ne le lui envoyait pas dire, ce qui le faisait mourir de rire.

Mais aujourd'hui il ne riait pas. Les bijoux qu'il avait l'intention de vendre à Rio étaient cachés sous le plancher de l'arrière-boutique. Il était deux heures. Je vais mettre l'écriteau « Fermé » sur la porte, prendre les bijoux et aller directo à l'aéroport. J'ai mon passeport, du fric en liquide. Pas la peine d'attendre. Et pourquoi ne pas rester quelque temps à Rio ? C'est l'hiver là-bas, mais je m'en fiche.

Billy boitilla aussi vite qu'il le pouvait, grimaçant à cause de l'enflure douloureuse de sa cheville gauche, souvenir d'un saut du premier étage, à l'âge de seize ans, pour échapper à la police qui venait l'arrêter pour un vol de voiture.

Il prit dans le placard sa valise déjà faite, toujours prête pour des départs précipités. Il s'agenouilla, roula le tapis et souleva les lattes du plancher qui recouvraient le coffre-fort. Il composa la combinaison, ouvrit la porte du coffre et en retira le sac de toile contenant les bijoux des Scott. Puis il referma vivement le coffre et remit en place les lattes et le tapis.

Se redressant avec peine, il attrapa la valise, jeta le sac de toile par-dessus son épaule et éteignit la lumière dans l'arrière-boutique.

Il avait traversé la moitié de la salle d'exposition quand le timbre de la porte d'entrée résonna avec frénésie. Son estomac se contracta. À travers les barreaux de la porte, il aperçut plusieurs hommes. L'un d'eux brandissait un badge.

« Police, cria quelqu'un. Nous avons un mandat de perquisition. Ouvrez immédiatement. »

Billy laissa tomber le sac sur le sol avec un soupir. L'image du visage poupin de Wally et de son large sourire trompeur était aussi claire dans son esprit que s'il s'était trouvé devant lui. Qui sait ? se demandat-il, résigné à être l'hôte de l'État de New York une fois encore. Peut-être allons-nous à nouveau partager la même cellule.

65

À trois heures et quart de l'après-midi, Peter Jones reçut un appel téléphonique de l'assistante du juge Kenneth Brown. « Monsieur, dit la jeune femme d'un ton respectueux, nous voulons vous informer que le rapport concernant l'affaire Kathleen Lyons est arrivé et qu'il est à votre disposition si vous le désirez. »

Ce que je désire surtout, c'est d'être débarrassé de l'affaire Kathleen Lyons, pensa Jones avec une moue désabusée. « Merci beaucoup, répondit-il. Je monte le prendre. »

En attendant l'ascenseur qui le mènerait au troisième étage, il se remémora brièvement le début de sa carrière comme assistant d'un juge de la cour d'assises. Aujourd'hui, le juge Brown siège dans ce même tribunal, songea-t-il. Maman savait à quel point je voulais ce poste. Quand je l'ai obtenu, à l'entendre, on aurait dit que j'avais été nommé président de la Cour suprême.

À la fin de son assistanat d'un an, à sa plus grande fierté, il avait été nommé adjoint du procureur. Dix-neuf années s'étaient écoulées. Depuis, il avait occupé des postes dans plusieurs sections, y compris au bureau des crimes majeurs, avant d'être affecté à la direction des poursuites criminelles et pénales cinq ans auparavant.

Un de ses passages favoris de Shakespeare lui revint : *« Thane de Glamis, thane de Cawdor, qui plus tard sera roi. »* C'était la voie que je croyais suivre. Jusqu'à aujourd'hui.

Haussant les épaules, il prit l'ascenseur, et, deux étages plus haut, pénétra dans le bureau du juge. Il savait que Brown était en train de présider un procès d'assises. Il salua la secrétaire, tourna dans le couloir et alla jusque chez la greffière.

C'était une jeune et jolie femme, de petite taille, qui avait l'air d'une étudiante. « Bonjour, monsieur Jones, dit-elle en lui tendant le rapport de dix pages.

— Le juge a-t-il eu l'occasion d'y jeter un coup d'œil ?

— Je n'en suis pas certaine. »

Bonne réponse, jugea Peter. Ne jamais dire un mot qui pourrait se retourner contre vous. Trois minutes plus tard, de retour dans son bureau, il ferma la porte. « Ne me passez aucune communication, dit-il à sa secrétaire. J'ai besoin de me concentrer.

— Bien, Peter. »

Gladys Hawkins travaillait au bureau du procureur depuis trente ans. En présence d'étrangers, elle s'adressait au procureur Sylvan Berger et à Peter Jones avec de respectueux « monsieur ». Sinon, quand ils étaient entre eux, le procureur était « Sy » et son adjoint « Peter ».

Non sans appréhension, Peter Jones prit connaissance du rapport psychiatrique. Le poids qui pesait sur ses épaules s'allégeait au fur et à mesure de sa lecture.

Le médecin avait écrit que Kathleen Lyons était à un stade avancé de la maladie d'Alzheimer et qu'elle avait, à deux reprises, pendant son séjour à l'hôpital, fait preuve de violence ou manifesté des signes d'agressivité. Soit éveillée, soit durant son sommeil, elle avait exprimé une hostilité flagrante à l'égard de feu son mari et de sa compagne, Lillian Stewart. Les conclusions des médecins traitants étaient, pour le présent, et en raison de sa maladie mentale, qu'elle représentait un danger pour elle-même et pour les autres et requérait une surveillance étroite, à plein temps. Ils préconisaient un séjour à l'hôpital pour une période d'observation, de soins et de thérapie.

Avec un profond soupir de soulagement, Peter se renfonça dans son fauteuil. Le juge ne pourra pas la libérer, pensa-t-il. Pas avec ce genre de rapport. Bien sûr, il va falloir supporter cette comédie avec Gruber et le dessinateur de portraits-robots. C'est bien ce que je soupçonnais. Gruber joue sur tous les tableaux. Je me demande quel visage il va inventer. Peu importe. Que ce soit Tom Cruise ou Mickey, ça ne le mènera à rien.

Peter se leva et s'étira. Kathleen Lyons a tué son mari, décida-t-il catégoriquement. J'en suis certain. Si elle se retrouve dans l'incapacité de passer en jugement, très bien. Si on la déclare non-coupable parce que irresponsable, qu'il en soit ainsi. Dans un cas comme dans l'autre, elle ne sortira jamais d'un hôpital psychiatrique.

Il brancha l'interphone. « Vous pouvez me passer les appels maintenant, Gladys.

— Votre séance de réflexion n'a pas duré bien longtemps, Peter. Attendez. Il y a un appel pour vous. C'est le poste de Simon Benet. Voulez-vous le prendre ?

— Passez-le-moi.

— Peter, je viens d'avoir un coup de fil des types de New York, lui dit Benet d'une voix tendue. Ils ont arrêté le receleur de Gruber. Ils l'ont coincé à son magasin. Une minute de plus et il était en route pour l'aéroport. Ils ont récupéré les bijoux des Scott. En totalité. »

66

Le jeudi, à une heure de l'après-midi, Mariah était de retour dans la maison de ses parents. Elle alla à la cuisine où elle trouva une note de Betty sur la table. « Je suis passée et j'ai laissé de la viande froide, au cas où vous rentreriez déjeuner. J'ai fait un peu de rangement mais je suis mal fichue et je rentre chez moi. Huit heures vingt. »

Le voyant du répondeur clignotait sur le téléphone de la cuisine. Mariah pressa le bouton pour écouter le message et entra le code. Ses parents avaient choisi un chiffre facile à retenir, sa date de naissance. « L'événement le plus heureux de notre existence », lui avait dit son père.

Outre ses tentatives pour lui téléphoner sur son portable, Richard avait appelé ici ce matin, à neuf heures et quart. « Mariah, je vous en prie, il faut que je vous parle. » Elle effaça rapidement la suite du message, elle ne voulait pas entendre le son de sa voix.

Comme il le lui avait dit, Greg avait essayé de la joindre à deux reprises sur cette ligne. « Mariah, vous ne répondez pas sur votre portable. Je suis inquiet. Rappelez-moi. »

Dans les trois messages qu'elle lui avait laissés avant que Mariah ne lui téléphone depuis son appartement du Village, Alvirah racontait d'abord ses tentatives pour retrouver la trace de Lillian, puis s'étonnait que Mariah ne l'ait pas rappelée.

Mariah se prépara un sandwich avec les tranches de dinde et de fromage apportées par Betty. Elle sortit une bouteille d'eau du réfrigérateur et emporta le tout dans le bureau de son père. C'était son sandwich préféré, se souvint-elle, se rendant compte que où qu'elle aille, quoi qu'elle fasse, elle ressentait toujours sa présence.

Elle se mit à manger, sentant peu à peu ses paupières s'alourdir. Je me suis levée tôt et n'ai pas vraiment beaucoup dormi ces derniers temps, se dit-elle. Elle se renfonça dans le fauteuil et ferma les yeux. Je ne ferai rien de bon tant que Lloyd ne m'aura pas appelée au sujet du rapport. Autant dormir un moment.

À trois heures et demie, elle fut réveillée d'un sommeil curieusement profond par la sonnerie du téléphone sur le bureau de son père. C'était Lloyd. « Mariah, c'est une formule banale, mais la vérité est que j'ai de bonnes et de mauvaises nouvelles à vous annoncer. Laissez-moi commencer par les bonnes, car je pense qu'elles adouciront la suite. »

Redoutant ce qu'elle allait entendre, Mariah se cramponna au téléphone tandis que Lloyd lui expliquait le déroulement des faits concernant Wally Gruber.

« Vous me dites que ce type a vu quelqu'un sortir d'ici en courant le soir où papa a été tué ? Mon Dieu, Lloyd ! Qu'est-ce que cela signifie pour maman ?

— Je viens de parler au téléphone avec Peter Jones pour la seconde fois de la journée, Mariah. Il m'a informé que la police de New York a arrêté le receleur de Wally Gruber et que tous les bijoux de Lisa ont été retrouvés. Naturellement, Lisa et moi sommes soulagés, mais, plus important, cela apporte une certaine crédibilité à ce Wally Gruber.

— A-t-il réellement pu voir cette personne ? Était-ce un homme ou une femme ?

— Jusqu'à présent, il ne s'est pas montré aussi précis. Il tente de négocier une réduction des peines auxquelles il sera condamné pour ses cambriolages. Jones a accepté de le faire transférer depuis la prison de New York jusqu'au bureau du procureur demain matin, pour lui permettre de réaliser avec leur dessinateur un portrait-robot de l'individu qu'il a vu. Espérons qu'ils en tireront quelque chose d'intéressant susceptible d'aider Kathleen.

— Cela prouverait-il que maman n'a pas tué mon père ? »

Mariah eut soudain devant les yeux l'image de sa mère arrivant au tribunal vêtue de l'uniforme de la prison.

« Mariah, la prévint Lloyd, nous ignorons où tout cela va mener, aussi n'en espérez pas trop. Naturellement, si le portrait ressemble à quelqu'un que vous ou les inspecteurs reconnaîtriez, cela contribuerait à prouver qu'elle n'a rien à voir dans la mort de votre père. N'oubliez pas que les plus proches amis de Jonathan ont juré qu'ils n'avaient jamais vu le parchemin. S'ils disent vrai, il a pu consulter un expert ou des experts différents et nous ne savons même pas de qui il s'agit. Et reste la possibilité que Gruber ait dit la vérité au sujet des bijoux, mais que la suite de son histoire ne soit que du vent.

— Il y a une chose que vous ignorez, Lloyd. Greg m'a dit avoir été informé que Charles Michaelson aurait tenté de vendre le parchemin. Sa source serait un collectionneur spécialisé dans ce domaine. Je n'en sais pas plus. »

Suivit un silence à l'autre bout de la ligne, puis Lloyd dit doucement : « Si l'information était confirmée, Michaelson serait coupable de recel. »

Le soulagement de Mariah à la pensée que le dessin permettrait peut-être de révéler un visage connu fit place à l'inquiétude quand elle se rappela tout à coup que Lloyd lui avait également dit qu'il avait de mauvaises nouvelles.

« Vous m'avez aussi annoncé de mauvaises nouvelles. De quoi s'agit-il ? demanda-t-elle.

— Le rapport d'expertise psychiatrique recommande le maintien de votre mère à l'hôpital pour de plus amples observations et traitements, Mariah.

— Non !

— Il indique que votre mère a fait preuve d'un comportement agressif à plusieurs reprises. "Plus amples observations" peut signifier un séjour d'une ou deux semaines supplémentaires. J'ai eu d'autres prévenus souffrant de problèmes psychiatriques qui ont fait des séjours dans cet l'hôpital. Ils y ont été bien traités et en sécurité. Le rapport dit qu'elle a besoin non seulement d'une attention constante, mais également de mesures de sécurité additionnelles. Il faudrait vous charger vous-même de tous ces arrangements avant que le juge accepte de la libérer. J'ai déjà consenti à repousser l'audience de demain.

— La plupart du temps, quand elle paraît agressive, c'est parce qu'elle a peur, Lloyd. Je veux la voir. »

Mariah sentit sa voix monter d'un cran. « Comment puis-je être sûre qu'elle est bien traitée ?

— Vous pouvez commencer par aller la voir, effectivement. J'ai demandé à Peter Jones un droit de visite pour vous. Il ne s'y est pas opposé. Il m'a promis qu'il obtiendrait une ordonnance du juge dès la fin de l'audience du jour. Ils la faxeront à l'hôpital. Les visites sont autorisées le soir, de six à huit heures.

— Quand verrons-nous le portrait que ce Gruber doit faire demain matin ?

— Jones m'a assuré que je pourrais venir le voir à son bureau dès qu'ils auront terminé. Il m'en donnera une copie. Je vous l'apporterai immédiatement. »

Mariah dut se contenter de ces promesses. Elle appela Alvirah, lui rapporta sa conversation avec Lloyd et, se sentant incapable de travailler sur son ordinateur, monta dans la chambre de son père. Elle contempla avec tristesse l'élégant lit à baldaquin. Ils ont acheté cette maison et son mobilier quand maman était enceinte de moi, pensa-t-elle. Après ma naissance, ils avaient tellement peur que je cesse de respirer qu'ils ont gardé mon berceau près de leur lit pendant les six premiers mois.

Ils partageaient encore cette chambre il y a quatre ans. Mais, à cause des errances nocturnes de maman, il est ensuite devenu nécessaire de créer une suite de deux chambres sécurisées pour elle et les aides-soignantes.

Quand maman reviendra à la maison, je sais que Delia me secondera pendant la semaine jusqu'à ce que je trouve une nouvelle aide-soignante du lundi au vendredi. Dieu sait où Rory a disparu. Mais une chose est certaine, je vais abandonner l'appartement de New

York et revenir m'installer ici. Je pourrais aussi bien emménager dès maintenant dans cette pièce. Il faut que je m'occupe, si je ne veux pas devenir folle.

Elle était heureuse d'avoir déjà trié les affaires de son père. Fébrilement, elle alla d'une chambre à l'autre les bras chargés des vêtements de sa penderie qu'elle transporta dans le grand dressing de la chambre principale. Puis elle retira les tiroirs de son chiffonnier et, sans même se soucier de leur poids, les porta jusqu'au bout du couloir et en transféra le contenu dans la commode d'acajou qui avait appartenu à Jonathan.

À cinq heures moins cinq, elle avait terminé. La coiffeuse de sa mère était toujours restée dans la pièce. Au début de sa maladie, Kathleen avait peur du miroir qui surmontait le meuble. Parfois, en apercevant son propre reflet dans la glace, elle croyait qu'il y avait un intrus dans la maison.

À présent, les produits de beauté, le peigne et la brosse de Mariah étaient parfaitement alignés sur la plaque de verre. Je vais acheter un nouveau dessus-de-lit, une nouvelle garniture et des rideaux pour la pièce, décida-t-elle. Et je referai aussi la décoration de mon ancienne chambre, dirai adieu à ses murs rouges et à sa courtepointe à fleurs rouges et blanches. Elle se souvint du verset de la Bible qui commençait ainsi : « Lorsque j'étais enfant, je parlais en enfant » et finissait par : « Une fois devenu homme, j'ai fait disparaître ce qui était de l'enfant. »

Consciente que l'heure avait tourné, elle commença à s'inquiéter. Pourquoi Lloyd n'avait-il pas rappelé ? Le juge ne pouvait pas refuser de lui laisser voir sa mère. C'est impossible, se dit-elle. Absolument impossible.

Dix minutes plus tard le téléphone sonna enfin. C'était Lloyd. « Ils viennent de me faxer l'ordonnance du juge. L'autorisation est accordée. Comme je vous l'ai indiqué, les visites sont autorisées de six heures à huit heures du soir.

— J'y serai à six heures. Merci, Lloyd. »

Elle entendit son téléphone cellulaire sonner dans le bureau. Elle descendit l'escalier en courant et regarda qui l'appelait. C'était Richard. Avec un mélange de colère et de tristesse, elle décida de ne pas prendre l'appel.

67

« C'est une bénédiction qu'Albert West n'habite qu'à quelques blocs d'ici, ça nous évite de prendre la voiture », fit remarquer Alvirah en sortant de l'immeuble avec Willy. Ils marchèrent jusqu'à l'angle de la rue, et s'engagèrent dans la Septième Avenue. Ils avaient rendez-vous avec Albert West à cinq heures pour prendre un café dans un bistrot sur la Septième Avenue non loin de la 57e Rue.

Espérant, contre tout espoir, le joindre chez lui et qu'il accepterait de les rencontrer immédiatement, elle avait été agréablement surprise sur les deux points. « Willy, à moins d'être bon acteur, il m'a donné l'impression d'être désireux de nous voir », dit-elle.

S'essoufflant à suivre les enjambées rapides d'Alvirah, Willy se demanda pourquoi ces rendez-vous de dernière minute tombaient toujours au milieu d'un match des Yankees. Alvirah avait eu beau dire et répéter qu'elle pouvait très bien retrouver seule Albert West dans un endroit public, Willy ne voulait prendre aucun risque. « Je t'accompagne. Pas de discussion.

— Tu crois que ce petit bonhomme va me kidnapper au milieu d'un café ? avait plaisanté Alvirah.

— Ne sois pas si certaine qu'il n'en serait pas capable. S'il est mêlé à toute cette affaire et qu'il croit que tu l'as démasqué, imagine qu'il te propose de te raccompagner et que tu n'arrives jamais à destination. »

En traversant la rue, ils virent Albert West entrer dans le café. Il avait déjà pris place dans un box quand ils arrivèrent à leur tour et il fit un signe de la main pour attirer leur attention.

Dès qu'ils furent installés, une serveuse vint prendre leur commande. Tous trois choisirent un *caffè latte*. Alvirah vit la déception se peindre sur le visage de la jeune femme qui, visiblement, avait espéré leur servir un repas qui lui aurait permis d'empocher un plus gros pourboire.

Une fois que la serveuse se fut éloignée, Alvirah fut étonnée quand Albert lui dit carrément : « Je connais votre réputation de détective, Alvirah. Vous ne m'avez sûrement pas appelé pour parler de la pluie et du beau temps devant une tasse de café. Avez-vous découvert quelque chose ?

— J'ai entendu une rumeur. Je ne dirai pas de qui je la tiens. D'après ce que j'ai cru comprendre, vous et Charles Michaelson vous êtes rendus ensemble en voiture aux dîners de Jonathan pendant plus d'un an, depuis que Lillian en a été bannie.

— En effet. Auparavant, Charles y allait avec Lillian et je prenais ma propre voiture.

— Selon les bruits qui me sont parvenus, Charles chercherait à mettre en vente le parchemin. Pensez-vous que ce soit vrai ? »

Alvirah et Willy virent une hésitation dans le regard de West.

Il se décida enfin : « Non seulement je crois que c'est vrai, mais j'en ai moi-même parlé hier aux inspecteurs du procureur du New Jersey. J'ai toujours considéré Charles comme un bon ami, et il m'a été pénible de parler de lui en ces termes. »

Alvirah s'appuya au dossier de son siège, laissant la serveuse déposer devant eux les grands verres de *caffè latte*. « Qu'avez-vous dit aux inspecteurs ?

— Exactement ce que je vais vous dire maintenant. Desmond Rogers, un riche collectionneur d'une honnêteté au-dessus de tout soupçon, que Charles a escroqué il y a un certain nombre d'années, a été la source de mon information. Il ne m'a pas révélé d'où il la tenait et je ne le lui ai pas demandé. »

Albert West but une gorgée de son *caffè latte*. Sachant qu'Alvirah s'apprêtait à le questionner, il lui répéta, ainsi qu'à Willy, ce qu'il avait dit aux inspecteurs sur la façon dont Charles avait roulé Desmond Rogers.

« C'est très important, Albert. Pouvez-vous joindre Rogers au téléphone et lui demander d'où il tient cette information ? »

Albert fronça les sourcils. « En réalité, Desmond paie des indicateurs anonymes dans le milieu des antiquités qui le tiennent informé de ce qui se présente sur le marché. Je suis certain qu'il n'achèterait jamais une pièce dont la provenance est douteuse – c'est pourquoi il n'aurait jamais fait d'offre pour le parchemin. »

Alvirah répliqua : « Je n'insinue pas que Rogers Desmond ait pu agir malhonnêtement. Mais vous m'avez dit qu'il avait perdu une grosse somme d'argent à cause de Charles. Peut-être n'a-t-il pas été mécontent de faire circuler cette information. Or, si lui ou une de ses sources en a une preuve irréfutable, vous devez savoir que cette histoire est liée à la mort de

Jonathan. Il faut qu'il comprenne que l'assassinat de Jonathan et la disparition de deux femmes qui lui étaient proches peuvent avoir un rapport avec le parchemin. »

West secoua la tête. « Et vous croyez que je n'ai pas déjà tout envisagé ? demanda-t-il d'un air las en sortant son téléphone portable. J'ai toute confiance dans l'intégrité de Desmond. Il serait incapable de toucher à ce parchemin, ni à la moindre antiquité volée, mais je peux vous jurer qu'il ne trahira jamais ses sources. S'il le faisait, la rumeur se répandrait et il ne pourrait plus jamais les utiliser. Si vous voulez bien m'excuser, j'ai un coup de fil à passer. »

Il resta absent une dizaine de minutes. À son retour, il était rouge de colère. « Je n'aurais jamais cru Desmond capable de me mener ainsi en bateau. Je m'en suis voulu d'avoir raconté aux flics ce qu'il m'avait dit sur Charles. À présent, je découvre que Desmond ne l'a pas appris d'une source fiable. Quand je lui ai posé la question, il a d'abord tourné autour du pot pour finir par avouer qu'il avait reçu un appel anonyme. Il ne savait même pas s'il s'agissait d'un homme ou d'une femme. La voix était rauque et basse. Son interlocuteur a dit que Charles recevait des offres pour le parchemin, et que si lui était intéressé, il n'avait qu'à lui téléphoner.

— C'est bien ce que je pensais, dit Alvirah avec satisfaction. Qu'a répondu Desmond à cette personne ?

— Je ne peux décemment répéter à une dame ce qu'il prétend avoir répondu. Ensuite, il a raccroché. »

Alvirah, qui observait Albert West, vit saillir les veines de ses tempes.

« Je vais appeler ces inspecteurs à la première heure demain, dit-il, furieux, frappant la table du plat de la main. Ils doivent être mis au courant. Et je dois décider s'il me faut avouer à Charles ce que j'ai dit à son sujet. »

Ils terminèrent leurs cafés et quittèrent le restaurant. Sur le chemin du retour, Alvirah resta inhabituellement silencieuse. Willy savait que les rouages de son cerveau tournaient à plein régime. « Qu'as-tu tiré de tout ça, chérie ?

— Rien ne prouve que Charles Michaelson soit innocent, Willy. Et rien ne prouve qu'Albert ait dit la vérité non plus. Malgré ses soi-disant réticences, mon instinct me dit qu'il n'a pas hésité à rapporter cette rumeur au procureur. N'oublie pas que lui aussi est dans le collimateur de la justice.

— Alors, tu penses que notre rendez-vous avec lui a été une perte de temps ? demanda Willy.

— Pas du tout, Willy, dit Alvirah comme il lui prenait le bras pour traverser la rue. Pas du tout. »

68

Wally Gruber et Joshua Schultz étaient assis de part et d'autre d'une table de bois dans le parloir réservé aux avocats. « Vous paraissez nerveux, Josh, dit Wally. C'est moi qui suis à Rikers Island, pas vous.

— C'est vous qui devriez être nerveux, répliqua Schultz. Tous les types enfermés dans ce trou à rats vomissent les mouchards. Billy Declar répand déjà partout la nouvelle que vous l'avez donné. Vous l'avez fait pour une raison précise, mais vous feriez mieux de numéroter vos abattis.

— Vous inquiétez pas pour moi, dit Wally d'un ton méprisant. Vous savez, Josh, je suis plutôt impatient d'aller faire un tour en voiture demain dans le New Jersey. Ce sera sans doute une belle journée et un peu d'air frais me fera du bien.

— Vous n'irez pas en voiture, Wally. Vous serez transféré menotté et enchaîné. Ce ne sera pas une petite balade de santé. Quoi que vous révéliez, vous ferez quand même de la prison. D'accord, vous avez joué franc jeu en ce qui concerne les bijoux. Mais si vous mentez au sujet du visage que vous prétendez avoir vu et que rien ne sort de ce dessin, qui sait ? Ils pourront vous demander de passer au détecteur de mensonge pour vérifier vos dires. Si vous refusez, ou si la preuve est faite que vous mentez, ils penseront que vous les avez menés en bateau dans une affaire de meurtre. Dans ce cas, estimez-vous heureux si votre peine est réduite de six mois parce que vous avez permis que les bijoux soient récupérés.

— Vous savez, Josh, dit Wally avec un geste en direction du garde à l'extérieur de la porte pour signifier qu'il était prêt à regagner sa cellule, vous êtes un pessimiste invétéré. J'ai vu un visage ce soir-là et je le vois encore aussi clairement que le vôtre. Et, soit dit en passant, le type en question était plus beau que vous. N'importe, si personne ne reconnaît le dessin, alors ça voudra dire que le tueur a probablement été engagé pour se débarrasser de Lyons, d'accord ? »

Le garde était entré et Gruber se leva. « Josh, j'ai encore une chose à vous dire. Passer au détecteur de mensonge ne me pose aucun problème. Ma tension ne montera pas, mon cœur ne ratera pas un battement. La courbe du polygraphe sera aussi régulière que la ligne blanche d'une autoroute. »

Joshua Schultz regarda son client avec une admiration involontaire. Incapable de savoir si Gruber lui racontait des bobards, il dit : « Je vous verrai demain matin dans le bureau du procureur, Wally.

— Je meurs d'impatience, Josh. Vous me manquez déjà. Mais ne vous présentez pas avec un air de croque-mort, comme si vous ne croyiez pas un mot de ce que je dis. Sinon, la prochaine fois que j'aurai des ennuis, je me trouverai un autre avocat. »

Il ne plaisante pas, pensa Schultz en regardant s'éloigner la silhouette de son client que le garde escortait jusqu'à sa cellule. Il haussa les épaules. Je devrais voir le bon côté des choses, décida-t-il. Au contraire de beaucoup de mes autres clients, Wally me paie toujours rubis sur l'ongle.

69

Le jeudi à six heures de l'après-midi, Mariah sortit de l'ascenseur et pénétra dans le service psychiatrique du centre médical de Bergen Park. Un garde était assis derrière un bureau au bout du couloir. Elle se dirigea vers lui, consciente du claquement de ses talons sur le sol carrelé.

Il leva les yeux vers elle, ni aimable ni hostile. Elle déclina son nom, comme elle l'avait fait auprès de la réceptionniste dans le hall d'entrée, et lui montra le passe qu'on lui avait donné. Puis, avec une inquiétude grandissante, elle le regarda décrocher le téléphone. Pourvu qu'ils ne me disent pas à la dernière minute que, pour une raison quelconque, je ne peux pas voir maman, pensa-t-elle nerveusement. Je vous en prie, mon Dieu.

Le garde reposa le téléphone. « Une infirmière va venir dans un instant pour vous conduire à la chambre de votre mère », dit-il d'une voix où perçait une note de compassion.

Ai-je l'air si bouleversée ? se demanda Mariah. Après l'appel de Lloyd lui confirmant qu'elle était autorisée à rendre visite à sa mère, elle avait eu le temps de prendre une douche et de se changer. Le transport du contenu des tiroirs de sa commode et de la penderie d'une pièce à l'autre l'avait laissée en nage.

À présent, elle portait une veste de lin rouge et un pantalon blanc. Elle avait noué ses longs cheveux en un chignon retenu par une pince. Se souvenant qu'autrefois sa mère se maquillait toujours avant de sortir, elle s'était approchée de sa coiffeuse et avait appliqué un peu de mascara sur ses cils et une touche d'ombre à paupières. Maman sera peut-être contente de voir que je me suis faite belle pour elle, s'était-elle dit. C'est le genre de chose qu'elle est encore capable de remarquer. Mariah avait hésité un instant avant d'ouvrir le petit coffre-fort mural du dressing et d'en sortir le rang de perles que son père lui avait offert deux ans auparavant.

« Ta mère croit en cette vieille superstition selon laquelle les perles sont des larmes, lui avait-il dit en souriant. La mienne les adorait. »

Merci, papa, pensa Mariah en fixant le collier autour de son cou.

Elle se félicita d'avoir pris le temps de se changer. Greg avait téléphoné pendant qu'elle se rendait en voiture à l'hôpital, insistant pour la retrouver chez elle vers huit heures et demie. « Je vous emmène dîner, avait-il dit d'un ton protecteur. J'ai vu comment vous vous nourrissiez ces temps derniers ou, plus précisément, ne vous nourrissiez pas. Je ne vais pas vous laisser devenir l'ombre de vous-même.

— J'espère que j'aurai retrouvé mon appétit dès demain soir, lui avait-elle dit en pénétrant dans le parking de l'hôpital. J'ai le sentiment que Charles Michaelson sera alors en état d'arrestation. »

Puis elle ajouta : « Greg, je ne peux pas vous parler maintenant. Je suis à l'hôpital. À plus tard. »

En attendant devant le bureau de la sécurité, elle se souvint que Lloyd Scott lui avait conseillé de ne parler à personne de l'existence d'un éventuel témoin. Bon, je n'ai pas dit grand-chose, pensa-t-elle tandis que s'ouvrait la porte derrière le garde. Une petite jeune femme asiatique vêtue d'une veste et d'un pantalon blancs, avec un badge autour du cou, se présenta en souriant : « Mademoiselle Lyons, je suis l'infirmière Emily Lee. Je vais vous conduire auprès de votre mère. »

La gorge serrée, luttant contre le picotement des larmes, Mariah passa à sa suite devant une rangée de portes closes. Arrivée à la dernière, l'infirmière frappa doucement, puis ouvrit.

En la suivant dans la chambre, Mariah ne savait pas à quoi s'attendre, mais certainement pas à cette petite silhouette vêtue d'une blouse d'hôpital et d'une robe de chambre assise devant la fenêtre dans la pénombre.

« Elle ne veut pas davantage de lumière », chuchota l'infirmière. Puis, d'un ton enjoué : « Kathleen, Mariah est venue vous voir. »

Pas de réponse.

« Est-ce qu'elle a pris une forte dose de calmants ? interrogea sèchement Mariah.

— Nous lui donnons un léger sédatif pour l'aider à retrouver son calme quand elle est en colère ou effrayée. »

Comme Mariah s'approchait d'elle, Kathleen tourna lentement la tête. L'infirmière augmenta un peu l'éclairage, afin que Mariah soit mieux visible, mais

Kathleen ne montra aucun signe prouvant qu'elle la reconnaissait.

Mariah s'agenouilla et prit les mains de sa mère dans les siennes. « Maman, Kathleen, c'est moi. »

Elle vit l'étonnement se peindre sur son visage.

« Vous êtes bien jolie, dit Kathleen. J'étais jolie moi aussi, autrefois. » Elle s'inclina en arrière et ferma les yeux. Elle ne les ouvrit plus, ne prononça plus un mot.

Mariah s'assit à même le sol, enserrant de ses bras les jambes de sa mère, des larmes coulant lentement sur ses joues. Elle demeura ainsi jusqu'au moment où une voix annonça que les visiteurs devaient quitter l'hôpital. Il était huit heures.

Elle se leva, embrassa doucement sa mère et la prit dans ses bras. Elle lissa en arrière les cheveux gris qui avaient été autrefois d'un merveilleux blond aux reflets dorés. « Je reviendrai demain, murmura-t-elle. Et peut-être pourrons-nous prouver ton innocence. C'est la seule chose que je puisse faire pour toi pour l'instant. »

Au bureau des infirmières, elle s'arrêta pour parler à Emily Lee : « Le rapport remis au juge dit que ma mère s'est montrée irritable et agressive, fit-elle d'un ton accusateur. Or je ne vois chez elle aucun signe d'un tel comportement.

— Cela peut se produire n'importe quand, dit Emily Lee, sans perdre son calme. Tout peut déclencher une crise. Mais il lui arrive aussi de se croire chez elle avec votre père et vous, et dans ce cas elle semble gaie et paisible. Je suppose qu'elle a eu une vie heureuse jusqu'à l'apparition de la maladie. Croyez-moi, c'est déjà beaucoup.

— Sans doute. Je vous remercie. »

Avec un pauvre sourire, Mariah sortit de la zone sécurisée, passa devant le garde et attendit l'ascenseur. Quelques minutes plus tard, elle reprenait le volant de sa voiture. Elle était sûre que Greg l'attendait déjà chez elle.

Elle savait aussi que lorsque Wally Gruber aurait décrit les traits de l'individu qu'il avait vu, quoi qu'il arrive, elle devrait prendre des décisions douloureuses concernant l'avenir.

Le jeudi, après son interrogatoire dans les bureaux du procureur, Richard Callahan était rentré directement chez lui dans le Bronx et avait essayé de se concentrer sur les programmes des cours à préparer pour la rentrée d'automne.

Il n'était arrivé à rien. C'était un après-midi gâché. À quatre heures et demie, il téléphona à Alvirah. Le ton sur lequel elle répondit lui fit l'effet d'une douche froide. « Allô, Richard. Que puis-je pour vous ?

— Écoutez, Alvirah, dit-il nerveusement, j'ai subi un interrogatoire en règle aujourd'hui chez le procureur parce que vous vous êtes débrouillée pour écouter le message que Lillian a laissé sur mon portable l'autre soir. Je vais vous raconter ce que j'ai déclaré aux inspecteurs. Vous me croirez ou non. Mais auparavant, dites-moi comment vont Mariah et Kathleen. Mariah ne veut pas me parler et je suis malade d'inquiétude à son sujet. »

Puis, d'une voix véhémente, il répéta mot pour mot ce qu'il avait dit aux inspecteurs.

Le ton d'Alvirah s'adoucit un peu : « Vous semblez sincère, Richard, mais je dois vous dire que vos raisons pour essayer de forcer Lillian à vous vendre le parchemin ne me paraissent pas claires. Par ailleurs, je commence à avoir des doutes au sujet de quelqu'un d'autre, mais il est trop tôt pour en discuter maintenant, car il se peut que je me trompe. D'après ce que me dit Mariah, il y a de fortes chances pour que tout soit résolu demain. Je n'en dirai pas plus pour l'instant.

— Dieu vous entende, dit vivement Richard. À propos, avez-vous vu Mariah ? Lui avez-vous parlé ? Comment va-t-elle ?

— Je lui ai parlé deux fois au téléphone aujourd'hui. Elle a obtenu du juge l'autorisation de rendre visite à sa mère ce soir. » Alvirah hésita. « Richard… »

Elle se tut.

« Qu'y a-t-il, Alvirah ?

— C'est sans importance. Ma question peut attendre un jour de plus. Au revoir. »

Qu'avait-elle voulu dire ? se demanda Richard en se levant de son fauteuil. Je vais aller faire un tour sur le campus, décida-t-il. Cela m'éclaircira peut-être les idées.

Mais même une longue marche dans les allées ombragées qui bordaient les superbes bâtiments gothiques de Rose Hill n'eut pas l'effet qu'il escomptait. À six heures moins trois, il était de retour dans son appartement, un sac en papier sous le bras. Il alluma la télévision en déballant le sandwich qui lui tiendrait lieu de dîner.

L'ouverture du journal de six heures sur CBS le fit sursauter. « Coup de théâtre dans l'affaire du meurtre de Jonathan Lyons. Un témoin aurait vu le visage de l'assassin. Et maintenant, place à la publicité. »

Richard se redressa brusquement sur son siège et attendit avec une impatience grandissante la fin des messages publicitaires.

Les deux présentateurs, Chris Wragge et Dana Tyler, réapparurent à l'écran. « Un porte-parole du bureau du procureur du comté de Bergen a confirmé que les bijoux volés au domicile des voisins du Pr Jonathan Lyons, récemment assassiné, ont été retrouvés, commença Wragge. On apprend, sous toute réserve, que Wally Gruber, un malfaiteur connu des services de police qui a été arrêté pour ce cambriolage, se trouvait à l'intérieur de la maison voisine quand il a vu quelqu'un s'enfuir de la résidence des Lyons immédiatement après le meurtre du professeur. Il a affirmé qu'il était capable de décrire précisément cet individu. Selon certaines sources, Gruber, actuellement détenu à la prison de Rikers Island pour une précédente tentative de cambriolage à New York, sera transféré dans le New Jersey dès demain matin. Il sera conduit au bureau du procureur de Hackensack pour décrire au dessinateur de portraits-robots le visage qu'il prétend avoir vu ce lundi soir.

— Imaginez qu'il dise la vérité et qu'on voie apparaître un visage que quelqu'un puisse reconnaître, reprit Dana Tyler. Il pourrait en résulter l'abandon des accusations portées contre Kathleen Lyons. »

Tandis qu'il parlait, on rediffusait à l'écran la vidéo de Kathleen au tribunal pendant la lecture de l'acte d'accusation. Kathleen debout devant le juge dans son uniforme orange vif.

Voilà ce qu'Alvirah avait laissé entendre en disant que demain à la même heure il y avait de fortes chances pour que tout soit résolu, pensa Richard.

Kathleen pourrait être libérée. Il passa d'une chaîne à l'autre. Toutes diffusaient la même nouvelle.

À six heures et demie, il saisit les clés de sa voiture et s'élança hors de l'appartement.

71

À six heures Alvirah et Willy écoutaient les mêmes informations sur CBS. Willy vit s'assombrir la mine habituellement enjouée d'Alvirah. Après avoir parlé à Mariah un peu plus tôt, elle lui avait rapporté que le voleur des bijoux de Lisa Scott affirmait avoir vu quelqu'un quitter la maison de Jonathan après le meurtre.

« Chérie, je croyais que c'était un secret, dit Willy. Comment se fait-il qu'on en parle sur toutes les chaînes ?

— Il est difficile de ne pas ébruiter ce genre de nouvelles, dit Alvirah avec un soupir. Il y a toujours quelqu'un pour renseigner les médias. » Elle repoussa une mèche rebelle derrière son oreille droite. « Grâce à Dieu, Dale of London sera de retour la semaine prochaine, dit-elle. Sinon je vais finir par ne plus oser sortir, avec ces cheveux qui blanchissent de jour en jour.

— Difficile de croire que c'est déjà le week-end de Labor Day, fit remarquer Willy en laissant son regard errer sur Central Park et ses arbres encore recouverts de leur manteau vert. En un clin d'œil, l'hiver sera là et il n'y aura plus une feuille. »

Alvirah ignora ses observations sur les changements de saison comme il avait ignoré les siennes à propos de ses cheveux et demanda : « Willy, si c'était toi le type qui s'est enfui de la maison des Lyons, que penserais-tu à présent ? »

Willy se détourna de la fenêtre pour accorder toute son attention à la question de sa femme. « Si j'avais à me sortir de ce pétrin, je chercherais la meilleure carte à jouer. Je dirais, par exemple, que le voleur m'a vu en photo à côté de Jonathan et qu'il m'a choisi comme bouc émissaire. »

Il s'assit dans son confortable fauteuil, résolu à ne pas signaler qu'il commençait à avoir faim et qu'ils n'avaient pas avalé grand-chose pour le déjeuner et poursuivit : « Après l'assassinat de Jonathan, la presse a publié une grande photo de lui avec le groupe qui l'accompagnait lors de sa dernière expédition en Égypte. La légende précisait qu'ils étaient ses amis les plus proches. Si j'étais dans le collimateur des flics, je dirais qu'il était facile pour ce malfaiteur de me repérer sur cette photo, puis d'essayer de me faire porter le chapeau.

— C'est une possibilité, reconnut Alvirah. Mais suppose que ce portrait soit vraiment celui de la personne qui sortait de chez les Lyons et qu'il s'agisse d'un des amis de Jonathan ? Ils ont tous raconté au procureur où ils se trouvaient ce soir-là. Une fois que quelqu'un aura reconnu le dessin, le procureur convoquera immédiatement le type en question pour l'interroger plus longuement. Et je me dis que si l'individu qui a assassiné Jonathan regarde les infos en ce moment, il ne doit pas en mener large. Aura-t-il assez peur pour prendre la fuite ? Ou bien va-t-il essayer de bluffer ? Que ferais-tu à sa place ? »

Willy se leva. « Si j'étais lui, je réfléchirais à la question pendant le dîner. Allons-y, chérie.

— Bon, autant que tu fasses un bon dîner et que tu aies une bonne nuit de sommeil, dit Alvirah. Parce que je te préviens, demain nous aurons du pain sur la planche. »

72

Greg attendait dans l'allée quand Mariah arriva chez elle. Il sortit en hâte de sa voiture et se tint prêt à lui ouvrir la portière quand elle s'arrêta. Il passa son bras autour de ses épaules et l'embrassa légèrement sur la joue. « Vous êtes très belle », dit-il.

Elle rit. « Qu'en savez-vous ? On n'y voit rien.

— Votre maison est bien éclairée. De toute manière, même s'il faisait nuit noire, je sais que vous ne pourriez être que ravissante. »

Greg est si timide, pensa Mariah. Il est sincère mais un compliment sortant de sa bouche paraît gauche et contraint.

Ni spontané, ni malicieux, ni drôle – comme le serait un compliment de Richard, susurra une voix narquoise à son oreille.

« Vous voulez entrer vous reposer quelques minutes ? » demanda Greg.

Mariah se rappela qu'elle était restée dans sa voiture à sangloter dans le parking de l'hôpital après avoir quitté sa mère et qu'elle s'était appliquée à effacer les traces de mascara autour de ses yeux. « Non, je vais bien », dit-elle.

Elle monta dans la voiture de Greg, se laissant aller dans le siège moelleux du passager. « Il n'y a pas de doute, on a une impression plus luxueuse que dans la mienne, dit-elle.

— Elle est à vous, si vous le désirez, lui dit-il en démarrant. Nous ferons l'échange en rentrant après le dîner.

— Oh, Greg ! protesta-t-elle.

— Je suis sérieux. » Puis, s'apercevant qu'il l'embarrassait, il se reprit : « Pardon. Je vais tenir ma promesse et ne plus vous brusquer. Parlez-moi de Kathleen. »

Il avait réservé une table chez Savini's, un restaurant à dix minutes de là, dans la ville voisine d'Allendale. En chemin, elle lui donna des nouvelles de sa mère. « Aujourd'hui, elle ne m'a même pas reconnue, Greg, dit-elle. Cela m'a brisé le cœur. Son état s'aggrave. Je me demande ce qui va se passer quand elle sera libérée et de retour à la maison.

— Il n'est pas sûr qu'elle soit relâchée tout de suite, Mariah. J'ai regardé les informations concernant ce prétendu témoin. Ce type a un casier, une quantité d'autres charges contre lui, et il cherche à négocier. Il bluffe probablement quand il dit avoir vu quelqu'un sortir en courant de la maison la nuit où votre père a été assassiné.

— Ils ont dit tout ça au journal ? s'exclama Mariah. J'étais sur le point de vous parler de lui en arrivant à l'hôpital quand je me suis souvenue que je ne devais rien dire à personne. J'étais censée garder le silence, vous comprenez ?

— J'aurais seulement souhaité que vous me fassiez confiance », dit Greg tristement.

Ils étaient arrivés devant chez Savini's et le voiturier ouvrit la portière, épargnant à Mariah l'obligation de répondre. Greg avait réservé une table dans la petite salle du restaurant dotée d'une cheminée. Encore un endroit où j'ai passé tant de moments agréables avec papa et maman, soupira-t-elle.

Une bouteille de vin les attendait sur la table. Désireuse de dissiper la tension qu'elle sentait grandir entre elle et Greg, elle leva son verre que le maître d'hôtel venait de remplir. « Que ce cauchemar s'achève bientôt », dit-elle.

Il trinqua avec elle. « Si seulement je pouvais faire que votre vœu s'accomplisse », dit-il tendrement.

En goûtant son saumon accompagné d'une salade, elle tenta d'orienter la conversation vers d'autres sujets :

« Cela m'a fait du bien de travailler au bureau aujourd'hui. J'aime vraiment mon métier. Et retrouver mon appartement m'a fait plaisir.

— Je vais vous donner de l'argent à investir, proposa Greg. Combien vous faut-il ? »

Je ne peux pas continuer, pensa Mariah. Je dois être honnête avec lui. Il est incapable de garder notre relation sur un plan amical. Et je sais que je ne pourrai jamais lui offrir ce qu'il désire.

Ils regagnèrent Mahwah en silence. Il descendit de voiture et la reconduisit à sa porte. « Un dernier verre ? suggéra-t-il.

— Pas ce soir, Greg. Je suis épuisée.

— Je comprends. » Il n'essaya pas de l'embrasser. « Je comprends beaucoup de choses, Mariah. »

Prenant sa clé dans son sac, elle ouvrit la porte. « Bonne nuit, Greg », dit-elle, soulagée de se retrouver à l'intérieur – et seule. Depuis la fenêtre de la salle de séjour, elle le regarda s'éloigner.

Quelques minutes plus tard, la sonnette de l'entrée retentit. Sans doute Lloyd ou Lisa, pensa-t-elle en lorgnant à travers le judas. Elle sursauta. Richard se tenait sur le seuil. Elle hésita un instant et finit par se décider à ouvrir.

Il entra, posa les mains sur ses épaules. « Mariah, il faut que vous compreniez quelque chose au sujet de ce maudit message téléphonique que vous avez entendu. Quand j'ai voulu acheter ce parchemin à Lillian, je l'ai fait pour vous et pour votre père. J'allais le restituer au Vatican. Vous devez me croire. »

Elle leva les yeux vers lui et, voyant les larmes qui brillaient dans ses yeux, toute sa colère, tous ses doutes s'évanouirent. « Je vous crois, dit-elle doucement. Je vous crois, Richard. »

Ils restèrent un moment à se regarder, puis elle sentit ses bras l'envelopper.

« Mon amour, murmura-t-il, mon cher amour. »

73

Richard ne la quitta pas avant minuit.

À trois heures du matin, Mariah fut réveillée par la sonnerie du téléphone posé sur la table de nuit. Oh, mon Dieu, il est arrivé quelque chose à maman ! pensa-t-elle. Elle renversa son verre d'eau en saisissant le récepteur.

« Mariah, il faut que vous m'aidiez. » La voix était affolée. « J'ai le parchemin. Je n'ai pas pu le vendre et trahir Jonathan de cette façon. Je veux vous le donner en main propre. Je l'avais promis à Charles, mais j'ai changé d'avis. Il s'est mis en rage quand je le lui ai dit. J'ai peur de lui. »

C'était Lillian Stewart.

Lillian est en vie ! Et elle a le parchemin ! « Où êtes-vous ? demanda Mariah.

— Je me suis réfugiée au Raines Motel sur la route 4 Est, un peu avant le pont. » Lillian éclata en sanglots. « Mariah, je vous en supplie. Venez tout de suite. S'il vous plaît. Je veux vous remettre le parchemin. J'ai failli vous l'envoyer par la poste, mais j'ai eu peur qu'il soit perdu. Je pars pour Singapour par le vol de sept heures du matin à Kennedy. Je ne reviendrai pas avant de savoir Charles en prison.

— Le Raines Motel sur la route 4. J'arrive tout de suite. Il n'y a pas de circulation. Je peux être là dans vingt minutes. »

Mariah repoussa le dessus-de-lit et fut debout en un instant.

« Je suis au rez-de-chaussée à l'arrière du motel, lui indiqua Lillian. Chambre 22 – le numéro est inscrit sur la porte. Dépêchez-vous ! Il faut que je parte pour Kennedy à quatre heures. »

À trois heures et demie, Mariah quitta l'autoroute, fit le tour du motel décrépit et silencieux et s'arrêta dans le parking mal éclairé devant la chambre 22. Au moment où elle descendait de voiture, elle sentit sa tête projetée violemment contre l'arête de la portière. Une douleur intense l'envahit et elle s'évanouit.

Quelques minutes plus tard, elle ouvrit les yeux dans une obscurité presque totale. Elle essaya de remuer ses mains et ses jambes, mais elles étaient étroitement ligotées. Un bâillon était enfoncé dans sa bouche. Des élancements violents lui ébranlaient la tête. Où suis-je ? Où suis-je ? se demanda-t-elle désespérément.

Elle perçut un roulement au-dessous d'elle, comprit qu'elle était dans un coffre de voiture. Elle sentit quelque chose la frôler. Mon Dieu, il y avait quelqu'un d'autre avec elle. Puis, s'efforçant de saisir quelques mots, elle entendit Lillian Stewart gémir : « Il est fou. Il est fou. Pardon, Mariah, je regrette. »

74

Le vendredi, à neuf heures et demie, assise à la table du coin-repas de l'appartement, Alvirah savourait le gâteau au fromage blanc que Willy était allé lui acheter à la pâtisserie tôt dans la matinée. « Je sais que tu n'en manges qu'une fois de temps en temps, chérie, avait-il dit, mais tu as eu de dures journées et cela te donnera des forces. »

Le téléphone sonna. C'était Betty Pierce. « J'espère que je ne vous dérange pas, dit-elle d'une voix inquiète. Madame Meehan, je veux dire Alvirah, Mariah est-elle chez vous, avez-vous de ses nouvelles ?

— Pas depuis hier à cinq heures, répondit Alvirah. Elle n'est pas à la maison ? Je sais qu'elle est allée à New York tôt dans la journée d'hier. Avez-vous essayé de l'appeler sur son portable ?

— Je n'arrive pas à la joindre, elle ne répond ni sur son portable, ni à son bureau.

— Il est possible qu'elle soit repartie pour New York, suggéra Alvirah. Je sais que son téléphone portable a été coupé pendant presque toute la journée d'hier.

— Ce n'est pas tout, dit Betty précipitamment. Mariah est tellement ordonnée. Elle ne laisse jamais aucun vêtement traîner dans sa chambre. Or j'ai trouvé sa chemise de nuit par terre. Le verre d'eau sur la table de nuit a été renversé et elle n'a pas pris soin d'éponger. La porte du dressing est ouverte. Il y a deux vestes décrochées de leurs cintres comme si elle avait juste attrapé de quoi s'habiller avant de filer. Les perles que son père lui avait offertes sont restées sur la coiffeuse. Elle les range toujours dans le coffre-fort. J'ai pensé qu'il était arrivé quelque chose à sa mère à l'hôpital, et je les ai appelés. Mais Kathleen a passé une bonne nuit et dormait. Ils m'ont dit qu'ils n'avaient pas vu Mariah aujourd'hui. »

Le cerveau d'Alvirah carburait à toute vitesse. « Et sa voiture ? demanda-t-elle.

— Elle a disparu.

— Est-ce qu'il y a des traces de lutte ?

— Je ne peux pas dire. On a l'impression qu'elle est partie en coup de vent.

— Et les Scott ? Les avez-vous avertis ?

— Non. Je sais que Mme Scott aime dormir tard.

— Très bien. Je vais appeler M. Scott. J'ai son numéro de portable. Si vous avez des nouvelles de Mariah, appelez-moi immédiatement, j'en ferai autant de mon côté.

— Bien sûr. Mais je suis folle d'inquiétude, Alvirah. Rory et Lillian ont disparu toutes les deux. Se pourrait-il que…

— Ne vous mettez pas de telles idées en tête, Betty. Je vous rappellerai plus tard. »

Alvirah s'efforça de ne pas laisser percer dans sa voix l'anxiété qui faisait trembler sa main. Dès qu'elle eut raccroché, elle composa le numéro de Lloyd Scott. Comme elle le craignait, il n'avait pas parlé à Mariah depuis la veille dans l'après-midi.

« Je suis à mon bureau depuis une heure, dit-il. Quand je suis passé devant chez Mariah, sa voiture n'était pas dans l'allée. Naturellement, il est possible qu'elle l'ait mise au garage.

— Elle n'y est pas. Lloyd, je me fie en général à mes pressentiments. Il faut prévenir les inspecteurs et leur demander de localiser le téléphone de Mariah, et il faut que Wally Gruber aille le plus vite possible décrire le visage qu'il a vu. Si on peut l'identifier, nous saurons où trouver Mariah. »

S'il n'est pas trop tard, pensa-t-elle.

En raccrochant, Alvirah essaya d'évacuer cette éventualité de son esprit.

75

Il ne savait que faire. Pour la première fois de sa vie, il avait l'impression d'avoir perdu le contrôle de la situation. Le portrait-robot serait-il un reflet de l'imagination de ce petit voleur ? Ou allait-il ressembler de manière accablante à ce qu'il voyait se refléter dans le miroir ?

Sur Internet, il avait cherché la photo publiée par la presse où il figurait avec les autres lors des dernières fouilles avec Jonathan. Il l'avait imprimée. Si le portrait me ressemble, je leur montrerai cette photo, avait-il pensé. Je la brandirai devant les inspecteurs et je dirai : « Tenez, voilà d'où vient votre portrait. » Ce serait sa parole contre celle d'un criminel notoire qui cherchait à négocier une réduction de peine.

Mais quand la justice se mettra à fouiller dans mon passé, se dit-il, ils risquent de découvrir que Rory a fait de la prison pour avoir volé de l'argent alors qu'elle était l'aide-soignante de ma tante. Alors, son bel édifice de mensonges s'écroulerait comme un château de cartes. Il n'avait rendu visite qu'une seule fois à sa tante lorsque Rory travaillait chez elle et Rory ne l'avait pas reconnu quand elle avait été engagée chez les Lyons. Mais moi, je l'ai reconnue, se rappela-t-il, et je me suis servi d'elle quand j'en ai eu besoin. Elle a été de mèche avec moi parce que je savais qu'elle n'avait pas respecté les modalités de sa libération conditionnelle, et elle était intéressée par l'argent que j'ai fait miroiter à ses yeux. Elle a déposé le pistolet de Jonathan dans le massif de fleurs cette nuit-là. Et elle a laissé la porte ouverte.

Il avait transporté Lillian et Mariah du parking du motel jusqu'à son entrepôt en ville. Il leur avait libéré les mains et leur avait permis d'utiliser les toilettes, puis il les avait attachées à nouveau. Il avait laissé une Lillian gémissante étendue sur le divan recouvert de brocart. À l'autre bout de la pièce, derrière une rangée de statues grecques grandeur nature, il avait couché Mariah sur un matelas posé à même le sol. Elle s'était évanouie à nouveau avant qu'il parte. Il se félicita d'avoir épargné Lillian. Comment aurait-il pu sinon convaincre Mariah de venir le rejoindre en plein milieu de la nuit ? Et il avait trouvé le truc depuis longtemps pour entrer et sortir subrepticement de l'immeuble qu'il habitait. Ce n'était pas bien difficile si vous portiez l'uniforme d'une société de nettoyage, rabattiez la visière d'une casquette sur votre visage et portiez un faux badge autour du cou.

Il était revenu chez lui un peu avant le lever du jour. À présent, il n'avait plus qu'à se comporter comme s'il s'agissait d'une journée ordinaire. Il était fatigué mais n'avait pas envie de dormir. Il préféra se doucher et prendre son petit-déjeuner habituel, céréales, toast et café.

Il quitta son appartement peu après neuf heures et s'appliqua à suivre son emploi du temps coutumier. S'efforçant de rester calme, il se rassura en se disant que si ce voleur mentait en prétendant avoir vu quelqu'un sortir de la maison et que cette photo dans les journaux lui était tombée sous les yeux, il pouvait aussi bien choisir un des trois autres pour le décrire au dessinateur.

Mariah et Lillian, pensa-t-il avec un sourire sardonique, je crois que vous allez vivre un peu plus longtemps. Si le dessin est ressemblant et qu'ils me convoquent à nouveau pour m'interroger, à ce stade ils n'auront toujours pas de preuves suffisantes pour m'arrêter. Je ne serai qu'un suspect. Ils se mettront probablement à me filer, mais ça ne les amènera à rien. Je n'approcherai pas de l'entrepôt tant que je ne saurai pas comment les choses vont tourner.

Même si cela prend des semaines.

76

Après avoir parlé à Lloyd Scott, Simon Benet appela le juge Brown et obtint l'autorisation de tracer le portable de Mariah et d'obtenir les enregistrements des appels qu'elle avait reçus et passés sur son téléphone ainsi que sur celui de ses parents.

« Monsieur le Juge, il existe une forte probabilité que Mariah Lyons ait disparu, expliqua-t-il. J'ai besoin de la liste de ses appels au cours des cinq derniers jours, afin de savoir à qui elle a parlé, et il me faut la liste des appels entrants pour les cinq prochains jours afin de connaître leur provenance. »

Il téléphona ensuite au responsable de la compagnie du téléphone chargé d'appliquer les ordonnances judiciaires.

Dix minutes plus tard, le portable était localisé. « Inspecteur Benet, nous avons un contact sur la route 4 à Fort Lee, juste avant le pont. Il provient du secteur à proximité immédiate du Raines Motel. »

À voir l'expression de Simon, Rita Rodriguez comprit que les nouvelles n'étaient pas bonnes.

« On a un gros problème, dit-il. Le signal provient des environs du Raines Motel. Cet endroit est un trou perdu. Mais nous pouvons y être en dix minutes. En route ! »

Ils foncèrent sur l'autoroute, gyrophare et sirène en action, et s'arrêtèrent bientôt à côté de la voiture de Mariah. La portière côté conducteur était entrouverte. Il y avait un sac de femme sur le siège du passager. Ouvrant la porte avec précaution pour préserver d'éventuelles empreintes digitales, ils entendirent un portable sonner à l'intérieur du sac.

Simon regarda l'identification de l'appelant. Richard Callahan. Simon parcourut la liste des appels. C'était le quatrième appel de Callahan durant les deux dernières heures. Il y en avait deux autres provenant de la maison des Lyons, sans doute de la domestique, et deux encore d'Alvirah Meehan passés au cours des deux dernières heures.

Deux jours plus tôt, après la disparition de Lillian Stewart, Richard Callahan avait raconté qu'il avait tenté de la joindre pendant toute la journée, se souvint Simon. Il essayait de brouiller les pistes, une fois de plus.

« Simon, regarde. » Armée de sa lampe torche, Rita Rodriguez éclairait des traces de sang sur la portière, du côté gauche de la voiture. Elle pointa la torche vers le sol. Des gouttes de sang séché apparurent sur le macadam craquelé du parking.

Simon s'accroupit pour les examiner de plus près. « Je me demande ce qu'elle est venue faire par ici, mais il semble qu'on se soit emparé d'elle quand elle est descendue de sa voiture. Nous devons obtenir ce foutu portrait-robot sans plus tarder, Rita.

— Les types qui sont allés chercher Wally Gruber devraient être sur le chemin du retour en ce moment, dit vivement Rita. Je vais les appeler, leur dire d'allumer le gyrophare et de foncer.

— Qu'ils se grouillent ! aboya Simon. Et je veux que notre équipe de techniciens vienne relever les empreintes sur la voiture. » Il s'interrompit. « Et je dois prévenir Lloyd Scott de ce qui se passe. »

Trois femmes disparues en cinq jours, pensa-t-il, saisi d'un sentiment d'impuissance. Toutes les trois ont un rapport avec Jonathan Lyons. Et probablement avec le parchemin.

Il fut interrompu dans ses réflexions par Rita : « Les types qui accompagnent Gruber ont déjà passé le pont. Ils nous attendent au bureau. »

77

Sa tête était horriblement douloureuse. Mariah voulut y porter la main, mais fut incapable de la lever. Elle ouvrit les yeux. La lumière était très faible, lui permettant seulement de voir qu'elle se trouvait dans un endroit étrange. Elle souleva la tête et regarda autour d'elle.

Elle était dans un musée.

Je rêve. C'est un cauchemar. C'est impossible.

Puis elle se souvint de l'appel de Lillian. Je me suis précipitée à son secours. Il m'attendait. Il m'a projetée contre la portière. Puis je me suis retrouvée dans le coffre d'une voiture – et Lillian était là.

Le souvenir du trajet lui revint par fragments. Il y avait de telles secousses. Sa tête tapait contre le plancher. Lillian était attachée, elle aussi.

Mariah se souvint d'avoir entendu un bruit métallique, comme le battant d'un portail de garage basculant vers le haut. Puis il a ouvert le coffre et fait sortir Lillian, se rappela-t-elle. J'ai dit : « Je vous en prie, ne me faites pas de mal. Laissez-moi partir. »

Ensuite, il est revenu me chercher. Il m'a soulevée dans ses bras et m'a portée jusqu'à un ascenseur. L'ascenseur est monté. Et nous nous sommes retrouvés dans le musée. Il m'a emmenée aux toilettes et m'a détaché les mains. Il a dit : « Je vous laisse quelques minutes. » Quand j'ai voulu refermer la porte derrière moi, je me suis aperçue qu'il n'y avait pas de verrou. Je l'ai entendu rire. Il savait que j'essayais de m'enfermer. Lorsque j'ai essayé de laver le sang séché sur mes mains et mon visage, je me suis remise à saigner. J'ai pressé la serviette contre la blessure. C'est alors qu'il est revenu.

Mariah se rappela son sentiment d'impuissance quand il lui avait à nouveau attaché les mains et les jambes, et l'avait traînée dans cette salle puis jetée sur un matelas au sol. Que je saigne lui importait peu, pensa-t-elle. Il voulait me faire mal.

Sa tête l'élançait, mais ses pensées commençaient à être plus claires. Il avait soulevé ce qui ressemblait à un coffre à bijoux ancien en argent et en avait ouvert le couvercle. Plongeant la main à l'intérieur, il en avait sorti quelque chose qu'il avait brandi au-dessus de sa tête. Cela ressemblait à un de ces rouleaux de parchemin qu'elle avait vus dans le bureau de son père.

« Regardez-le bien, Mariah, avait-il ordonné. Dommage que votre père n'ait jamais voulu me le vendre. S'il l'avait fait, il serait en vie aujourd'hui, tout comme Rory. Et Lillian ne serait pas ici avec nous. Mais il ne devait pas en être ainsi. À présent, je veux honorer ce qui aurait été le souhait le plus cher de votre père : que vous puissiez toucher ce trésor avant d'aller le rejoindre. Je sais à quel point il vous manque. »

Il avait effleuré son cou avec le parchemin, attentif à ne pas le tacher avec le sang qui coulait encore de son front.

Puis il l'avait remis dans le coffre en argent qu'il avait posé sur une table de marbre, à côté d'elle.

J'ai oublié ce qui s'est passé ensuite, pensa Mariah. J'ai dû m'évanouir à nouveau. Pourquoi ne m'a-t-il pas tuée tout de suite ? Qu'attend-il ?

Elle fit un effort pour soulever ses poignets et regarder sa montre. Il était onze heures vingt. Quand j'étais aux toilettes, il était cinq heures, pensa-t-elle. Je suis restée inconsciente pendant plus de six heures. Est-il toujours là ? Je ne le vois pas.

Où est Lillian ?

« Lillian ! appela-t-elle. Lillian ! »

Aucune réponse ne lui parvint pendant un moment, puis une plainte terrifiée s'éleva du milieu de la pièce. « Mariah, il va nous tuer ! gémit Lillian. Il a attendu pour me supprimer dans le seul but de m'utiliser pour vous attirer dans ce motel. Quand il reviendra, je sais ce qui arrivera. Je sais ce qui arrivera. »

Les sanglots de Lillian se transformèrent en un long gémissement désespéré dont l'écho se répercuta à travers l'immense salle.

78

Wally Gruber ne comprenait pas pourquoi l'inspecteur qui le conduisait au bureau du procureur du New Jersey mettait toute la gomme et avait allumé son gyrophare. « Suis pas tellement pressé, ironisa-t-il. Je profite de la balade. En réalité, je ne verrais pas d'objection à ce qu'on s'arrête pour boire un café en route. »

Il était assis à l'arrière du fourgon, poignets et chevilles entravés, séparé de l'avant du véhicule par une grille cadenassée. Son escorte comportait deux autres policiers, un assis sur le siège du passager à l'avant et l'autre à côté de lui.

Personne ne lui répondit. Ils ne sont pas très causants, pensa-t-il. Bah. Il ferma les yeux, se concentrant sur le visage qui pourrait lui permettre de retrouver bientôt la liberté. Il avait parié avec certains de ses codétenus. Ils avaient même constitué une cagnotte. La cote était de quatre contre un qu'il ne bluffait pas quand il disait avoir vu l'assassin de ce professeur.

Ils ne restèrent pas dans le parking du tribunal suffisamment longtemps pour lui permettre de respirer un peu d'air frais avant de prendre l'ascenseur et de monter jusqu'au bureau du procureur. On l'introduisit aussitôt dans une pièce où attendait un type assis devant un ordinateur. L'homme se leva quand ils entrèrent. « Monsieur Gruber, dit-il. Je suis l'inspecteur Howard Washington. Nous allons travailler ensemble à l'élaboration de ce portrait-robot.

— Appelez-moi Wally, Howie », répondit Gruber d'un ton jovial.

Washington ignora la remarque. « Voulez-vous vous asseoir, monsieur Gruber. Je vais vous expliquer exactement comment nous allons procéder. Je vous précise que cette séance sera filmée. Je vais d'abord recueillir auprès de vous une description détaillée de la personne que vous avez déclaré avoir vue, puis je vous montrerai à l'ordinateur des images de diverses parties de la tête et du visage – front, yeux, nez et menton, ainsi que la chevelure et la barbe.

— Ne vous cassez pas pour la barbe, mon vieux. Il n'en avait pas. » Wally Gruber s'assit à côté de Washington et s'inclina en arrière sur sa chaise. « J'aimerais bien une bonne tasse de café bien chaud, dit-il. Sans lait. Deux sucres. »

Simon Benet et Rita Rodriguez venaient d'entrer dans la pièce. Le sang de Simon ne fit qu'un tour quand il entendit les réflexions désinvoltes de Gruber. Rita posa une main apaisante sur son bras. J'adorerais envoyer ce mec au tapis, pensa l'inspecteur.

« Je vais vous poser les questions habituelles concernant l'apparence physique de la personne. Je prendrai des notes pendant que vous parlerez. Allons-y. »

Les questions se succédèrent : « Sexe… Couleur de peau… Âge approximatif… Taille et poids… »

Une fois qu'il eut terminé le questionnaire préliminaire, l'inspecteur Washington afficha de multiples images à l'écran.

Wally secoua la tête plusieurs fois, puis dit : « Arrêtez. Ses cheveux ressemblaient à ça quand il a retiré son foulard. Vous êtes tombé en plein dans le mille. »

Simon Benet et Rita Rodriguez échangèrent un regard. D'après la description de Wally, ils savaient déjà qui ils allaient voir apparaître. La question qui les taraudait tous deux était : où et quand Gruber avait-il vu ce visage ? Le soir où Jonathan avait été assassiné ? Ou bien s'était-il inspiré d'une photo publiée dans un journal après la mort de Lyons ?

Ils attendirent que Wally Gruber, découvrant le dernier portrait sur l'écran, dise à l'inspecteur Washington : « Chapeau, Howie. C'est lui. »

Simon et Rita regardèrent fixement ledit écran.

« On croirait que Greg Pearson a posé pour le dessin », dit Rita. Simon acquiesça silencieusement.

79

Après avoir annoncé à Lloyd la disparition de Mariah, Alvirah prit une douche en vitesse, abandonnant son gâteau au fromage à moitié mangé dans son assiette. Le cœur battant d'angoisse, elle enfila son survêtement, avala ses vitamines et se maquilla rapidement. Elle était prête quand Lloyd rappela pour annoncer qu'on avait retrouvé la voiture de Mariah.

« Je suis en route pour le bureau du procureur, dit-il laconiquement. Ce type, Gruber, devrait s'y trouver. S'il ne nous mène pas en bateau, la vie de Mariah peut dépendre de la description qu'il va leur faire.

— Je me suis forgé ma petite idée, Lloyd, dit Alvirah. Et, depuis hier, je suis certaine à quatre-vingt-dix-neuf pour cent d'avoir raison. Albert West a dit aux gens du procureur que Charles Michaelson essayait de vendre le parchemin, mais ensuite, j'ai demandé à West d'appeler son informateur et ce dernier a reconnu que le prétendu tuyau venait d'un coup de fil anonyme. Je pense que la personne qui a passé ce coup de fil essayait de piéger Michaelson. Je ne peux pas croire que lui ou West soient impliqués. »

S'animant au fur et à mesure qu'elle exposait sa théorie, Alvirah se mit à arpenter la chambre. « Restent Richard Callahan et Greg Pearson. Mon instinct me dit que Richard n'est pas un tueur. Je savais qu'il nous cachait quelque chose, puis je me suis rendu compte que c'était aussi visible que le nez au milieu de la figure. Il est tellement amoureux de Mariah qu'il était prêt à dépenser presque toute sa fortune personnelle pour récupérer le parchemin. »

Espérant convaincre Lloyd, Alvirah continua : « Je ne peux l'affirmer à cent pour cent avant d'avoir vu le portrait-robot, mais il ne reste que Greg Pearson.

— N'allez pas trop vite, Alvirah. Je suis l'avocat de Kathleen. À l'exception de Mariah, personne ne désire plus que moi que le véritable tueur soit démasqué. Aussi, même si votre hypothèse est juste, je peux vous dire qu'aucun jury ne condamnera Greg Pearson à partir d'une preuve qui repose essentiellement sur l'identification de Wally Gruber. L'avocat de Pearson le carboniserait au cours du contre-interrogatoire.

— Je vous l'accorde. Je comprends votre point de vue. Toutefois, il doit exister un endroit où il garde le parchemin. Il ne serait pas assez stupide pour le dissimuler dans son appartement, à son bureau ou dans un coffre à la banque. Mais si jamais il pense que Gruber a identifié quelqu'un d'autre et qu'il est tiré d'affaire, il pourrait se rendre sans méfiance à sa cachette. »

Alvirah fit un effort pour contenir le ton vibrant de sa voix : « Et voyez-vous, je pense que même les inspecteurs sont pratiquement convaincus que Lillian avait le parchemin quand elle a pris le métro. Elle allait certainement retrouver quelqu'un. Et je crois que c'était Greg. Réfléchissez. Rory l'a sans doute fait entrer dans la maison ce soir-là. Elle savait où Jonathan gardait son arme. Elle a pu la laisser dans un endroit convenu. Rory est une ex-détenue qui a enfreint les règles de sa libération conditionnelle. Il est possible que Greg ait découvert son passé et menacé de la dénoncer si elle ne coopérait pas avec lui. Ensuite, il a fallu qu'il se débarrasse d'elle parce qu'elle représentait un danger pour lui.

— Tout ce que vous dites a du sens, Alvirah, mais pourquoi se serait-il attaqué à Mariah ?

— Parce qu'il était follement amoureux d'elle et qu'il voyait qu'elle était follement amoureuse de Richard. J'ai compris dès le début qu'il était jaloux. Il ne la quittait pas des yeux. Ajoutez à cela une peur panique à la pensée d'être identifié grâce à ce portrait-robot. Le tout a suffi à lui faire perdre les pédales. À mon avis, notre seul espoir de retrouver Mariah est de faire croire à Greg Pearson que le portrait-robot est celui de quelqu'un d'autre. Il s'imaginera alors qu'il peut aller et venir sans risque. »

Alvirah respira profondément. Sûre d'elle, elle ajouta : « Il faut que je parle à Simon Benet. Pearson doit être persuadé qu'aucun soupçon ne pèse sur lui. Après, il suffira de le filer vingt-quatre heures sur vingt-quatre.

— Alvirah, en dépit de toute l'aide que vous apportez, je doute que l'inspecteur Benet vous communique le résultat du portrait-robot, dit Lloyd. Mais, en tant qu'avocat de Kathleen Lyons, je pourrai l'obtenir. Je vais lui transmettre tout ce que vous venez de me dire, et je vous rappellerai ensuite.

— S'il vous plaît, Lloyd, faites-lui comprendre que si Mariah est encore en vie, c'est peut-être la seule chance que nous ayons de la retrouver. »

Pendant ce temps, Willy avait fait le lit sans perdre une miette de la conversation d'Alvirah. « Chérie, dit-il, je pense que tu as trouvé la solution de toute cette affaire. J'espère qu'ils vont t'écouter. Pour moi, c'est clair comme de l'eau de roche. Tu sais, je n'ai jamais rien dit, mais chaque fois que nous avons rencontré Greg Pearson aux dîners de Jonathan, je n'ai jamais compris quelles étaient ses motivations profondes. Il se comportait toujours comme si les autres en savaient beaucoup plus que lui sur les antiquités mais, une fois ou deux, il a laissé échapper un commentaire suggérant qu'il s'y connaissait bien mieux qu'il ne voulait bien le montrer. »

Le visage d'Alvirah se contracta. « Je ne peux m'empêcher de penser à cette pauvre Kathleen. Ce serait tellement affreux pour elle si Mariah n'était plus là. Même diminuée par la maladie, à un moment ou un autre, elle finirait par comprendre et cela l'achèverait. »

Willy s'apprêtait à replacer les coussins contre la tête de lit. Le front creusé de rides, ses yeux bleus voilés par l'inquiétude, il dit : « Chérie, je pense que tu ferais mieux de te préparer à recevoir de mauvaises nouvelles au sujet de Mariah.

— Je ne veux pas y croire, dit Alvirah avec force. Willy, je ne peux simplement pas y croire. »

Willy laissa tomber les coussins et prit Alvirah dans ses bras. « Tiens bon, chérie. Tiens bon. »

La sonnerie retentissante du téléphone les fit sursauter. C'était le portier. « Willy, un M. Richard Callahan est en bas. Il dit qu'il doit vous voir immédiatement.

— Faites-le monter, Tony, dit Willy. Merci. »

Pendant qu'ils attendaient Richard, le téléphone sonna à nouveau. C'était Lloyd Scott : « Vous aviez raison, Alvirah. Je suis dans les bureaux du procureur et j'ai vu le portrait-robot. C'est la copie conforme de Greg Pearson. J'ai parlé avec Simon Benet. Il est d'accord avec vous, il pense qu'à ce stade votre suggestion est probablement la meilleure solution. Nous savons que Pearson est à son bureau. Benet va l'appeler dans une demi-heure environ, après s'être assuré que les gars de New York le prendront en filature. »

80

À midi moins le quart, le téléphone sonna dans le bureau de Greg. « L'inspecteur Benet est en ligne, monsieur », lui dit sa secrétaire.

Les mains moites, le corps parcouru de frissons, Greg souleva le récepteur. Benet allait-il vouloir l'interroger à nouveau ?

« Bonjour, monsieur Pearson, dit Benet. Désolé de vous déranger.

— Pas du tout. »

Il paraît plutôt amical, pensa Greg.

« Monsieur Pearson, je dois joindre le Pr Michaelson le plus tôt possible. Il ne répond ni chez lui ni sur son portable, et il n'est pas à l'université. Nous contactons tous ses amis afin de savoir où il se trouve. Lui auriez-vous parlé récemment, ou aurait-il fait allusion à des projets de voyage ? »

Une immense vague de soulagement submergea Greg Pearson. Cette ordure de Gruber ne m'a donc jamais vu. Il a sans doute repéré notre photo dans les journaux et décidé de choisir Charles. Et Albert a dû dire à Benet que Charles tentait de vendre le parchemin. Mon coup de téléphone anonyme à Desmond Rogers a porté ses fruits.

À nouveau, il se sentit totalement maître de lui, maître de son univers. D'un ton cordial, il dit : « Je crains de ne pouvoir vous aider, inspecteur. Je n'ai pas parlé à Charles depuis que nous avons dîné ensemble chez Mariah mardi soir. Le soir où l'inspecteur Rodriguez et vous-même êtes passés la voir.

— Merci, monsieur Pearson, dit Benet. Si vous avez des nouvelles du Pr Michaelson, je vous serais très reconnaissant de lui demander de m'appeler.

— Je n'y manquerai pas, inspecteur, bien qu'il me semble très peu probable que Charles me contacte. Notre amitié pour Jonathan Lyons et les expéditions archéologiques auxquelles nous participions étaient à peu près notre seul lien.

— Je vois. Bien. Je vous ai déjà donné ma carte, mais peut-être voulez-vous noter mon numéro de portable.

— Bien sûr. »

Greg sortit son stylo, nota le numéro, échangea un aimable au revoir avec Benet et raccrocha. Il respira profondément et se leva.

C'est l'heure d'aller voir ces dames et de leur dire adieu, pensa-t-il, et il sourit.

Peut-être vais-je d'abord les inviter à déjeuner.

81

« New York doit grouiller de flics en civil, dit
Alvirah. Je n'ai pas demandé l'autorisation de filer
Greg Pearson de notre côté car je sais qu'on m'aurait
dit tout net de ne pas m'en mêler. Mais nous n'allons
pas rester à nous tourner les pouces à la maison dans
un moment pareil. »

Ils étaient dans la voiture, sur la 57e Rue Ouest,
arrêtés à un emplacement interdit, à quelques mètres
de l'entrée du Fisk Building où Greg avait son bureau
au neuvième étage. Richard Callahan, le visage et les
lèvres blêmes, l'air désespéré, était assis sur le siège
avant à côté de Willy. Alvirah était perchée sur le bord
de la banquette arrière, derrière Richard.

« Chérie, un agent va me faire déguerpir d'une
minute à l'autre, dit Willy.

— Dans ce cas, Richard pourra descendre et surveiller cette porte, répliqua Alvirah. Nous ferons le
tour du bloc aussi longtemps qu'il le faudra. Si Greg
apparaît et se dirige vers le métro, Richard le suivra et
gardera le contact avec nous.

— Chérie, s'il aperçoit Richard, il n'ira certainement pas dans un endroit qu'il veut tenir secret.

— Avec ton sweat-shirt à capuche et les lunettes
noires qui lui masquent la moitié du visage, Richard

passera inaperçu et, à moins d'être à deux mètres de lui, Greg ne le reconnaîtra pas.

— S'il prend le métro, je m'assurerai qu'il ne me voit pas, dit Richard d'une voix mortellement calme.

— Je ne cesse de ressasser tout ça, dit Alvirah. Si je n'avais pas laissé filer Lillian l'autre jour, Mariah n'aurait peut-être pas disparu aussi. Je m'en voudrai toujours parce que... le voilà ! »

Les yeux rivés sur Greg Pearson, ils le virent quitter l'immeuble, franchir les quelques mètres jusqu'au coin de la rue et tourner à droite dans Broadway. Richard sauta hors de la voiture. « Il va peut-être prendre le métro », dit-il.

Willy démarra mais lorsqu'ils arrivèrent à l'angle de la rue, le feu était passé au rouge. « Oh, mon Dieu, pourvu que Richard ne le perde pas de vue », gémit Alvirah.

Quand ils purent enfin tourner au croisement, ils virent la silhouette encapuchonnée de Richard s'engager dans la 56e Rue en direction de l'ouest. « Impossible de le suivre, dit Willy. La rue est à sens unique. Je vais tourner dans la 55e Rue en espérant que nous pourrons le rattraper. »

Le téléphone d'Alvirah sonna. C'était Richard. « Je suis un demi-bloc derrière lui. Il marche toujours.

— Restez en ligne », lui ordonna Alvirah.

Willy roula doucement, longeant la 55e Rue en direction de l'ouest, s'arrêtant et repartant pour rester à la hauteur de Richard.

« Il traverse la Huitième Avenue... la Neuvième... La Dixième... Il entre dans un snack, dit Richard. Restez en ligne. »

Quand Richard parla à nouveau, ce fut pour dire que Greg était sorti du snack avec un sac de papier brun. « Il a l'air plutôt lourd, ajouta-t-il, une note d'espoir dans la voix. Il y a un garage de l'autre côté de la rue. Il y entre.

— Dans ce bloc, il ne peut aller que vers l'est, dit Alvirah. Nous allons tourner à droite au croisement avec la Onzième Avenue et remonter la 56e Rue. Nous vous récupérerons là. »

Trois minutes plus tard, ils tournaient dans la 56e Rue. Richard était accroupi entre deux voitures en stationnement. Ils virent soudain une berline noire d'un modèle ancien monter la rampe du garage. Au volant, c'était Greg, pas de doute là-dessus. Au moment où il tournait à gauche dans la rue, Richard sauta dans la voiture d'Alvirah et de Willy.

« Il conduit une voiture différente ! » s'exclama Alvirah.

Prenant soin de laisser plusieurs véhicules entre eux et la berline noire, ils suivirent Greg Pearson jusqu'en bas de Manhattan, puis traversèrent en direction de South Street près du pont de Williamsburg. Greg s'engagea dans une rue miteuse bordée d'entrepôts aux ouvertures barricadées. « Attention. Ne vous rapprochez pas trop de lui », recommanda Richard à Willy.

Willy arrêta la voiture. « Il n'ira pas beaucoup plus loin, dit-il. C'est une impasse. Je connais ce quartier. Quand j'étais au lycée, j'y travaillais à temps partiel à empiler des caisses dans les camions. Il y avait une zone de chargement pour tous ces entrepôts. »

Ils virent la berline noire rouler lentement jusqu'à l'extrémité de la rue puis tourner à droite. « Il va entrer dans un de ces bâtiments, dit Willy. Pourtant ils ont tous l'air fermés. » Il attendit que le véhicule de Greg fût hors de vue puis suivit le même chemin, prenant soin de s'arrêter avant qu'on puisse le remarquer dans le large espace à l'arrière des bâtiments.

Richard descendit de la voiture et regarda à l'angle de la ruelle, cherchant à repérer le chemin que suivait Greg. Puis il revint vers eux en courant et reprit sa place à côté de Willy. « Suivez-le, Willy. Il vient d'ouvrir une grande porte de garage. Ne le laissez pas nous semer. »

Willy accéléra, dérapa en prenant le virage serré puis se rapprocha de la berline et tenta de la suivre à l'intérieur du bâtiment.

La porte de douze mètres de large avait commencé à redescendre. Alvirah poussa un cri au moment où elle heurtait le toit de leur voiture, continuant à se rabattre inexorablement en grinçant. Sous la pression, les portières s'ouvrirent violemment et ils s'extirpèrent tant bien que mal du véhicule, juste avant d'être pris au piège dans un amas de tôle.

La porte finit par s'immobiliser à un mètre du sol, bloquée par la carrosserie défoncée de la voiture. Ils restèrent pétrifiés pendant un moment, puis entendirent une course précipitée dans la rue. « Police ! hurla quelqu'un. Stop ! »

Richard s'était jeté à terre, rampant pour pénétrer dans l'entrepôt à travers l'espace laissé ouvert par la voiture.

« Restez en arrière », hurla l'un des policiers à Alvirah et à Willy, qui se précipitaient à la suite de Richard. « C'est un ordre. Restez en arrière. »

82

Il était arrivé en haut avant qu'ils n'aient pu l'arrêter. Le monte-charge était reparti, son plancher au niveau du plafond. Combien de temps leur faudrait-il pour trouver l'interrupteur qui l'actionnait ? Pas beaucoup, se dit-il. Ce ne sera pas long.

Cet inspecteur a été assez malin pour me faire croire que j'étais hors de danger.

Mais je ne suis pas hors de danger. Je suis perdu. C'est la fin. Je suis tombé dans leur piège.

D'un geste rageur, il jeta le sac de sandwiches. Son empire secret était plongé dans la pénombre. Il alluma l'éclairage du plafond et regarda autour de lui. C'était superbe. Magnifique. Spectaculaire. Des œuvres d'art. Des antiquités. Toutes dignes des plus grands musées du monde. Et il les avait toutes rassemblées ici, seul.

À l'âge de dix-neuf ans, génie solitaire de l'informatique, il avait réalisé à l'aide d'un ordinateur ce qu'Antonio Stradivari avait accompli avec un violon. Il avait organisé la programmation en actes des idées les plus folles qui lui traversaient l'esprit. À l'âge de vingt-cinq ans, il était multimillionnaire.

Il y a six ans, songea-t-il, je me suis joint à cette expédition sur un coup de tête, et j'ai découvert le monde auquel j'appartenais réellement. J'ai écouté ce qu'avaient à m'apprendre Jonathan, Charles et Albert, et à la fin j'en savais beaucoup plus qu'eux. J'ai commencé à manipuler et à détourner plusieurs envois d'antiquités de grande valeur sans qu'on puisse remonter jusqu'à l'endroit d'où elles étaient parties.

Le moment où j'ai touché le parchemin sacré a été le plus exaltant de toute ma vie. Lorsque j'ai parlé à Jonathan de l'extraordinaire programme informatique que j'avais conçu pour authentifier les antiquités, il m'a laissé examiner le manuscrit. Il est authentique. Il est passé entre les mains d'une quantité de gens à travers les siècles, mais on y relève un spécimen d'ADN rare. Un ADN unique constitué uniquement par les chromosomes de la mère, qui est nécessairement la Vierge Marie. Jésus n'avait pas de père humain.

Cette lettre a été écrite par le Christ. Il l'a écrite à un ami, et deux mille ans plus tard, j'ai dû tuer un homme que j'aimais et qui était mon ami parce qu'il fallait qu'elle soit à moi.

Greg pénétra dans la salle remplie de ses trésors. Pour une fois, il ne prit pas le temps de jouir de leur beauté, il regarda d'abord Lillian. Elle était étendue près du sofa recouvert d'un riche brocart d'or rehaussé de motifs raffinés sur lequel il aimait à s'asseoir.

Depuis le mercredi matin où il l'avait amenée ici pour la première fois et avait décidé d'attendre avant de la tuer, il avait savouré ses brèves visites, assis sur ce sofa, les pieds de Lillian posés sur ses genoux pendant qu'il lui parlait. Il lui avait raconté avec délectation l'histoire de chacun de ses trésors. « Je l'ai achetée récemment à un antiquaire du Caire, disait-il en lui faisant admirer une pièce d'antiquité. Leur musée a été pillé durant un soulèvement de la population. »

Il était penché au-dessus de Lillian, maintenant, fixait ses grands yeux bruns terrifiés. « Je suis cerné par la police ! cria-t-il. Ils sont en bas. Mais ils vont trouver un moyen de monter ici.

« Vous êtes si cupide, Lily. Si au moins vous aviez rendu le parchemin à Mariah, vous auriez la conscience tranquille. Mais vous ne l'avez pas fait.

— Pitié… non ! »

Il lui passait une fine cordelette de soie autour du cou, il sanglotait. « J'ai offert à Mariah l'amour que je n'aurais jamais cru être capable d'éprouver pour un être humain. Je l'adorais, j'aurais baisé le sol que foulaient ses pieds. Et qu'ai-je obtenu en retour ? Elle avait hâte de quitter le restaurant, l'autre soir, hâte de se débarrasser de moi. À présent, c'est moi qui vais me débarrasser d'elle, et de vous. »

« L'endroit est désert, il ne peut pas s'être volatilisé comme par magie ! s'écria un des inspecteurs new-yorkais. Il y a sûrement un moyen de monter. » Il alluma la radio attachée à sa ceinture et demanda des renforts. Le deuxième inspecteur se mit à sonder les murs, espérant déceler un son creux.

À l'intérieur du garage, passant outre aux ordres de la police, Alvirah et Willy s'étaient faufilés le long de la carcasse de leur voiture. Ils avaient entendu le policier hurler dans sa radio pour demander des renforts. Il est peut-être trop tard, se dit Alvirah, prise de panique. Greg sait sûrement qu'il est pris au piège. Même si Mariah est encore en vie, nous risquons de ne pas arriver à temps.

Une minute s'écoula… deux… trois. Une éternité.

Affolé, Richard courut jusqu'à l'interrupteur et l'actionna. Pendant un instant, la pièce se trouva plongée dans l'obscurité, puis les lampes se rallumèrent. « Il y a pourtant bien un dispositif dans un coin qui commande quelque chose », dit-il avec désespoir. Alvirah s'approcha et sonda la paroi autour de l'interrupteur. Puis elle regarda par terre. « Richard ! » Elle désignait le couvercle d'une prise électrique au ras du sol. « Regardez… il n'est pas encastré dans le mur. »

Richard s'accroupit et souleva le couvercle. Il pressa le bouton qu'il dissimulait. Un grondement sourd se fit entendre et, sous leurs yeux, à l'autre bout de la pièce, une vaste section du plafond se mit à descendre.

« C'est le monte-charge qui conduit à l'étage ! » s'écria un des policiers en se ruant vers l'appareil.

84

Durant les quarante minutes d'angoisse qu'elle avait endurées depuis son réveil, Mariah avait fait appel à ses dernières ressources d'énergie pour rester en vie. Appuyant le dos contre la table de marbre où Greg avait posé le coffre d'argent contenant le parchemin, elle était parvenue à se redresser. Elle s'était hissée centimètre par centimètre, glissant, retombant, avant de se tenir sur ses deux pieds. Sa veste était déchirée à force de frotter contre le pied de la table, son dos écorché et douloureux.

Mais elle était debout.

C'est alors qu'elle entendit le grondement de l'ascenseur et comprit qu'il était de retour. Elle se rendait compte qu'elle n'avait qu'une seule chance de se sauver et de sauver Lillian.

Elle ne pouvait libérer ni même desserrer les liens qui enserraient ses poignets et ses chevilles.

Elle entendit Greg sortir de l'ascenseur. Elle savait qu'il ne pouvait pas la voir derrière les statues de marbre. Elle l'entendit parler à Lillian, sa voix montant d'un cran à chaque mot.

Il lui disait qu'il avait été suivi. Que la police était en bas. « Mais ils ne trouveront pas à temps le moyen de monter pour vous sauver », hurlait-il. Horrifiée,

Mariah l'écouta proclamer que le parchemin était authentique puis se mettre à sangloter : « J'aimais Mariah... »

Lillian le suppliait de l'épargner : « Pitié... non. »

À nouveau, Mariah entendit le grondement métallique du monte-charge. Sans doute la police, mais le temps que l'appareil descende et remonte, ils arriveraient trop tard.

Malgré ses poignets entravés, elle chercha désespérément à saisir le coffre en argent, parvint à le serrer contre elle. Le cœur battant, elle se glissa lentement entre la rangée de statues jusqu'au sofa, bénissant le grincement sonore du monte-charge qui empêchait Greg de l'entendre approcher.

Il ne m'entend pas, mais s'il lève les yeux, ce sera notre fin à toutes les deux, pensa-t-elle tout en parcourant les derniers mètres qui la séparaient du sofa, ses pas étouffés par l'épais tapis.

Au moment où Greg enroulait la cordelette autour du cou de Lillian, Mariah souleva le coffre en argent et, de toutes ses forces, l'abattit sur la nuque de Greg. Avec un grognement surpris, il s'effondra sur Lillian et glissa au sol.

Pendant une longue minute, Mariah resta appuyée contre le sofa, se retenant pour ne pas tomber en avant. Elle tenait toujours le coffre entre ses mains liées. Le posant en équilibre sur le dossier du sofa, elle souleva le couvercle et sortit le parchemin. Osant à peine le toucher du bout de ses doigts gonflés par la corde qui lui enserrait les poignets, elle le porta à ses lèvres.

Ce fut l'image que vit Richard lorsque le monte-charge s'arrêta. Deux inspecteurs s'élancèrent et maîtrisèrent Greg Pearson au moment où il tentait de se relever. Un troisième se hâta vers Lillian et dénoua la cordelette autour de son cou. « Tout va bien, lui dit-il. C'est fini. Vous êtes sauvée. »

Mariah esquissa un faible sourire en voyant Richard se précipiter vers elle. Il lui retira doucement le parchemin des mains, le posa sur la table et la prit dans ses bras.

« J'ai cru ne jamais vous revoir », dit-il d'une voix rauque.

Mariah sentit une paix soudaine, une paix qui venait d'ailleurs, l'emplir tout entière. Elle avait sauvé le parchemin, elle s'était réconciliée avec son père bien-aimé.

Épilogue

Six mois plus tard, Mariah parcourait avec Richard les pièces vides de la maison de son enfance. Elle n'y reviendrait plus. Elle avait songé à s'y installer au début, davantage pour le bien-être de sa mère que pour le sien, mais autant elle avait aimé cette maison, autant elle resterait désormais l'endroit où son père avait été assassiné. Et elle serait à jamais l'endroit où, ainsi que Greg Pearson l'avait avoué à la police, Rory avait traîtreusement caché le pistolet dans le massif de fleurs et laissé intentionnellement la porte ouverte.

Après l'abandon des charges pesant sur Kathleen, Mariah avait ramené sa mère chez elle. Comme elle l'avait craint, il était rapidement devenu évident que cette maison n'était plus un réconfort pour elle non plus, mais un rappel incessant de l'horreur qu'elle y avait vécue.

Le soir de leur retour, Mariah avait vu sa mère se diriger aussitôt vers le dressing du bureau, se recroqueviller sur le sol et se mettre à sangloter. Elle avait alors compris que Greg Pearson ne leur avait pas seulement enlevé son père mais les avait aussi privées d'un foyer. Il était temps de partir pour toujours.

Les déménageurs venaient de charger les derniers meubles, tapis, cartons de vaisselle, de linge et de livres qu'elle avait gardés pour son spacieux nouvel appartement. Mariah se félicita que sa mère ne soit pas présente pour assister à ce spectacle. Elle savait combien il lui aurait été pénible. Maman s'est adaptée bien mieux que je l'aurais cru, songea-t-elle. Les effets de la maladie s'étaient accentués, et Mariah devait se consoler en pensant que sa mère, dont la mémoire avait pratiquement disparu, était heureuse et en sécurité. La maison de retraite où elle vivait maintenant se trouvait à Manhattan, à deux blocs seulement de l'endroit où Mariah et Richard allaient s'installer. Mariah avait pu lui rendre visite presque tous les jours depuis six mois.

« À quoi penses-tu ? demanda Richard.

— Je ne sais par où commencer, répondit Mariah. Peut-être n'y a-t-il pas de mots pour l'exprimer.

— Je sais, dit-il doucement. Je sais. »

Mariah songea avec soulagement que Greg Pearson avait plaidé coupable des meurtres de son père et de Rory, et de leur enlèvement, à Lillian et elle. Dans deux semaines, il serait condamné à perpétuité sans possibilité de libération conditionnelle par les juges de New York et du New Jersey. Tout en redoutant de le revoir, elle avait l'intention d'être présente aux deux audiences, de parler de l'homme merveilleux qu'avait été son père et du malheur dans lequel sa mère et elle avaient été plongées. À ce moment seulement, elle aurait accompli tout ce qu'elle pouvait pour les deux parents aimants qui avaient fait son bonheur. Et Richard serait à ses côtés.

Il avait été à ses côtés à l'hôpital pendant qu'on nettoyait et recousait sa douloureuse entaille à la tête, et il l'avait à peine quittée pendant toutes les semaines suivantes. « Et je ne te quitterai jamais », lui avait-il promis.

Wally Gruber avait été condamné à cinq ans de prison par le tribunal de New York et par celui du New Jersey, mais les deux peines seraient confondues. Peter Jones, le nouveau procureur du comté, s'était concerté avec Mariah, Lloyd et Lisa Scott, tous avaient plaidé pour la réduction de sa peine qui aurait dû être trois fois plus lourde. « Il ne l'a pas fait par bonté d'âme, avait dit Mariah, mais il a toutefois évité à ma mère de passer le restant de sa vie dans un hôpital psychiatrique.

— Heureusement qu'il a pris mes bijoux, en un sens, avait déclaré Lisa Scott, mais je suis heureuse de les avoir retrouvés. »

Après sa condamnation à Hackensack, Wally Gruber avait quitté le tribunal l'air réjoui. « C'est du gâteau », avait-il lancé à voix haute à son avocat, qui en avait vu de toutes les couleurs avec lui mais savait que le juge avait entendu la remarque et ne la trouvait pas de son goût.

Après les négociations, avec l'accord de Mariah, Lillian avait été condamnée à effectuer un travail d'intérêt général pour avoir tenté de vendre le parchemin volé. Le juge avait admis qu'après son horrible épreuve, elle n'avait pas besoin d'une condamnation supplémentaire. Ironie du sort, lorsque Greg Pearson avait laissé entendre que Charles Michaelson essayait de vendre le parchemin, il ne s'était pas trompé.

Jonathan l'avait bien montré à Charles et lui avait dit que Lillian le gardait dans un endroit sûr. Jonathan avait été horrifié quand Charles lui avait proposé de le vendre pour son compte. Après la mort de Jonathan, Charles avait appelé Lillian, lui avait offert de trouver un acheteur anonyme puis de partager ensuite les bénéfices.

Après avoir quitté la maison pour la dernière fois, Richard et Mariah regagnèrent la voiture garée le long du trottoir. « Je suis heureuse de dîner ce soir avec tes parents, dit-elle. J'ai l'impression qu'ils sont devenus ma famille.

— Ils le sont, Mariah, murmura Richard et, souriant, il ajouta : Et n'oublie pas. Ils étaient peut-être fiers quand je suis entré au séminaire, mais je sais aussi qu'ils sont impatients d'avoir des petits-enfants. Et nous les leur donnerons. »

Alvirah et Willy s'apprêtaient à se rendre eux aussi chez les parents de Richard pour dîner. « Willy, cela fait plus de six semaines que nous n'avons pas vu Mariah et Richard, dit Alvirah en prenant dans la penderie son manteau et son écharpe.

— C'est-à-dire depuis que nous sommes allés avec eux, frère Aiden et les Scott dîner chez Neary's, confirma Willy. Ils me manquent.

— Mariah a eu une dure journée aujourd'hui, soupira Alvirah. C'était le dernier jour qu'elle passait dans la maison de son enfance, un moment toujours difficile. Mais je suis contente qu'ils aillent s'installer dans ce bel appartement après leur mariage. Ils ne peuvent qu'être heureux dans un tel endroit. »

En arrivant pour le dîner, ils embrassèrent chaleureusement Richard et Mariah. Durant les quelques instants qu'ils s'accordèrent pour commenter les horribles événements qu'ils avaient traversés, Alvirah dit à Mariah qu'en dépit de toute cette tragédie, elle avait su, en touchant le parchemin sacré, qu'elle tenait entre ses mains quelque chose d'unique et de merveilleux.

« Vous avez raison, Alvirah, dit Mariah d'une voix étouffée. Et ce qui est unique et merveilleux aussi, c'est qu'il est retourné dans la bibliothèque du Vatican, à la place qui est la sienne. Et que mon père peut reposer en paix. »

REMERCIEMENTS

Dire que l'écriture d'un livre est un long voyage est une réalité. Dire qu'il s'agira d'un voyage de deux mille ans est une autre affaire. Lorsque mon éditeur, Michael Korda, m'a suggéré qu'il serait intéressant de donner un contexte biblique à cette histoire et qu'il pourrait y être question d'une lettre écrite par le Christ, je suis restée dubitative.

Mais cette idée a continué à me poursuivre, et les mots « supposons que » et « et si ? » n'arrêtaient pas de tourner dans ma tête. J'ai commencé à écrire et, quatre mois plus tard, je me suis rendu compte que je n'aimais pas la façon dont je racontais cette histoire.

Quelle que soit votre expérience en tant qu'auteur, rien ne garantit qu'un récit va se dérouler comme vous l'aviez prévu. J'ai mis les pages à la poubelle et recommencé de zéro.

Mes remerciements à Michael, mon éditeur, mentor et ami cher depuis toutes ces années. Nous savons déjà où nous fêterons la sortie du livre. Et je sais déjà ce qui se passera alors. Devant un verre de vin, son regard deviendra songeur et il dira : « J'étais en train de penser... » Et voilà, c'est reparti !

Kathy Sagan, responsable éditoriale, est merveilleuse. Je savais qu'elle était très occupée par sa longue liste d'auteurs, mais j'avais travaillé avec elle dans notre revue de nouvelles policières, je savais qu'elle était précieuse et j'ai réclamé sa présence. C'est notre deuxième livre ensemble. Merci, Kathy.

Merci à l'équipe de Simon & Schuster qui transforme un manuscrit en livre : le directeur de la production John Wahler, la directrice adjointe des textes, Gypsy da Silva. Jill Putorti, designer, et Jackie Seow, directrice artistique, pour ses merveilleuses couvertures.

Mes soutiens maison, Nadine Petry, Agnes Newton et Irene Clark, sont toujours là. Bravo et merci.

Mon amour sans limites va à John Conheeney, mon mari. Je n'arrive pas à croire que nous venons de fêter notre quinzième anniversaire de mariage. Il me semble que c'était hier. Mille vœux pour des lendemains d'affection et de rire partagés en compagnie de nos enfants, petits-enfants et amis.

À vous tous, mes lecteurs, j'espère que cette nouvelle histoire vous aura plu. Et je répète cette phrase : « Le livre est terminé. Que l'auteur se réjouisse ! »

AVANT DE TE DIRE ADIEU
DANS LA RUE OÙ VIT CELLE QUE J'AIME
TOI QUE J'AIMAIS TANT
LE BILLET GAGNANT
UNE SECONDE CHANCE
ENTRE HIER ET DEMAIN
LA NUIT EST MON ROYAUME
RIEN NE VAUT LA DOUCEUR DU FOYER
DEUX PETITES FILLES EN BLEU
CETTE CHANSON QUE JE N'OUBLIERAI JAMAIS
LE ROMAN DE GEORGE ET MARTHA
OÙ ES-TU MAINTENANT ?
JE T'AI DONNÉ MON CŒUR
L'OMBRE DE TON SOURIRE
QUAND REVIENDRAS-TU ?

En collaboration avec Carol Higgins Clark :

TROIS JOURS AVANT NOËL
CE SOIR JE VEILLERAI SUR TOI
LE VOLEUR DE NOËL
LA CROISIÈRE DE NOËL
LE MYSTÈRE DE NOËL

Mary Higgins Clark
dans Le Livre de Poche

PARMI LES TITRES LES PLUS RÉCENTS

Deux petites filles en bleu   n° 37257

Goûter d'anniversaire chez les Frawley : on fête les trois ans des jumelles, Kelly et Kathy. Mais le soir même, de retour d'un dîner, les parents sont accueillis par la police : les petites ont été kidnappées.

Je t'ai donné mon cœur   n° 32048

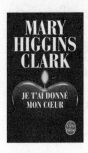

Une des reines de Broadway est assassinée. Suspect numéro 1 : son agent et mari, dont elle était en train de se séparer. Emily Wallace, substitut du procureur, n'a jamais instruit une affaire d'une telle ampleur. Elle se plonge avec passion dans le dossier... sans se douter qu'elle y est impliquée !

La nuit est mon royaume n° 37121

A Cornwall, les anciens élèves de la Stone-croft Academy fêtent le 20e anniversaire de la création de leur club. Parmi les invités d'honneur, l'historienne Jean Sheridan. Derrière le sourire de Jean, l'angoisse : elle vient de recevoir des menaces à l'encontre de sa fille.

L'Ombre de ton sourire n° 32428

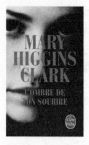

Olivia Morrow sait que l'heure est venue de révéler un terrible secret familial qu'elle est la seule à connaître. Qui pourrait soupçonner sa cousine Catherine, une religieuse en voie de béatification, d'avoir eu un enfant, à dix-sept ans, et de l'avoir abandonné ?

Où es-tu maintenant ? n° 31636

Cela fait dix ans que Mack a disparu. Dix ans qu'il téléphone, chaque année, à l'occasion de la fête des mères. Sa sœur Carolyn décide de le retrouver coûte que coûte. Malgré l'avertissement glissé à leur oncle, un prêtre, dans la corbeille de la quête à l'église : « Dites à Carolyn qu'il ne faut pas qu'elle me cherche. »

Quand reviendras-tu ?   n° 32816

Désespérée par l'enlèvement de son petit garçon dans Central Park deux ans plus tôt, Alexandra « Zan » Moreland se voit avec effroi soupçonnée d'avoir elle-même kidnappé l'enfant. La jeune femme, persuadée que son fils est toujours vivant, se lance dans une enquête qui pourrait bien mettre en péril sa vie et celle de ses proches…

Rien ne vaut la douceur du foyer   n° 37183

Liza s'est juré de ne jamais revenir dans la maison où sa mère est morte. Or son mari, à qui elle n'a jamais rien dit, lui fait une surprise en lui offrant une maison dans le New Jersey… Mendham, la maison de son enfance.

PAPIER À BASE DE
FIBRES CERTIFIÉES

Le Livre de Poche s'engage pour
l'environnement en réduisant
l'empreinte carbone de ses livres.
Celle de cet exemplaire est de :
400 g éq. CO$_2$
Rendez-vous sur
www.livredepoche-durable.fr

Composition réalisée par Nord Compo

Achevé d'imprimer en novembre 2013, en France sur Presse Offset par
Maury Imprimeur – 45330 Malesherbes
N° d'imprimeur : 185689
Dépôt légal 1re publication : janvier 2014
LIBRAIRIE GÉNÉRALE FRANÇAISE – 31, rue de Fleurus – 75278 Paris Cedex 06

31/6632/9